Era uma Vez Meu K-idol

KAT CHO

Era uma vez Meu K-idol

Quem precisa ser a rainha do baile quando seu par é a realeza do **K-pop**?

Tradução de **Nathalia Marques**

ALTA BOOKS
GRUPO EDITORIAL
Rio de Janeiro, 2024

Era Uma Vez Meu K-Idol

Copyright © **2024** ALTA NOVEL
ALTA NOVEL é um selo da EDITORA ALTA BOOKS do Grupo Editorial Alta Books (Starlin Alta e Consultoria Ltda.)
Copyright © **2022** DISNEY ENTERPRISES, INC.
ISBN: 978-85-508-2295-2

Translated from original Once Upon a K-Prom. Copyright © 2022 by Disney Enterprises, Inc. ISBN 9781368066983. Originally published in the United States and Canada by Disney • Hyperion, an imprint of Buena Vista Books, Inc. as ONCE UPON A KPROM. This translated edition published by arrangement with Buena Vista Books, Inc. All rights reserved. PORTUGUESE language edition published by Starlin Alta Editora e Consultoria Ltda., Copyright © 2024 by Starlin Alta Editora e Consultoria Ltda.

Impresso no Brasil — 1ª Edição, 2024 — Edição revisada conforme o Acordo Ortográfico da Língua Portuguesa de 2009.

Dados Internacionais de Catalogação na Publicação (CIP) de acordo com ISBD

C545e   Cho, Kat

Era Uma Vez Meu K-Idol / Kat Cho ; traduzido por Nathalia Marques. - Rio de Janeiro : Alta Novel, 2024.
288 p. ; 13,7cm x 21cm.

Tradução de: Once Upon a Kprom
ISBN: 978-85-508-2295-2

1. Literatura norte-americana. 2. Romance adolescente. 3. Cultura coreana. I. Marques, Nathalia. II. Título.

2023-2594   CDD 810
                CDU 821.111(73)

Elaborado por Vagner Rodolfo da Silva - CRB-8/9410

Índice para catálogo sistemático:
1. Literatura norte-americana 810
2. Literatura norte-americana 821.111(73)

Todos os direitos estão reservados e protegidos por Lei. Nenhuma parte deste livro, sem autorização prévia por escrito da editora, poderá ser reproduzida ou transmitida. A violação dos Direitos Autorais é crime estabelecido na Lei nº 9.610/98 e com punição de acordo com o artigo 184 do Código Penal.

O conteúdo desta obra fora formulado exclusivamente pelo(s) autor(es).

Marcas Registradas: Todos os termos mencionados e reconhecidos como Marca Registrada e/ou Comercial são de responsabilidade de seus proprietários. A editora informa não estar associada a nenhum produto e/ou fornecedor apresentado no livro.

Material de apoio e erratas: Se parte integrante da obra e/ou por real necessidade, no site da editora o leitor encontrará os materiais de apoio (download), errata e/ou quaisquer outros conteúdos aplicáveis à obra. Acesse o site www.altabooks.com.br e procure pelo título do livro desejado para ter acesso ao conteúdo.

Suporte Técnico: A obra é comercializada na forma em que está, sem direito a suporte técnico ou orientação pessoal/exclusiva ao leitor.
A editora não se responsabiliza pela manutenção, atualização e idioma dos sites, programas, materiais complementares ou similares referidos pelos autores nesta obra.

Produção Editorial: Grupo Editorial Alta Books
Diretor Editorial: Anderson Vieira
Vendas Governamentais: Cristiane Mutüs
Gerência Comercial: Claudio Lima
Gerência Marketing: Andréa Guatiello

Coordenadora Editorial: Illysabelle Trajano
Produtora Editorial: Beatriz de Assis
Assistente Editorial: Luana Maura
Tradução: Nathalia Marques
Copidesque: Giovanna Chinellato
Revisão: Ellen Andrade & Isabella Veras
Diagramação: Rita Motta

Rua Viúva Cláudio, 291 — Bairro Industrial do Jacaré
CEP: 20.970-031 — Rio de Janeiro (RJ)
Tels.: (21) 3278-8069 / 3278-8419
www.altabooks.com.br — altabooks@altabooks.com.br
Ouvidoria: ouvidoria@altabooks.com.br

Para Axie, que alimentou meu amor pelo K-pop e me deu coragem para escrever e publicar minhas histórias.

Um

Quando a maioria das pessoas pensa em baile de formatura, provavelmente imagina vestidos, limusines e danças que duram a noite inteira com o par dos seus sonhos. Quando eu penso em baile de formatura, imagino pés doloridos, decorações superfaturadas e expectativas irrealistas.

Obviamente, eu fazia parte da minoria. Como foi provado pela longa fila de veteranos dispostos a passar todo o horário de almoço enfileirados para comprar ingressos para o baile.

Era o terceiro dia de venda de ingressos, o que significava que também era o terceiro dia da chamada "iniciativa alternativa ao baile" do Clube da Conscientização.

Não estava... sendo um grande sucesso.

Tudo bem, tudo bem, estava sendo um fracasso total.

Montamos uma barraca onde os alunos poderiam doar seu troco para o Centro Comunitário de West Pinebrook depois de comprar os ingressos.

— Mais alguma doação? — perguntei, inclinando-me sobre a mesa.

Max Cohen balançou a cabeça.

— Sinto muito, Elena.

Olhei para o frasco. Estava quase vazio. A nota de um dólar que eu tinha colocado lá ainda era a única contribuição. Pensei que talvez já ter algum dinheiro ali nos fizesse parecer menos patéticos, mas, de alguma forma, aquilo parecia ainda mais triste.

Olhei para minha planilha cuidadosamente escrita. Eu a fizera para prever potenciais doações. Estávamos muito atrás do que havia projetado. Mas acho que falhei ao não levar em conta a apatia adolescente.

— Alguém pegou um panfleto? — Olhei para a pilha suspeitamente cheia.

1

— Para isso, teriam que parar de evitar nossa mesa como se tivéssemos algum tipo de doença contagiosa. — Minha melhor amiga, Josie Flores, revirou os olhos.

Passei dias escrevendo aqueles panfletos, inclusive adicionando fotos das crianças do centro comunitário na festa de fim de ano anterior e o link do site de arrecadação de fundos para doações online. Os panfletos explicavam que não estávamos dizendo às pessoas para *não* irem ao baile, mas para repensarem como estavam gastando seu dinheiro no evento.

Foi por isso que Josie cunhou o termo "iniciativa alternativa ao baile". Não ajudou muito, no entanto. Todos pensavam que estávamos protestando abertamente contra o baile de formatura.

— Vamos lá, El, se eles não pegam os panfletos, vamos simplesmente distribuí-los — disse Josie, saindo de trás da mesa.

Ela era magra como um palito, com pele morena e macia, um rosto bem estreito e cabelos escuros que emolduravam sua face com cachos. Era tudo o que eu desejava ser quando pequena, em vez de ter o meu rosto coreano redondo, pernas curtas e cabelos pretos liso-escorridos.

— Eu ajudo! — Max deu um pulo.

— Não, você guarda a mesa e o... dólar — disse Josie, olhando para o frasco desolador.

Dei de ombros, compadecida por ele ficar preso com o dever de cuidar da mesa novamente. Mas Max se sentou de volta obedientemente. Ele faria qualquer coisa por Josie.

Desde o segundo ano, estava sempre admirando-a por trás de seus óculos de aro de metal. Estranhamente, esse tipo de armação caía bem nele, conferindo-lhe um ar elegante de "garoto nerd branco". Seu cabelo cacheado costumava ser curto no ensino fundamental, mas ele o deixou crescer, e agora os fios caíam nos olhos. Era fofo de um jeito bem Shawn Mendes.

Josie começou a percorrer a fila, distribuindo panfletos, certificando-se, antes de seguir em frente, de que cada pessoa pelo menos os abrisse. Ela não parecia se importar com os olhares irritados ou com os comentários rudes que recebia. Eu gostaria de conseguir ser confiante assim, de não me importar com o que todos pensam de mim.

— Eles estão a um passo de perder o financiamento — falei com um grupo de alunos do primeiro ano a quem eu tinha acabado de entregar panfletos. Nenhum deles os havia aberto. Então, peguei um, que abri eu mesma na parte com uma lista de maneiras de economizar no baile de formatura. — Em vez de gastar centenas de dólares em limusines,

vestidos e ternos, vocês podem simplesmente usar um terno velho ou um vestido alugado e dirigir por conta. E então doar o que economizaram para o centro.
— Ei, você é a irmã de Ethan Soo, não é? — Um deles semicerrou os olhos para mim como se estivesse tentando enxergar a semelhança familiar.
Suspirei. Era comum que as pessoas se lembrassem do meu irmão antes de se recordarem de algo tão detestável quanto meu nome de verdade. Afinal, ele era o gêmeo popular. E nunca fez nada tão irritante quanto pedir às pessoas que doassem o dinheiro do baile.
— Sou Elena — murmurei. — Então, de volta ao centro comunitário, se vocês não tiverem dinheiro extra agora, tem um site para doações que também podem acessar.
Todos eles apenas me olharam antes de voltar à sua conversa sobre algum novo filme que havia acabado de ser lançado. Essas pessoas não tinham coração? Não viram as adoráveis crianças lhes sorrindo no panfleto?
— Perdão. — Tentei chamar a atenção deles novamente, mas fui ignorada.
— Ei, você precisa parar de se desculpar o tempo todo — disse Josie, aproximando-se. Ela estava em seus últimos panfletos, e me senti culpada por ainda ter uma pilha cheia nas mãos.
— Não consigo evitar. — Fiz uma careta, porque ela estava certa. Pedir desculpas constantemente, sempre que eu sentia algum indício de que alguém estava desconfortável perto de mim, era uma reação instintiva da minha parte.
— Não acho que isso tá dando certo — disse Josie, franzindo o cenho para a fila de alunos que faziam o possível para nos ignorar. — Acho que vamos ter que usar métodos mais radicais.
— Bem, a menos que você queira dar uma de Robin Hood, acho que panfletos e protestos são tudo o que temos agora. — Suspirei.
— Tenho uma coisa para ajudar nossa causa — disse Josie, dirigindo-se à saída.
— Desde que não faça bagunça! — gritei atrás dela, mas não tinha certeza se ela havia me ouvido ao sair do refeitório.
Enquanto eu esperava que Josie voltasse, a fila andou, e uma garota esbarrou em mim com a mochila ao se virar para falar com uma amiga.
— Por que você não encontra outro lugar para ficar? — perguntou ela, bufando de aborrecimento.
— Sinto muito — murmurei antes de conseguir me conter.

— Você viu os panfletos esquisitos dela? — disse a amiga da garota, sem se importar que eu ainda estivesse bem ali. — Imagine passar o tempo inteiro tentando arruinar o baile de formatura.

Suspirei e dei um passo para trás, afastando-me da fila e dos olhares irritados. Eu não estava tentando arruinar o baile. Só sabia que ele não era tão especial quanto todos acreditavam. Vi cada uma das minhas três irmãs mais velhas se empolgarem para o evento, apenas para voltarem para casa, no final da noite, decepcionadas de alguma forma. Esse tipo de experiência muda seu jeito de encarar as coisas, mesmo que eu só tivesse 10 anos.

Fiquei encostada em uma mesa de almoço enquanto esperava Josie voltar. Estava cheia de alunas do primeiro ano suspirando por causa de um MV que assistiam em um dos celulares. Eu mal conseguia ouvir a música por causa do alto volume de vozes que tomava conta do refeitório, mas reconheci o grupo: WDB.

O WDB conseguira algo que nenhum outro grupo de K-pop, em mais de uma década, havia conseguido: conquistou os corações de adolescentes de todo o mundo e, de alguma forma, tornou-se o primeiro grupo coreano a ganhar um MTV Video Music Award e um American Music Award, sendo impulsionado para outras premiações e até se apresentando no programa *SNL*. Foi tudo tão impressionante, mas houve uma camada extra de surrealismo para mim quando o rosto do *main rapper*, Robbie Choi, enfeitou a tela. Era um rosto que eu conhecia bem, embora tivesse perdido toda a gordura infantil que preenchia suas bochechas quando tínhamos 10 anos. Fomos melhores amigos. Eu sabia coisas sobre ele que não estavam escritas em seu perfil oficial.

Eu sabia como ele tinha conseguido aquela pequena cicatriz na sobrancelha. (Ele caiu de um guarda-roupa e bateu na quina de uma mesa de centro durante um jogo épico de esconde-esconde.)

Eu sabia que, embora fosse famoso agora por causa de seus cachos exuberantes, que já foram tingidos de todas as cores do arco-íris durante sua carreira, uma vez, ele me deixou raspar uma mecha, porque queríamos ver se era possível escrever o nome dele no seu cabelo. (Spoiler: não era. E sim, entramos em uma encrenca épica com nossos pais depois dessa proeza.)

Agora, havia garotas se jogando nele e dando risadinhas sempre que seu rosto aparecia na tela.

Mas Robbie era outra razão para eu saber que o baile seria uma decepção para mim. Eu, assim como todo mundo, já ansiei por uma noite de formatura mágica, repleta de danças lentas e fotografias com poses perfeitas. Mas sempre imaginei isso com uma pessoa específica. E, como ela não estava mais neste país, muito menos nesta cidade... por que me dar ao trabalho? Quando se sabe que algo não vai dar certo, é melhor simplesmente seguir em frente.

— Robbie é o meu *bias*! — declarou uma das garotas, e eu quase tive vontade de contar a ela sobre aquela vez em que Robbie caiu na lama durante nossa viagem da terceira série. Precisei andar atrás dele o resto do dia para que ninguém pensasse que ele tinha feito cocô nas calças. Ou talvez eu explicasse a ela que Robbie se esqueceu de todos os velhos amigos quando ficou famoso...

— JD é o meu *bias*. Ele é tão... misterioso.

Observei o outro membro do WDB dar uma piscadela maliciosa. Eu nunca conheci JD, embora ele fosse o primo mais velho de Robbie. Tive que admitir que era uma música bem chiclete. E talvez eu tenha me pegado baixando alguns *singles* do WDB. Mas ainda era tão estranho pensar no meu melhor amigo de infância como um galã arrasa-corações.

Comecei a me lembrar da última vez em que vi Robbie. Tínhamos 10 anos e estávamos parados na frente da casa vazia dele. Todas as suas coisas já haviam sido enviadas para Seul antes de sua família ir. Eu já tive amigos que se mudaram antes. Becca Kuss foi para Ohio na primeira série. Emily B. se mudou para a cidade vizinha ano passado. Mas Robbie era meu melhor amigo, e ele não estava se mudando para uma cidade a alguns quilômetros de distância. Estava se mudando para o outro lado do mundo. Nós nos abraçamos, com lágrimas escorrendo pelo rosto. O nariz de Robbie estava vermelho como um tomate. Eu lhe disse isso, e ele respondeu que o meu me fazia parecer com Rudolph, a Rena do Nariz Vermelho. E então nos abraçamos novamente.

— Vou te enviar e-mail todos os dias — prometi.

— Vou te mandar mensagem todos os dias — disse Robbie. — Você baixou o KakaoTalk, né?

Assenti. Eu nunca tinha usado o aplicativo de mensagens coreano antes, mas Robbie disse que funcionava em todo o mundo, então não importava aonde fôssemos, ainda poderíamos conversar.

— E eu vou voltar quando a gente estiver no ensino médio pra irmos ao baile juntos — disse ele com um sorriso largo. — E vamos tirar fotos que nem as de Sarah com aquelas pulseiras de flores idiotas.

— Chama *corsage* — falei. — E só meninas usam.

— Quem disse? — Robbie fez beicinho.

Eu ri:

— Não sei. Tudo bem, vamos usar *corsages* combinando.

— Mas eu quero que a minha seja feita de Lego — disse Robbie.

— Então eu quero que a minha seja feita de borboletas.
— Ai, credo! De insetos mortos!?
— O quê? — gritei, horrorizada. — Não! De borboletas falsas!
— Nem. Você quer usar insetos mortos. Você é uma usuária de insetos mortos! — zombou Robbie e, apesar de nossas lágrimas e de nossa separação iminente, ele me fez rir. Eu saí correndo atrás dele, perseguindo-o pelo quintal até que sua mãe o chamou para entrar no carro.
— Eu te vejo no baile — disse antes de fechar a porta.
Fiquei olhando Robbie ir embora até não conseguir mais vê-lo.
E, nos sete anos desde então, ele se tornou parte do maior grupo masculino de K-pop de todos os tempos, e eu não iria nem morta ao baile.
— Aqui está! — cantarolou Josie quando retornou, trazendo-me de volta à realidade. Ela ergueu um megafone.
— O que eu deveria fazer com isso? — perguntei. — E por que você tinha um megafone no armário?
— Foi do nosso comício para salvar as baleias — disse ela. E então tive flashbacks horríveis de Josie vestida de baleia, marchando pelo pátio com seu megafone. — Usa para instigar a multidão. — Ela me estendeu o objeto. — Faz um discurso. Empolgue as pessoas.
— Não sou muito boa em falar em público. — Cruzei as mãos atrás das costas. Na verdade, precisei sair do clube de debate, porque não conseguia ficar na frente dos doze outros estudantes e defender meu ponto de vista sem ficar vermelha.
— El, eu vivo te dizendo que você não pode ser uma boa ativista a menos que supere seu medo de falar em público — disse Josie. Eu não tinha coragem de lhe dizer que não achava que o ativismo realmente faria parte do meu futuro. A essa altura, eu só continuava no clube por ela. "Vamos lá — Josie me arrastou de volta à mesa de ingressos do baile."
Caroline Anderson e Felicity Fitzgerald estavam sentadas lá, recebendo o dinheiro pelos elegantes ingressos em alto-relevo. As duas eram lindas líderes de torcida brancas, com o tipo de aparência perfeita que só se via em programas de televisão e em filmes adolescentes. Naquele momento, ambas usavam seus uniformes de líderes de torcida, embora não fosse dia de jogo. Acho que elas pensaram que o espírito escolar fluiria deles para os compradores que estavam gastando incríveis sessenta dólares por ingresso.
— Elena, fala a verdade — disse Caroline, apoiando o queixo nas mãos. — Você odeia o baile porque sabe que ninguém te convidaria.
Congelei, minha boca se abrindo.
— O quê? Não, eu não me importo com essas coisas.

— Ah, qual é, Elena. Você ficou com inveja quando arrumei meu primeiro namorado na sétima série — intrometeu-se Felicity.
— É mesmo? — perguntou Caroline, seus olhos aguçados brilhando de alegria.
— Sim, ela ficou de cara feia a semana inteira e, em protesto, não foi nem à minha festa de aniversário. — Felicity deu uma risada.
Eu estava doente naquele fim de semana, e minha mãe não me deixou ir à festa. Mas eu sabia que, se dissesse isso agora, soaria como uma desculpa vazia e apenas jogaria mais lenha na fogueira de Felicity e Caroline.
Felicity e eu já tínhamos sido próximas. Depois que Robbie foi embora, eu não tinha ninguém com quem andar na escola e, no ensino médio, orbitei em torno de Felicity e de sua pequena gangue de garotas até que a minha decisão de não me tornar líder de torcida na nona série me tornou digna de ser excluída. Ainda me lembro do dia seguinte ao teste para líderes de torcida, quando, no refeitório, Felicity deu uma de Gretchen Wieners, de *Meninas Malvadas*, gritando:
— Você não pode sentar com a gente! — Só que com menos rosa.
Josie cutucou meu ombro.
— Vamos, El. Não deixa que elas te afetem.
Josie puxou uma cadeira e subiu nela, gritando no megafone:
— Atenção! Temos um anúncio a fazer.
Ela desceu e empurrou o megafone para mim.
— Não consigo subir — sussurrei, tentando afastá-lo.
— Basta pensar no centro comunitário. Fala com o seu coração.
— É o anúncio de que você finalmente percebeu o quão patético é o seu protesto idiota? — gritou Caroline, e Felicity riu.
Isso me lembrou daquele almoço em que Felicity terminou a amizade comigo na frente de todo o refeitório. O que me irritou o suficiente para me fazer subir na cadeira e pegar o megafone.
Mas quando olhei para todos aqueles rostos me encarando, minha boca ficou tão seca que não consegui produzir nenhum som. Senti como se estivesse suando, mas, quando passei a mão na minha testa, ela saiu seca. Olhei para Josie, que fez um sinal de positivo com a mão, então apertei o botão. Limpei a garganta, e um som agudo de retorno me fez estremecer. Mas pelo menos chamou a atenção do refeitório. Todos os olhos estavam em mim agora. Ótimo. Respirei fundo e lembrei-me do conselho de Josie: *fala com o seu coração*.
— Hum, olá — murmurei, e o megafone guinchou novamente. — Sinto muito.

Josie beliscou minha perna e murmurou: *não se desculpa*. Balancei a cabeça e limpei minha garganta mais uma vez. *Lembre-se do centro comunitário.*

— Hum, então, estou aqui para falar sobre um lugar que significa muito para mim. — Olhei com nervosismo para Josie, e ela murmurou de novo: *com o seu coração*. — E... e que também significa muito para toda esta comunidade. — Alguns dos alunos do primeiro ano das mesas mais próximas a mim estavam assistindo sem rir ou zombar, então, pelo menos, eu tinha a atenção deles. Com o coração acelerado, continuei. — Não sei se alguém aqui lembra como era o West Side quando éramos crianças. Mas, há menos de dez anos, não tinha muita coisa lá. Apenas a velha fábrica fechada e nem mesmo parques.

Alguns garotos assentiram. A Escola Secundária Pinebrook atendia toda essa área, o que incluía estudantes do ensino médio vindos do West Side. Ver que minhas palavras tinham sido reconhecidas me deu uma energia extra para continuar, então as próximas saíram mais suaves.

— O Centro Comunitário de West Pinebrook reaproveitou a fábrica para criar um espaço seguro que os estudantes das escolas primárias e secundárias do West Side pudessem frequentar depois da aula. Dona Cora, sua administradora, diz que um prédio pode se tornar mais do que tijolos e janelas se estiver cheio de paixão e amor. Não vale a pena lutar por um lugar como esse? Vocês não tão cansados de os adultos dizerem que estamos definhando porque ficamos com o nariz enfiado no celular?

Eu vi Josie balançar a cabeça e notei que alguns dos alunos franziram a testa e se viraram. Porcaria, estavam se dispersando. As meninas que estavam assistindo ao vídeo do WDB pareciam extremamente irritadas. Comecei a atropelar as palavras enquanto tentava finalizar para poder me esconder.

— E-então, se vocês quiserem mostrar como nossa geração pode ser apaixonada, basta doar, para manter uma importante instituição de bairro funcionando, o que gastariam em vestidos ou limusines! — Fiz o possível para encarnar o espírito de Josie e levantei a outra mão no ar. — Juntos, podemos fazer a diferença!

Um silêncio denso se instaurou, até que Max tentou iniciar um aplauso lento, que soou triste e patético quando ninguém se juntou a ele. Josie soltou um grito entusiasmado, que ecoou por todo o refeitório. Mas, infelizmente, a maioria dos alunos retornou ao próprio almoço.

Caroline irrompeu raivosa de trás da mesa de ingressos, seu rabo de cavalo loiro balançando furiosamente.

— Isso só pode ser ilegal — reclamou ela. — Você não pode simplesmente ficar aqui gritando em nossos ouvidos durante todo o almoço.

Josie deu um passo à frente e cruzou os braços. As duas eram da mesma altura, então, caso houvesse uma luta, seria bem equilibrada. Exceto que, se eu fosse uma garota que costuma apostar, apostaria meu dinheiro em Josie.

— Sinto muito em te dizer isso, mas o regulamento da escola diz que os alunos podem fazer comícios, desde que não interrompam os períodos de aula ou usem linguagem vulgar — disse Josie, sem se abalar.

Felicity se juntou à sua amiga e revirou seus olhos castanhos para mim.

— Elena, se eu conseguir que meu pai doe mil dólares para o seu estúpido centro comunitário, isso vai calar sua boca?

Desci da cadeira.

— Claro — falei, e Felicity cruzou os braços, um sorriso de triunfo se espalhando por seu rosto, que era bonito demais para seu próprio bem.

— Pelo menos por enquanto. Qualquer quantia ajuda, Felicity. Mas isso não vai ser suficiente. Se você doar o que gastaria com unhas, cabelo, vestido, limusine, ingressos e jantar. Se fizer com que todos os seus amigos façam isso também. Pense em como isso iria longe. Você não gostaria de fazer algo de bom com a sua popularidade?

Felicity olhou para mim de nariz empinado e, por um segundo fugaz, pensei que ela pudesse estar pensando nisso. Então, um sorriso de escárnio se formou em seus lábios.

— Você tá delirando, Soo. Como você espera mudar a opinião de alguém sobre o baile de formatura quando nem seu irmão gêmeo tá te dando ouvidos? — Ela acenou com a cabeça por cima do meu ombro.

Eu me virei e vi Ethan na fila.

— Ethan — reclamei. Isso não era *nada* bom. Traída pelo próprio sangue.

Ethan e eu éramos a prova de que quaisquer teorias sobre a existência de uma conexão inata em gêmeos eram bobagens. Nós dois éramos extremos opostos. Ethan era carismático e fofo, o que era irritante, porque meus colegas de classe sempre tentavam obter de mim informações sobre ele. Enquanto eu era desajeitada e completamente esquecível, Ethan estava no time de lacrosse do colégio desde o primeiro ano e se sentava com o "pessoal popular" no pátio para almoçar. Normalmente eu almoçava com Josie na sala de jornalismo. E agora, pelo que parecia, Ethan e eu estávamos em lados opostos desse debate sobre o baile.

Ethan me dirigiu um sorriso amarelo:

— Foi mal, Gêmea, é só que, você sabe, os ingressos para o baile têm desconto na primeira semana de venda.

Normalmente, ouvi-lo me chamar de "gêmea" me fazia sorrir mesmo quando eu queria revirar os olhos. Mas, desta vez, senti apenas irritação.

— Você sabe o quanto o centro comunitário é importante para mim, Ethan.

— Eu sei, é só que... quero conseguir ingressos com desconto para o baile.

Ethan não entendia. Ele nunca se importava com nada que eu fazia. Enquanto eu me virava de volta, Caroline puxou o megafone da minha mão.

— Ei! — Tentei agarrá-lo, mas ela escapou com uma dancinha.

Caroline o levantou.

— Anúncio! Decidi dar uma festa pré-baile na minha casa. Por que limitar a diversão a apenas uma noite? Mas, para ser convidado, você precisa ter um ingresso para o baile!

Houve uma comemoração geral, e os garotos da fila se empurraram para frente, como se, de repente, os ingressos fossem uma mercadoria limitada.

Era como aquela cena de *O Rei Leão*, quando Simba está olhando com os olhos arregalados para os gnus em debandada. Exceto que não havia nenhum Mufasa para me salvar enquanto eu tentava sair do caminho da multidão crescente.

Claro, com minha sorte terrível, esqueci da cadeira atrás de mim. E, em vez de correr para um lugar seguro, senti meus pés se emaranharem nas pernas de metal. Ouvi Josie gritar meu nome enquanto eu tentava manter o equilíbrio, mas a cadeira venceu a batalha, e caí de costas, meus braços girando como em um desenho animado ao mesmo tempo em que eu tentava me equilibrar. Acabei esparramada no chão pegajoso.

Minhas mãos, que eu havia jogado para trás para tentar me segurar, ficaram cobertas por algum tipo de substância pegajosa, e meu quadril latejava por ter batido na beirada de uma mesa enquanto caía. Observei os estudantes pisotearem meus panfletos, amassando-os e se aglomerando em torno de uma triunfante Caroline.

Dois

Nas quartas-feiras, eu ia ao centro comunitário depois da escola. Normalmente, ficava animada para ver as crianças. Mas, hoje, o fracasso pesava sobre meus ombros.

Enquanto caminhava para o estacionamento, vi Ethan e seus amigos perambulando pelo pátio antes do treino de lacrosse. Eles estavam rindo, rasgando pedaços de papel e jogando-os no ar como confete. Se Josie estivesse aqui, daria um sermão neles sobre jogar lixo no chão. Da última vez que ela tentou falar com o grupo sobre o programa de reciclagem, eles a encararam como se ela estivesse falando francês, e então Tim Breslow jogou propositalmente sua garrafa de Coca-Cola em uma lata de lixo próxima.

A questão era que, embora eu definitivamente acreditasse na luta do Clube da Conscientização (que envolvia praticamente qualquer causa ambiental ou de justiça social), ele era muito mais a praia de Josie. Eu não era corajosa ou ousada o suficiente para convencer alguém a lutar pela mudança sem minha melhor amiga. Eu simplesmente não tinha o necessário para confrontar ninguém sozinha, mesmo sobre algo tão pequeno quanto jogar lixo no chão. Então, comecei a dar uma grande volta, com a intenção de passar longe do grupo.

Uma brisa levantou alguns pedaços de papel, que vieram girando em minha direção. Pude praticamente ouvir a voz de Josie me repreendendo. Então, abaixei-me para pegá-los. E congelei quando vi um sorriso familiar, os contornos de seu rosto rasgados em linhas irregulares. Era uma das crianças do centro comunitário. A que eu tinha imprimido nos meus panfletos.

Eles estavam rasgando-os! Eu não poderia simplesmente deixar isso para lá, certo? Precisava dizer algo, meu orgulho exigia isso. Mas quando comecei a andar em direção a eles, ouvi a risada de Ethan. Estava rindo dos meus panfletos? Não estava nem mesmo mandando seus amigos

11

pararem de desfigurá-los. Estava apenas sentado lá se divertindo enquanto eles faziam isso.

Furiosa, passei direto. As risadas diminuíram quando eles me avistaram. Nem olhei para trás. Não queria ver o olhar presunçoso no rosto de Ethan enquanto ele zombava de algo que eu amava.

Nem deveria estar surpresa. Ethan nunca me escolheu em vez dos amigos. Eu tinha parado de esperar que ele o fizesse.

Quando cheguei ao lado oeste da cidade, minha raiva havia se transformado em uma leve dor de cabeça. Era inútil me estressar com Ethan. Não era como se ele fosse mudar, e meus pais nunca ficariam do meu lado se eu reclamasse. Então, apenas respirei fundo dez vezes, como sempre fazia, e me convenci de que era mais fácil deixar para lá.

A entrada lateral do centro comunitário levava a salas onde, às vezes, havia aulas. Mas agora estavam cheias de crianças que brincavam enquanto fingiam fazer o dever de casa. Cada sala tinha um tema, como a Ladybug, que atualmente estava ocupada com cinco garotos da quinta série que discutiam sobre quem seria o DM em sua partida de D&D. Reconheci o fichário gigante que escrevi pessoalmente para o jogo.

Um dos meninos olhou para cima e me viu:

— Ei! A Elena tá aqui. Ela pode ser o DM.

Não vou mentir, a recepção calorosa aqueceu meu coração. Todas as crianças do centro me conheciam pelo nome. Aqui, eu não era "a irmã de Ethan" ou "Filha Número Cinco dos Soo".

— Claro — falei, mas lembrei que tinha uma tarefa para realizar primeiro. — Vão escolhendo seus personagens que eu já volto. Preciso falar com Dona Cora.

Todos assentiram, acomodando-se juntos alegremente. Eu tinha muito orgulho do clube de D&D que criei no centro comunitário. A princípio, fiquei preocupada que as crianças o considerassem uma coisa de nerds perdedores. Mas um grupo realmente se formou e o jogo engrenou. Isso me lembrava de quando Robbie e eu encenávamos nossos próprios jogos de aventura durante a infância.

Lembrei-me de quando cheguei ao centro comunitário no primeiro ano, focada apenas em cumprir minhas horas de voluntariado e depois ir para casa. Mas, toda vez que eu vinha, acabava ficando cada vez mais tempo, pensando em novos programas que gostaria de ter tido quando era mais jovem. E, quando criei coragem para sugerir um projeto, lembro-me da enorme onda de orgulho que senti quando Cora disse que a ideia era genial. Fiquei encantada pelas crianças e admirava Cora Nelson, a mulher que administrava sozinha o centro comunitário.

Fui para a ampla sala de jogos que utilizamos para cuidar das crianças mais novas. A TV estava ligada em um canto, mas ninguém estava realmente assistindo. Localizei duas das minhas pessoas favoritas do centro comunitário, Tia e Jackson, no canto mais distante, perto de uma pequena estante.

— Elena! — chamou Jackson quando me viu. O menino de 4 anos acenou tanto com o braço que tive medo que ele caísse do colo de Tia. Seu cabelo castanho caía sobre os brilhantes olhos azuis, que tinha herdado da mãe. — Elena, Elena, Elena, Elena, Elena, adivinha só!

O cabelo loiro de Tia estava preso em um rabo de cavalo frouxo, com alguns fios se soltando, e ela estendeu a mão distraidamente para colocá-los atrás da orelha enquanto sorria para mim. Ela era alta e magra (o tipo de magreza com que minha mãe lidaria com um estalar de língua e um prato de comida) e parecia jovem o suficiente para estar em um campus universitário.

— Graças a Deus que você veio, tô precisando fazer xixi desde que chegamos — disse Tia, transferindo Jackson para o meu colo assim que me sentei.

— E aí, Jack-Jack? — perguntei.

— Eu sei ler! — exclamou ele.

— Ah, é mesmo? — falei, meu olhar encontrando o de Tia enquanto ela se levantava.

Tia apenas riu e chacoalhou os ombros:

— O que posso dizer? Tô criando um gênio.

— Olha só! — disse Jackson, abrindo um livro.

Eu me inclinei um pouco, e ele começou a contar a história e virar as páginas. E foi uma recitação palavra por palavra. Eu teria caído no truque, só que ele acidentalmente começou a "ler" na folha de rosto e sempre estava uma página atrasado. Ainda assim, o garoto era esperto por ter memorizado o livro inteiro, e, quando terminou, bati palmas, dando o devido crédito.

Jackson riu e olhou para cima; então seus olhos se arregalaram, e ele deu um pulo.

— Mamãe? — chamou. — Mamãe! — gritou, girando pela sala.

— Ei, Jack-Jack, tá tudo bem. Ela só foi ao banheiro — falei, tentando pegar sua mão. Mas ele se desvencilhou, lágrimas se acumulando em seus olhos.

Tia voltou correndo, pegando Jackson nos braços.

— Oi, amor, tá tudo bem. Mamãe tá aqui.

Jackson deu pequenos soluços tristes enquanto Tia suspirava.

— Ele tá com ansiedade de separação desde que assumi o turno da noite no mês passado. Seus professores da pré-escola disseram que isso pode acontecer quando os horários mudam.

Assenti com a cabeça, sentindo uma dor no coração ao ver o rosto de Jackson molhado de lágrimas.

— Ei — falei, fazendo uma voz animada para distraí-lo. — Ouvi dizer que o aniversário de alguém tá chegando.

Um sorriso iluminou o rosto dele:

— Sim!

— De quem será que é? — perguntei, acariciando meu queixo e fingindo pensar.

— Meu — gritou Jackson, levantando a mão. — É o meu.

— Ah, é mesmo? — Sorri com seu entusiasmo contagiante. — O que você quer de aniversário? Cosquinha?

Cutuquei suas costelas, e ele caiu na gargalhada, contorcendo-se até cair no chão.

— Não é isso? — perguntei, fingindo pensar mais um pouco. Então, tive uma ideia. — Sabe, quando eu era pequena, meu melhor amigo e eu costumávamos conceder desejos um ao outro no aniversário. Você ia gostar?

Os olhos de Jackson se arregalaram.

— Sim — disse, apressado. — O que posso pedir?

— Qualquer coisa. — Dei de ombros. — É só pensar no que você quer.

— Tá bom. — Ele sorriu. — Eu quero um livro!

— Sério? — Senti um grande orgulho, esse garoto estava conquistando meu coração de nerd.

— Sim! Um *livro bem grande*. — Ele esticou os braços ao máximo para ilustrar o tamanho.

— Feito. Por que agora você não procura outro livro para ler para mim, amigão? — perguntei.

Jackson se levantou e foi até a prateleira, examinando muito seriamente suas escolhas.

— Você se dá tão bem com ele. — Tia sorriu. — Tenho sorte de ter você cuidando dele. Esses turnos noturnos seriam um inferno se eu não tivesse um lugar seguro para deixar o Jackson.

Qualquer felicidade que esse elogio teria me proporcionado desapareceu quando imaginei o que aconteceria se o centro comunitário fechasse. Os serviços de babá à tarde e à noite não eram só para as crianças. Eram para pais como Tia, que, quando precisavam trabalhar até tarde,

não podiam pagar uma babá. Tantas famílias por aqui não funcionavam em horário comercial, considerado a norma por tantas outras.
— Já sabe quando vai conseguir um turno diurno de novo? — perguntei.
Tia balançou a cabeça.
— Eu me inscrevi para um posto de gerente de piso e consegui uma entrevista, mas vamos ter que esperar para ver.
— Vou cruzar os dedos. — E fiz isso na mesma hora, segurando-os próximo ao coração.
Tia sorriu:
— Falando em dedos cruzados, como vai a sua cruzada?
— Bem, se minhas projeções estiverem corretas, vamos ter feito o suficiente para ajudar o centro daqui a cerca de 26 anos — falei com um suspiro pesado, e Tia me deu um sorriso solidário. — Acho que essa coisa de ativismo não é muito a minha praia.
— Bem, pode levar um tempo — disse Tia. — E o Clube da Conscientização é o primeiro que você não abandonou depois de um semestre.
— Isso porque Josie viria atrás de mim, não importa onde eu me escondesse. — Ri. Mas Tia tinha razão. Eu simplesmente nunca combinei com nenhuma outra atividade extracurricular que tentei. E tentei muitas.
Tia sorriu e perguntou:
— Já tentou entrar para a equipe feminina de levantamento de peso este semestre?
Estremeci. Achei que seria bom ter um esporte para colocar na minha candidatura para a faculdade, e a equipe de levantamento de peso aceitava qualquer uma que tentasse, só que...
— Eu deixei a barra cair durante o teste e quase quebrei o dedo do pé da técnica. Vou entrar para a história da Escola Pinebrook como a única pessoa que não conseguiu entrar para a equipe.
Tia riu e disse:
— Sem querer destruir seus sonhos, nunca achei que fosse sua praia mesmo.
Dei de ombros:
— Precisei aprender do jeito mais difícil. Por enquanto, vou continuar condenada ao ostracismo por "arruinar o baile".
— Eu não fui ao meu baile de formatura, sabe — disse Tia.
— Sério? Por que não? — perguntei, curiosa de verdade. Parecia que todos ao meu redor achavam que eu era ridícula por não querer ir ao baile.

— Estava nas últimas semanas da gravidez — contou. — Não tinha vontade de dançar de salto alto estando grande como uma casa. Mordi o lábio e assenti. Sempre esquecia que Tia era mais nova que minhas irmãs. Mas eu sabia que ela ainda estava no ensino médio quando engravidou, e seus pais a deserdaram por isso.

— Ei, o que foi isso? — perguntou Tia, pegando meu braço e apontando para um curativo em meu pulso. Eu tinha trombado em alguma coisa que me arranhou durante a debandada no refeitório. No entanto, meu orgulho estava bem mais ferido. — Foi aquela garota Felicity de quem você me falou?

— Por quê? Você vai chamar a atenção dela? — perguntei, segurando um sorriso.

Tia suspirou e soltou minha mão.

— Como se fosse fazer alguma diferença. Jovens que rebaixam os outros são sociopatas desprezíveis ou apenas inseguros. E não vale a pena perder tempo tentando descobrir qual é o caso dela.

Balancei a cabeça. O conselho de Tia sempre foi ser melhor do que os outros. Ela dizia que, desse jeito, quando você terminasse o ensino médio, ainda teria seu orgulho. A estratégia de Josie é revidar, o que, eu acho, funciona para ela. Prefiro evitar encrenca a qualquer custo. E sou muito boa em ser invisível, pelo menos isso serve para alguma coisa.

— Onde está Cora? — perguntei, olhando ao redor da área comum.

— Da última vez que a vi, ela ainda estava fazendo ligações no escritório, tentando atrair mais pessoas para o nosso lado antes da reunião de orçamento municipal em junho.

— Algum resultado? — perguntei, temendo a resposta.

Tia balançou a cabeça:

— Tiveram que dispensar a Sra. Lewis esta semana.

— O quê? A Sra. Lewis trabalha aqui desde que o centro abriu! — exclamei. Ela era uma professora semiaposentada que ministrava todas as aulas de alimentação saudável e culinária. — Não podemos deixar que isso continue acontecendo.

A TV do outro lado da sala começou a fazer barulho com os comerciais. Eu não assistia mais à TV a cabo, mas parecia que os comerciais sempre eram bem mais altos do que os programas. Tinha certeza de que isso era algum tipo de truque consumista perverso. E esse comercial era ainda mais alto, porque estava anunciando o convidado musical do programa noturno de hoje: WDB.

— Ei, você já não comentou que conhecia um desses garotos? — perguntou Tia.

— Sim, há uma vida — respondi assim que a foto de Robbie apareceu, antes de mostrarem o grupo inteiro.

Ligue sua TV às 23 horas e se sinta completamente inadequada quando comparada ao seu melhor amigo de infância famoso! Tudo bem, tudo bem, a televisão não disse isso, mas poderia muito bem ter dito.

— A gente nem se fala mais — apontei. Não nos falávamos desde os 13 anos, e, logo em seguida, ele ficou famoso demais para se lembrar do meu número. Peguei minha mochila. — Vou lá dentro falar com Cora.

— Mas e o livro! — protestou Jackson ao voltar correndo com nada menos que cinco livros precariamente equilibrados em seus bracinhos de criança de 4 anos.

— Prometo que volto rapidinho e leio tudo isso com você.

— Promete! — O garoto estendeu o mindinho, e ri. Eu o ensinei a fazer a promessa de mindinho mês passado, e agora ele só quer saber disso.

— Prometo. — Enrolei meu dedo no dele.

— Agora sela — falei, e, com os mindinhos ainda enrolados, nós juntamos nossos polegares. — E carimba. — Soltamos os dedos e pressionamos o polegar na testa. — E envia! — Juntamos nossas palmas.

— De novo! — disse Jackson, risonho.

Queria tanto ficar e jogar milhares de jogos com ele. A risada do garoto era contagiante. Mas eu precisava falar com Cora.

Para chegar ao escritório dela, era preciso atravessar a grande área de recreação. Era o coração do centro comunitário. Onde a maioria das crianças gostava de brincar, usando a quadra de basquete ou jogando handebol no canto. Havia até uma pequena pista coberta. Na construção da área, um espaço plano, que costumava ser um chão de fábrica, foi aproveitado. Era isso que tornava o centro tão útil. Isso, e o fato de ele ficar do outro lado da rua da escola primária e a uma curta distância da escola secundária.

Quando bati na porta, ela se abriu um pouco. O espaço não era maior do que um armário de zelador (e eu desconfiava secretamente que, antes, ele costumava cumprir essa função), mas Cora insistiu em usar este espaço em vez de uma das salas maiores. Disse que elas deveriam ser utilizadas para atividades ou estudo.

Cora estava sentada atrás de sua mesa, exatamente como eu havia imaginado. Era uma mulher negra alta e magra que trabalhou na cidade por mais de uma década como assistente social antes de assumir o cargo de diretora do Centro Comunitário de West Pinebrook. Percebi que o que de início parecia ser a pior playlist de música de todos os tempos era, na verdade, uma música de espera horrível tocando no alto-falante de seu telefone.

— Ah, eu não queria interromper... — comecei, mas ela acenou para que eu entrasse, digitando furiosamente em seu computador.

— Não tá interrompendo. Na verdade, você tá me salvando de jogar este telefone na parede. Tô ouvindo essa música há 20 minutos. Vou ter pesadelos com ela.

— As ligações também não tão indo muito bem hoje? — perguntei, sentando-me na única outra cadeira da sala, que ficava espremida entre a escrivaninha e as gavetas de arquivos transbordantes.

— Nem um pouco — disse Cora e, na mesma hora, alguém atendeu do outro lado da linha. Ela pegou o telefone do gancho. — Alô? Vereador? — Suspirou. — Não, eles me disseram que eu ligaria diretamente para o vereador. Bem, disseram que seria quando ele tivesse um momento para conversar... Eu *já liguei* de volta. Estou ligando de volta *agora*. — Cora apertou a ponte do nariz. — Sim, posso ligar de volta de novo. Quando ele terá um espaço na agenda? — Ela digitou rapidamente no computador, adicionando o horário ao seu calendário. — Certo, diga ao vereador que estou ansiosa para discutir essa questão com ele na sexta-feira às 16 horas.

Ela desligou e deixou a cabeça cair sobre a mesa com um baque.

Parte de mim se perguntou se eu não deveria simplesmente ir embora, mas Cora soltou um suspiro pesado. Tão pesado que eu não poderia deixá-la sozinha.

— Sinto muito, Cora — falei.

— Está tudo bem. Significa apenas que terei outro encontro com meu telefone na sexta-feira. — Ela começou a digitar no computador e então estremeceu. — Ah, esqueci.

— O que foi? — perguntei, inclinando-me para frente para olhar a tela.

— Eu ia ficar no turno de babá da sexta à noite. Talvez eu possa chamar a Dee.

— Posso assumir o turno. — Eu me voluntariei.

— É mesmo? Tem certeza? Estudantes do ensino médio não gostam de sair na sexta à noite?

— Você tá dizendo que sou sem graça porque não quero sair na sexta à noite?

— Não, estou dizendo que é uma santa e nunca vou falar mal de você ou te desvalorizar.

Eu ri, mas, por dentro, estava me achando. Sempre me sentia tão radiante quando Cora me elogiava.

— Falando nisso — falei, abrindo a página de arrecadação de fundos para o centro comunitário que comecei com Cora dois meses atrás. — Não arrecadamos muito esta semana. Apenas 150 dólares. Tenho certeza de que vamos receber mais doações em breve.

Mostrei a ela o novo total: 371 dólares.

Parecia tão patético dizer isso. Como uma criança oferecendo seu cofrinho para ajudar a pagar a hipoteca. Mas era tudo o que eu tinha.

— Elena, que incrível! Obrigada por todo o seu trabalho duro — disse Cora. E o fato é que ela realmente falou sério. Nunca dizia as coisas apenas para agradar as pessoas: por isso, sempre confiei na opinião dela.

— Qualquer quantia ajuda. E só precisamos arrecadar dinheiro suficiente para manter o centro comunitário funcionando até você conseguir mais fundos da cidade ou de novos patrocinadores, não é?

— Claro — concordou Cora. — E, se tivermos que fechar as portas por alguns meses, ainda lutaremos para reabrir.

— Fechar? — perguntei sem pensar. — Não, isso não pode acontecer. Para onde as crianças iriam?

— Não sei, mas mesmo que votem para recebermos mais financiamento em junho, não conseguiremos nos manter até lá. Ficaremos sem fundos no mês que vem.

— Não, tem que ter mais coisas que a gente possa fazer — insisti.

O baile seria em maio. Se conseguíssemos que os estudantes colaborassem e doassem parte de seu dinheiro para o centro comunitário, seria possível. Alguns gastam quase mil dólares com todos os adereços. Tenho certeza de que Felicity é um deles. Precisamos apenas criar outra estratégia para fazer os alunos nos ouvirem!

— Não perca as esperanças. Eu não vou perder — falei. — Posso dar um jeito nisso, prometo. — Peguei meu celular, digitando furiosamente em meu aplicativo de notas algumas ideias aleatórias que eu queria discutir com Josie na próxima reunião do Clube da Conscientização.

Cora lentamente abriu um sorriso.

— Você tem razão. Só acaba quando termina. Devemos isso a nossas crianças.

Era isso que eu amava em Cora. Ela não pensava neste lugar apenas como um emprego. Pensava nele como uma família.

Para mim, o centro comunitário era mais do que apenas um lugar.

Vi Jackson e as outras crianças crescerem. Ajudei Deena Romero a trançar o cabelo para seu primeiro recital. No centro comunitário, eu era uma parte importante da administração do local. Três das minhas ideias de projeto foram implementadas e se transformaram em eventos para as crianças, sendo a noite de D&D a mais bem-sucedida. De jeito nenhum que eu deixaria esse lugar fechar as portas, nem por dois meses, nem nunca. Parecia que estava na hora de mudar nossa estratégia. Eu superaria minhas fobias sociais e entregaria panfletos para todos os alunos no corredor, se necessário. As pessoas entenderiam por que o centro comunitário era tão importante. Eu as faria entender.

Três

Estacionei na garagem ao lado do Infiniti brilhante de Ethan. Ele ganhou um carro novo no aniversário de 16 anos. Eu ganhei um celular. Como isso poderia ser justo? Mas ele *é* o único *filho* da família. Sou apenas o peso extra que veio junto.

Meus pais me deixavam dirigir o velho Nissan Sentra 2008 da minha irmã. Ele já era usado quando originalmente o compraram para Esther. Agora tinha quase 250 mil quilômetros rodados e estava sempre quebrando.

Cheguei em casa um pouco mais tarde do que o normal, e já estava quase na hora do jantar. O que significava que minha mãe provavelmente comentaria sobre o meu atraso. Na casa dos Soo, a hora do jantar era a hora da família. Mesmo que agora fôssemos apenas quatro em vez do antigo total de sete.

Decidi entrar pela porta da frente para despistar minha mãe. Eu a abri o mais silenciosamente possível, tirando meus sapatos de imediato. Fui recebida pelo baú coreano de madeira brilhante que exibia retratos da família. Havia pelo menos meia dúzia de fotos de Ethan envolvido nas mais diversas atividades: lacrosse, basquete, e um retrato aleatório dele no aquário. E as fotos da formatura da faculdade das minhas irmãs. Mas, de mim, só tinha uma fotografia de turma da terceira série. Também era a minha pior foto. Robbie tinha me feito derramar suco na minha roupa impecável, e precisei usar um de seus moletons velhos. Era grande demais para mim, e eu estava muito irritada, o que se refletia em meu sorriso forçado. Nunca entendi por que minha mãe escolheu exibir aquela foto dentre todas as outras. Mas parecia estranhamente adequado. Por que se esforçar para exibir seu filho extra?

Alcancei a escada e estava quase livre. Mas juro, minha mãe tem aqueles ouvidos supersensíveis que as mães provavelmente recebem no

hospital com o seu primeiro filho. Porque, assim que eu estava pisando no primeiro degrau, ela gritou:
— Allie, é você? Vem aqui um minutinho.
Suspirei, não adiantava corrigir quando ela me chamava pelo nome de uma das minhas irmãs. Então, fui me arrastando até a cozinha, onde minha mãe cortava uma abobrinha em fatias finas. Ela já estava fritando tofu marinado no fogão, e o cômodo estava tomado por um cheiro glutinoso que só poderia significar que tinha arroz feito na hora.
— Por que você atrasou? — perguntou sem se virar.
Sabia.
— Vou ao centro comunitário toda quarta-feira, lembra? — falei, mesmo sabendo que ela não lembrava.
— Ah, claro. E como foi o resto do seu dia? — Havia um tom em sua voz que fez a frase soar menos como uma pergunta e mais como um teste. Seu cabelo preto, meticulosamente tingido e alisado a cada dois meses, agora estava preso longe do rosto com um elástico todo puído de tão velho. Parte dos fios estava se soltando, e eu podia ver o cinza nas raízes, o que significava que ela visitaria o salão coreano novamente em breve.
— Foi bom — falei, dando de ombros sem necessidade, já que ela não estava me vendo.
— Um passarinho me contou que o almoço foi bastante agitado.
— O nome desse passarinho rima com É Melhor Bethan Cuidar da Própria Vida? — murmurei, olhando para as escadas. Meu gêmeo ia se ver comigo...
— Não é culpa dele. Eu o fiz falar.
— Claro que não. — Nada nunca era culpa de Ethan. O príncipe da família Soo.
— Não entendo porque você odeia o baile. Adora dançar. Era tão boa nas aulas de jazz.
— Essa era a Esther — lembrei à minha mãe.
Ela sempre fazia isso, sempre me confundia com minhas irmãs. Uma parte de mim não podia realmente culpá-la. Ethan e eu não havíamos sido planejados, e ela precisou arrumar um emprego para pagar as contas quando eu era criança. Fui criada mais pelas minhas irmãs do que pelos meus pais nos meus primeiros sete anos de vida.
— Mas, ainda assim, você não deveria odiar o baile — disse ela, finalmente se virando para mim. Ergueu a faca, o que eu teria encarado como uma ameaça, só que ela estava tentando me dar um de seus sorrisos de mãe bajuladora.
Dei de ombros:

— O baile é apenas 1 de 365 noites. Não preciso de uma noite como essa quando sei que meu dinheiro pode ajudar a manter o centro comunitário aberto.

— Fico feliz que você tenha algo pelo qual é tão apaixonada.

— Porém, ela disse isso como se estivesse frustrada por eu ainda não ter deixado aquilo de lado. — Mas o centro comunitário não é só mais um de suas dezenas de outros hobbies? Quando você se cansar disso, não vai se arrepender de ter aberto mão do baile?

Eu podia sentir a frustração crescendo dentro de mim, como um balão se enchendo de ar. Minha mãe sempre fez isso de descartar qualquer um dos meus interesses como um hobby. Ela nunca o faria com Ethan. Mas eu sabia que seria inútil reclamar.

E sabia que não podia simplesmente dizer que pensar no baile me lembrava muito do meu antigo melhor amigo. Aquele que insistiu que sempre seríamos amigos antes de me abandonar para perseguir a fama. Robbie havia prometido que nunca me esqueceria e que voltaria um dia para irmos juntos ao baile. Mas ele já havia quebrado uma dessas promessas, e eu não era tola o suficiente para esperar que cumprisse a outra.

A ideia do baile apenas me lembrava de que eu não era importante o suficiente para alguém se lembrar de mim.

Se contasse tudo isso à minha mãe, ela simplesmente presumiria que eu estava amargurada por causa de um garoto e entenderia tudo errado. Era melhor guardar esse motivo para mim.

— A questão não é o baile de formatura — insisti. — É salvar o centro comunitário.

— Mas por que você simplesmente não pega um dos vestidos usados das suas irmãs e vai?

— Por que todo mundo insiste que o baile é uma espécie de noite mágica? Você não se lembra da Sarah voltando para casa com ponche derramado nas costas do vestido? Ou de como você ficou brava com a Esther porque ela chegou depois do seu toque de recolher? E como a Allie voltou para casa chateada porque o salto dela quebrou, ela torceu o tornozelo e passou o resto da noite vendo seu par dançar com outra pessoa?

— Ah, querida, a própria Allie disse que foi um acidente estranho e que, mesmo assim, ela se divertiu com os amigos.

Sim, Allie disse isso à nossa mãe, mas eu a ouvi chorando e se lamentando para Sarah no quarto mais tarde.

— Eu só ficaria com Josie e Max no baile de qualquer forma. Por que não fazer isso de graça no conforto da nossa casa?

Minha mãe suspirou, e percebi que ela não estava convencida:
— É porque ninguém convidou você? Eu odiei que ela disse isso, como um espelho das palavras de Caroline. O engraçado é que *fui* convidada para o baile de formatura. Há sete anos. Não que isso importasse agora.
— Não, mãe, ter ou não um encontro não é tudo!
— Se você não tiver um encontro, de que outra forma vai encontrar o amor?
— Mãe, eu só tenho 17 anos.
— Eu tinha 17 quando conheci seu pai — lembrou-me.

Sim, há mil anos.

Mas eu não tive a oportunidade de responder, porque a campainha tocou.

— Pode atender? — pediu ela, mergulhando a abobrinha na farinha e no ovo para fritar.

— Claro — murmurei praticamente para mim mesma. Não é como se minha mãe esperasse que eu fizesse outra coisa além de obedecer.

Presumi que fosse o entregador. Ele era o único que tocava a campainha. Josie e os amigos de Ethan simplesmente mandavam mensagem quando chegavam aqui.

Curiosa para saber qual era a entrega, destranquei a porta e, quando estava prestes a abri-la, tive uma sensação estranha que fez os pelos da minha nuca se arrepiarem. Algo me disse que não era o entregador. Minha *halmoni* materna costumava ter sonhos proféticos e sempre nos disse que isso era de família. Esther me disse que ela estava falando besteira, mas, às vezes, tenho essas sensações que me lembram das suas palavras. E este era um desses momentos.

Quando abri a porta, aquela sensação estranha floresceu como um calor em meu peito. E meu queixo caiu ao ver Robbie Choi parado na minha porta.

Era como abrir a porta para o passado, só que esse Robbie Choi não era mais o garoto rechonchudo que tinha a mesma altura que eu. Não que eu fosse baixinha; acho que estava na média, com meu 1,65, mas esse Robbie era muito mais alto que eu, com quase 1,80. Por alguma razão, prestei atenção primeiro em suas roupas. Eram bem mais legais do que as camisetas desbotadas e as calças mal ajustadas que ele usava na escola primária. A calça jeans era um pouco mais apertada do que eu teria escolhido para ele, mas ainda lhe caía bem. E o cabelo... O mesmo cabelo que eu havia raspado quando tínhamos 9 anos, agora encostava na gola de sua camisa, e era rosa pastel. Em vez de fazê-lo parecer ridículo, fazia-o parecer glamoroso.

— Robbie? — falei. — O que você tá fazendo aqui?

Ele deu um sorriso maroto que exibiu covinhas profundas e, contra minha vontade, meu pulso acelerou. Era o mesmo sorriso que fazia milhares de garotas se apaixonarem em um instante. Ele estendeu a mão, e nela havia uma única rosa.

— Tô aqui para te levar ao baile.

Quatro

Não poderia ser verdade. Robbie Choi *não* poderia estar parado na minha porta, muito menos me convidando para o baile. Era coincidência demais. Eu estava pensando em Robbie e no baile hoje, e agora ele estava na minha porta. Talvez minha *halmoni* materna estivesse certa, e fôssemos mais do que apenas videntes. Talvez fôssemos bruxas.

O mais provável era que eu estivesse alucinando por causa de todo o estresse com o centro comunitário. Mas, mesmo quando fechei os olhos com tanta força que pude ver aquelas estrelinhas brilhantes atrás de minhas pálpebras e os abri novamente, Robbie ainda estava parado na minha frente.

— Lani? — disse ele, e o som daquele apelido, que apenas Robbie conhecia, trouxe-me de volta à realidade.

— Robbie? — O nome dele saiu quase como um grito estridente.

— Não vai me responder? — questionou com um sorriso que iluminou seu rosto já lindo demais.

Mas, quando mesmo assim não respondi, ele vacilou um pouco, a incerteza tomando conta de sua expressão. Ai, não, por que eu não conseguia dizer nada?

— Ou... posso pelo menos entrar? — perguntou.

Instintivamente, comecei a abrir mais a porta, mas, quando ele se mexeu, notei alguém atrás dele. Um homem com roupas escuras. Eu teria pensado que era um guarda-costas, mas ele estava segurando uma câmera.

Por que filmariam isso? De repente, eu só conseguia pensar no meu cabelo bagunçado e quase levantei as mãos para arrumá-lo, mas achei que seria óbvio demais. Então, eu as mantive imóveis ao meu lado, segurando a barra da minha camisa.

Isso era algum tipo de pegadinha com câmeras escondidas? Como aqueles reality shows que causam vergonha alheia que Ethan assistia? Mas, se fosse, as câmeras não deveriam estar, bem, *escondidas*?

— O que tá acontecendo aqui? — falei por fim, puxando a porta para bloquear o saguão. Eu *não* queria minha foto embaraçosa da terceira série na câmera.

— Ah. — Robbie deu outro sorriso de milhares de watts para mim. Ele passou a mão no cabelo, o que, de alguma forma, fez com que parecesse elegantemente bagunçado. Era perfeito demais. Não era nada parecido com o Robbie de quem eu me lembrava, que tinha manchas de sujeira nas calças e um péssimo corte de cabelo feito no banheiro pela mãe.

Percebi que eu não conseguia reconhecer nada naquele Robbie parado na minha frente. Nem suas roupas, nem seu cabelo, nem seu sorriso perfeitamente torto (tipo, tão perfeito que só poderia ter sido ensaiado).

— Não se preocupa com a câmera — disse Robbie. — É só uma coisa nossa. A WDB TV, para nossos fãs. Achei que seria divertido para eles conhecer o antigo bairro onde eu morava.

— Mas por que ela precisa estar *aqui*? — perguntei, mudando de posição desconfortavelmente. No geral, eu odiava ser filmada. Mas saber que isso poderia estar em um canal tão famoso estava me deixando ainda mais nervosa.

— Tá tudo bem. Você vai se acostumar.

Vou me acostumar? Quanto tempo ele esperava ficar aqui? O antigo Robbie nunca teria me pedido para fazer algo que me deixasse desconfortável. Ele sabia que eu odiava tirar fotos, quem dirá fazer parte de algum programa de internet a que provavelmente milhares de pessoas assistiriam.

— Certo, mas por que você tá aqui? — perguntei, sem conseguir evitar que meus olhos se voltassem para a câmera a cada cinco segundos.

— A gente não se fala há, tipo, quatro anos.

Robbie riu, uma risada suave e gentil. Nada parecida com aquela risada escandalosa de que eu me lembrava. Sinceramente, ele parecia um asno rindo daquele jeito. E eu adorava. Não sabia o que fazer com essa versão calma e gentil que saiu dele agora.

— Sei que ando muito ocupado ultimamente. Não parei nem um minuto fazendo todas as turnês e tentando encontrar o máximo possível de fãs. — Ele abaixou a cabeça ligeiramente, como se estivesse envergonhado de quantos fãs incríveis tinha. Mas sorriu no ângulo perfeito para ser capturado pela câmera. Tudo parecia tão ensaiado. Lutei contra a vontade de revirar os olhos. — E eu já disse, estou te convidando para o baile — continuou Robbie. — Você se lembra da nossa promessa? Sempre cumpro minhas promessas. — Ele me deu mais um daqueles sorrisos deslumbrantes e acrescentou uma piscadela.

Não cumpre, não, tive vontade de dizer. *E a promessa de sermos melhores amigos para sempre? De você manter contato e sempre responder às minhas mensagens? E essa promessa?*

— Vamos lá, Elena. Você lembra, *não é*? —perguntou, e havia algo na suavidade da sua voz que me irritou profundamente. Como se fosse um cara charmoso em um filme cafona dando em cima de uma garota. Ou como se fosse uma celebridade acostumada a ter garotas se jogando a seus pés.

— Lembro — falei lentamente.

— Ótimo! — Empurrou a rosa para a minha mão. — A gente se encontra na sua escola para comprar os ingressos?

— O quê? Não, não vou comprar ingresso nenhum.

— Como assim? — Robbie franziu a testa, e até isso parecia perfeito.

— Você não precisa me levar ao baile — tentei explicar —, essa promessa foi feita há anos, você não precisa cumprir.

Agora foi a vez dele de piscar confuso. Bufou um pouco, como se quisesse rir, mas tivesse pensado melhor. Ele se inclinou e sussurrou, tão baixo que a câmera provavelmente não conseguiria captar sua pergunta.

— É porque você está nervosa de ir com alguém como eu?

Uau, Robbie realmente pensou que eu estava impressionada com ele.

— Para ser sincera, eu meio que não acompanho sua música — falei, franzindo meus lábios do jeito que eu costumava ver Allie fazer quando alguém a irritava. — Mas ouvi dizer que você está indo bem, então parabéns, eu acho.

— O quê? — Robbie franziu a testa e finalmente se esqueceu de parecer bonito enquanto fazia isso.

— E para sua informação, eu não vou ao baile. De jeito nenhum. Com ninguém.

Ele ergueu uma única sobrancelha em surpresa. Eu odiava quando as pessoas faziam isso, principalmente porque eu não conseguia.

— Mas não é o seu último ano? Por que você não iria ao baile?

Seu tom crítico foi a gota d'água. Levantei meu queixo e arrumei minha postura:

— Porque eu não quero. Então, tenha uma ótima estadia nos Estados Unidos.

E fechei a porta depressa. Eu precisava me afastar do olhar desapontado nos olhos de Robbie e da luz vermelha brilhante da câmera atrás dele.

Cinco

Robbie não sabia o que fazer. Apenas encarou a porta fechada por uns três minutos até finalmente conseguir processar o que tinha acontecido. Pensou em tocar a campainha de novo, mas estava plenamente ciente da câmera que o filmava. Era mortificante, mas todo o seu treinamento de mídia tomou conta do seu cérebro. Não seja agressivo demais. Como *maknae*, deveria passar uma imagem quieta e elegante, não agressiva ou exigente.

Então, apenas se voltou para seu empresário, Hanbin, que ainda segurava a câmera.

— Pode desligar isso, *Hyung*?

Hanbin assentiu e abaixou a câmera.

— Não se preocupe, Robbie.

Robbie apenas deu de ombros, puxando o capuz do moletom e caminhando de volta para a van que o esperava junto ao meio-fio. Era um daqueles veículos pretos e lustrosos que os coreanos chamavam carinhosamente de "vans de *idols*".

Ao se aproximar do carro, Hanbin correu para lhe abrir a porta. Ele era um cara gordinho e de aparência alegre, cujo cabelo já estava ralo aos 28 anos. Robbie às vezes tinha receio de que isso fosse culpa do estresse do trabalho. Ser um dos empresários de um grupo de K-pop realmente não era um serviço glamouroso, mas Hanbin os acompanhava desde o início.

Robbie entrou na van e imediatamente pegou seus fones de ouvido, esperando que isso desencorajasse qualquer conversa. Não estava disposto a lidar com a enxurrada de perguntas que ele sabia que o aguardava.

Antes que ele pudesse colocar alguma música, Hanbin subiu no banco do motorista e disse:

— Você pode tentar de novo, Robbie.

— Claro — respondeu Robbie de forma automática, mesmo que ainda estivesse mortificado com a rejeição.

Elena parecia tão feliz de início quando abriu a porta, mas logo em seguida seu rosto assumiu uma expressão horrorizada, como se Robbie estivesse segurando uma faca em vez de uma rosa. Ele realmente esperava receber o maior abraço quando ela o reconhecesse. O abraço apertado que o deixava sem ar e que apenas Elena já havia dado. Mas, em vez disso, ela parecia preferir morrer a tocá-lo.

Talvez tenha sido por isso que ele se escondeu atrás de sua armadura de *idol*. Porque, de repente, seus nervos assumiram o controle. E o único momento em que ele conseguia conter o nervosismo era quando estava no palco, mostrando o seu lado que amava tanto performar que se esquecia de ficar nervoso. E, mesmo enquanto fez uso desse feitiço, ele conseguiu ver que a estava perdendo.

Elena estava bonita, apesar de ter ficado apenas o encarando o tempo inteiro. Ela realmente tinha crescido nos últimos sete anos. Seu rosto fofo se tornou belo, bem ao estilo "garota bonita que mora ao lado". Quando ela abriu a porta, o coração dele acelerou só de vê-la de novo.

Jongdae se inclinou em seu assento e arrancou um dos lados do fone de ouvido de Robbie.

— *Museun iriya?*

— Em inglês! — interrompeu Hanbin. — Estamos em turnê nos Estados Unidos. Fale inglês enquanto estiver aqui. Especialmente com o Robbie, assim, você pode praticar.

Jongdae suspirou, mas não discutiu. Robbie teve vontade de lhe dizer que poderiam praticar mais tarde, a sós, mas temia que seu *hyung* não gostasse da insinuação que ele precisava de tratamento especial.

— Qual é o problema? — perguntou Jongdae novamente, desta vez em inglês.

— Nada — disse Robbie. Mais uma resposta automática. Então, virou para trás em seu assento para olhar o primo mais velho. — Você já congelou na frente de uma garota? Sem conseguir pensar na coisa certa pra dizer?

A voz de Jongdae assumiu um tom de surpresa:

— Ela disse "não"?

Robbie sacudiu a cabeça.

— Ela não disse exatamente a palavra "não". Apenas falou que não estava planejando ir ao baile.

Jongdae riu e deu um tapinha consolador no ombro de Robbie. Era cinco anos mais velho, mas também era a pessoa que melhor o conhecia.

Ser um *idol* tinha um jeito de quebrar a hierarquia de idade na Coreia. Em qualquer outra profissão, Jongdae não seria tão amigo assim do primo mais novo. Mas eles eram *idols*. Surgiram juntos, estrearam juntos, alcançaram a fama juntos. Era um vínculo que não podia se quebrar facilmente.

— Parece que você foi rejeitado. Acho que nosso *maknae* não é tão charmoso quanto os fãs pensam — disse Jongdae em tom de brincadeira, bagunçando o cabelo de Robbie.

— Sai fora — protestou o outro, afastando a mão do primo. Ele deveria saber que seu *hyung* não entenderia. Como o *visual* do grupo, as garotas praticamente se jogavam aos pés de Jongdae.

— Tá tudo bem — disse ele, ainda em tom provocador. — Você é jovem. Não é de se surpreender que ainda não sabe como falar com as garotas.

— Eu sei como falar com as garotas. Falo com elas o tempo todo nos nossos encontros de fãs.

Jongdae riu:

— Isso é completamente diferente. Aí você tá falando de fãs. Não pode falar com uma garota de quem você gosta do mesmo jeito que fala com as fãs.

Robbie franziu a testa. Não foi isso o que ele aprendeu quando era *trainee*. Disseram para tratar toda garota que aparecesse como se já fosse sua namorada. Para ser gentil e amoroso, mas não amoroso demais, senão seria assustador. Ele achou que estava fazendo um bom trabalho. Afinal, toda fã que conhecia sempre parecia muito feliz em vê-lo. Mas talvez Jongdae tivesse razão. Robbie nunca havia encontrado uma garota que não ficasse feliz em vê-lo. E como estava treinando para ser um K-*idol* desde seus 11 anos, realmente não teve muito tempo para sair com garotas da sua idade fora dos treinos e das aulas. Ainda assim, ele não esperava que fosse ser difícil falar com Elena. Ela fazia parte de sua vida anterior, quando era apenas Robbie, e não "Robbie do WDB". Ela não deveria conhecer seu verdadeiro "eu"? Ou essa pessoa nem existia mais, depois de todos esses anos?

— Não sei, não, *Hyung* — disse. — Eu fiz tudo certo. Sorri. Levei uma flor para ela. E, ainda assim, ela não aceitou. E o Hanbin filmou tudo.

— Não se preocupe. A gente conserta isso — disse Jongdae. — Vamos ficar em Chicago por algumas semanas antes do KFest. Você pode tentar de novo.

— De quantas maneiras você pode convidar uma garota para o baile?

— O que você falou? — perguntou Jongdae.

— Eu só falei que estava aqui para levá-la ao baile.
— E o que ela disse?
— Ela disse que não vai ao baile. E que não nos falamos há quatro anos.
— Aí está o problema! — falou Hanbin do banco do motorista. — Eu sabia que ela tava chateada porque você a ignorou.
— Ignorei?
É verdade que ele não falava com Elena há algum tempo. Ela realmente ficaria tão chateada assim com isso?
— Você precisa compensá-la — disse Hanbin, acenando com a cabeça como quem sabe das coisas.
— Como? — A mente de Robbie percorreu as possibilidades. Mais flores? Presentes? Ele estava começando a perceber que não fazia ideia do que uma garota da sua idade realmente queria. — Será que eu devo tentar explicar as coisas para ela?
— É tarde demais. Você tem que fazer um grande gesto! Provar que realmente se importa com ela — disse Hanbin.
— Não sei, não. Elena nunca gostou dessas coisas grandes e chamativas.
— Ah, Robbie, Robbie, Robbie. — Hanbin sacudiu a cabeça tristemente, como se ele fosse uma causa perdida. — Você não entende. Mas tá tudo bem, porque você é muito jovem e não conhece mais os costumes dos adolescentes americanos.
Robbie fez uma careta. Apesar de Hanbin estar na casa dos 20 anos, ele estava parecendo um velho *ahjussi*.
— E como *você* ia saber o que uma adolescente americana quer? — perguntou Jongdae com uma risada. Robbie sorriu. Jongdae era bom em provocar Hanbin. Provavelmente porque ele tinha precisado dividir um quarto com seu empresário quando todos viviam em seu primeiro dormitório apertado, durante o *debut* do grupo.
— Eu vejo vídeos na internet. Leio artigos. Tenho que me manter atualizado sobre seu *fandom*.
Robbie segurou uma risada. Hanbin parecia ainda mais velho agora, como seu *haraboji*.
— Tudo bem, então o que você acha que devo fazer?
— Você tem que transformar a coisa em um grande evento! Como fazemos na Coreia quando queremos declarar nosso amor ao mundo. Mas, como é um baile, esse tipo de pedido se chama *promposal*. — Hanbin disse a última palavra como se fosse uma mágica.

— *Promposal*? Isso parece... ridículo — disse Robbie. Eles não tinham bailes de formatura na Coreia, e, aos 10 anos de idade, ele não era bem versado nesse tipo de cultura, então tudo isso era novidade para Robbie.

Hanbin suspirou:

— Tudo bem, se você não quer minha ajuda, é só não aceitar.

Robbie hesitou. Até a palavra "*promposal*" parecia embaraçosa. Mas já tinha sido obrigado a fazer muitas coisas embaraçosas quando debutou. Como quando seu grupo inteiro teve que encenar cenas populares de doramas para os programas de fim de ano. Ou quando Robbie precisou se vestir com roupas de *ahjumma*, como uma velhinha, e perambular por um arrozal para um show de variedades. Ele faria essa coisa de *promposal* se isso fosse fazer com que Elena dissesse "sim". Robbie não queria desistir dessa chance de passar um tempo com sua antiga melhor amiga, não tendo passado por tantos obstáculos apenas para vê-la novamente.

— Tá bom, me conta mais sobre esse negócio de *promposal* — pediu.

 *Seis*

— *Quem era na porta?* — perguntou minha mãe enquanto eu voltava para a cozinha.
— Ninguém — respondi depressa. Eu não queria ter que lidar com as perguntas que viriam se lhe contasse o que havia acontecido. Na verdade, eu mesma não tinha certeza do que havia acontecido. Tentei pegar uma fatia de abobrinha frita de um prato forrado com papel toalha e levei um tapa na mão.

Ethan desceu as escadas correndo, pisando forte como uma manada de elefantes.
— Quando sai o jantar? Tô morrendo de fome! — disse, pegando o pedaço de abobrinha que eu tinha tentado pegar e colocando na boca.
— Já, já! — disse minha mãe. — Sar... Elena, você termina de pôr a mesa?

Ela nunca pedia a Ethan para fazer as tarefas domésticas. Nem mesmo esvaziar o próprio lixo ou trocar os próprios lençóis.
— Quem te deu isso? — Ethan quis saber, de repente.
— O quê? — perguntei, confusa. Ele estava olhando para minha mão, e percebi que eu ainda segurava a rosa. — Ah, ninguém — falei, escondendo-a nas minhas costas como uma criança que foi pega roubando doces.
— Elena! — disse Ethan, com um tom de surpresa exagerado. — Você tem um namorado secreto?

Percebi que estava zombando de mim, como se eu fosse tão grotesca que ninguém jamais cogitaria a possibilidade de namorar comigo. Eu estava prestes a atingi-lo com a resposta perfeita quando minha mãe se virou.
— Um namorado? — guinchou ela, como se eu finalmente tivesse feito algo bom. Tipo, ah, que alegria, sua filha agora tem valor porque uma coisa grande e forte em forma de garoto lhe deu algum tipo de atenção.

— Elena, você não me disse que estava saindo com alguém. É por isso que não quer ir ao baile? Porque ele ainda não te convidou?
— O quê? Não! — falei. — Eu *não* estou namorando ninguém. E alguém me convidou, sim, e eu disse "não".
— Quem te convidou? Como é que não fiquei sabendo disso? — perguntou Ethan. Calma aí, ele realmente se importava em saber o que estava acontecendo na minha vida? — Foi alguém do seu Clube da Conscientização Nerd?
E aí estava a piadinha. Eu deveria ter pensado melhor antes de achar que Ethan levaria qualquer coisa que faço a sério.
— É só "Clube da Conscientização", Ethan. O que você definitivamente sabe.
— Sim, mas acho que a conscientização nerd também é importante. Nerds merecem representação. — Ele sorriu como se tivesse contado a piada mais engraçada do mundo.
— Claro — falei, cerrando os dentes.
— Não, sério, quem foi? — perguntou Ethan.
— Ninguém — insisti, olhando para minha mãe, quase esperando que me importunasse com mais uma tarefa doméstica para que eu pudesse escapar dessa tortura. Mas ela apenas me observou com expectativa.
Parecia que não tinha jeito de fugir disso. Considerei mentir, mas sabia que minha mãe perceberia. Eu era uma péssima mentirosa.
— Robbie — murmurei.
— Quem? — perguntou Ethan, inclinando-se.
— Robbie — repeti. Joguei a rosa no balcão, não querendo mais nem olhar para ela.
— Robbie Choi? — A voz da minha mãe se elevou.
— Impossível — disse Ethan com uma risada. — Por que Robbie Choi estaria aqui?
— Ele está aqui para aquele tal de KFest — respondeu minha mãe, e Ethan e eu olhamos para ela, surpresos.
— Como você sabe disso quando nem a gente sabe? — perguntou Ethan.
— Todas as mulheres do salão coreano estavam falando sobre isso há algumas semanas. É o primeiro KFest em Chicago, e o WDB é uma das atrações principais. Os ingressos já esgotam. Estamos todos muito orgulhosos de Robbie. É um garoto local que já conquistou tantas coisas mesmo sendo tão jovem. A mãe dele deve estar muito orgulhosa. — Frase de pais coreanos para dizer *por que meus filhos não fizeram nada que valesse a pena para eu poder me gabar?*

Há uma frase em coreano: *eom-chin-ah*. Significa "o filho da amiga da sua mãe", mas o que quer dizer mesmo é "filho perfeito". Aquele que faz todo mundo parecer ruim. E nosso *eom-chin-ah* pegou e se tornou uma mega estrela mundial. Como superar isso?

— Bem, não me interessa por que ele está na cidade — falei, abrindo a gaveta de utensílios para pegar colheres e *jeotgarak*. — Ele nem me ligou ou mandou mensagem por quatro anos e, de repente, aparece e espera que eu cumpra uma promessa de sete anos atrás. Ah, com certeza.

Bati a gaveta com um estrondo, e minha mãe fez um *tsc* de reprovação. Ela odiava quando eu batia as coisas.

— Tenho certeza de que ele anda muito ocupado Com todas as turnês e coisas de música — disse.

Eu quase ri porque, às vezes, parecia que minha mãe fazia de tudo para nunca ficar do meu lado.

— Como ele teria tempo de ir ao baile? — questionei, puxando os pratos e os colocando ao lado da panela de arroz, de forma que minha mãe pudesse servir as porções de cada um.

— Por que ele ia querer ir a um baile de formatura? — perguntou Ethan.

— Exatamente! — falei, apontando meu punhado de talheres para ele. Finalmente, alguém estava do meu lado.

— E, mais importante, por que ele ia querer ir com a *Elena*?

Certo, não estava tanto do meu lado... mas eu ainda aceitaria, se isso ajudasse a tirar minha mãe do meu pé.

Antes que pudéssemos continuar, a porta da frente se abriu, e a voz do meu pai tomou conta do ambiente:

— *Yeobo*, quando sai o jantar? Estou morrendo de fome!

— Está pronto agora — gritou minha mãe de volta.

Meu pai entrou na cozinha e colocou sua bolsa de trabalho na pequena mesa embutida na parede. Nela, havia um calendário de mesa cheio de *post-its*, no qual minha mãe ainda anotava nossos compromissos, embora já tivéssemos lhe mostrado como usar o aplicativo de calendário em seu celular. Meu pai tirou o paletó, colocou-o sobre a cadeira e beijou a bochecha da minha mãe. Ele se parecia com qualquer homem asiático de meia-idade, com cabelos grisalhos e óculos de aro de metal. Nós só o víamos na hora do jantar, a ponto de eu imediatamente sentir mais fome sempre que o via. Como uma resposta pavloviana.

Peguei os pratos para levar até a mesa, cheios de montinhos de arroz fumegante. Quando voltei para pegar os copos, olhei para a rosa. Peguei-a, abrindo a lata de lixo para jogá-la fora. Então parei. Ninguém nunca tinha me dado uma flor antes. Ninguém exceto Robbie, pensei, enquanto me lembrava de quando tínhamos 8 anos, e ele tinha me colhido uma margarida meio morta. Era estranho lembrar disso agora, quando eu ainda sentia a estranheza residual de seu convite para o baile. Ainda assim, coloquei a rosa de volta no balcão. Não é como se a flor tivesse feito algo de errado.

— Então, o que fizeram hoje? — perguntou meu pai quando todos nos sentamos à mesa.

— Eu tirei 10 na minha prova de álgebra — anunciou Ethan.

— Bom trabalho — exclamou minha mãe como se ele tivesse acabado de anunciar ter descoberto o segredo da fusão a frio.

— Continue assim — disse meu pai —, e você seguirá suas *noonas* para Northwestern.

Ah, sim. O lembrete inevitável e muito constante de que nossas irmãs mais velhas foram para uma faculdade aprovada pelos pais coreanos. Seria uma pena se eu e Ethan os decepcionássemos.

— Estive pesquisando sobre a Duke — começou Ethan.

— Duke? — disse minha mãe. — É tão longe.

Eu segurei a vontade de suspirar. Minhas irmãs foram todas pressionadas a estudar na Northwestern, porque era uma ótima faculdade bem perto de casa. Mas, assim que elas se formaram, foram embora. Acho que eu não poderia culpá-las totalmente, exceto que, ao fugir do aperto sufocante da minha mãe, elas também me deixaram para trás.

— Segundo o treinador, há uma chance de eu entrar na Duke através do lacrosse — contou Ethan, olhando para nosso pai com esperança. Como se estivesse esperando um elogio. Não sei por que ele continuou fazendo isso. Nossa mãe era a mais emotiva dos dois, apesar de a maioria das emoções que ela dirigia a mim ser permeada de desapontamento.

— Isso seria bom — disse meu pai, como se Ethan tivesse acabado de lhe dizer que amanhã seria um dia ensolarado. Na verdade, isso era muito vindo dele. — Mas seria melhor se você também pudesse entrar academicamente.

E aí estava o resto do raciocínio, bem na hora.

— Ah, sim — disse Ethan. — Eu só quero cuidar de todos os pormenores. Essa seria a maneira mais inteligente, certo?

Quase me senti mal por ele. Pedir a aprovação de nosso pai era como pedir que seu trabalho fosse dissecado e analisado minuciosamente.

Mas meu pai lhe deu apenas um aceno distraído e pediu para minha mãe passar o molho *gochujang*.

— Elena, você também teve prova de matemática? — perguntou minha mãe.
— Pré-cálculo não segue o mesmo cronograma de provas dele — falei. E então me senti uma babaca quando vi Ethan franzir a testa. Eu não disse isso para fazê-lo se sentir mal. Mas não era minha culpa ele estar na turma de matemática padrão, e eu, na avançada. Por que nossos pais achavam que estávamos sempre fazendo as mesmas coisas na escola?
— Ah, tudo bem. Estude bastante — disse minha mãe.
— Certo — falei, e coloquei um punhado de *muguk* na boca. O caldo estava quente demais e me queimou quando engoli.
— *Yeobo*, Elena foi convidada para o baile hoje — disse minha mãe como se fosse um anúncio.
Eu me afundei no assento.
— É mesmo? — perguntou meu pai.
— Por Robbie Choi! — disse minha mãe cantarolando.
— Robbie? — Ele franziu a testa ao ouvir o nome. — Você está falando daquele menino que morava aqui na rua? Aquele que está em uma banda de rock?
— É um grupo de K-pop — falei.
— Sim, e ele tem um cabelo de cor estranha agora, não é? — perguntou meu pai.
Eu quase ri. Claro que é isso que meu pai notaria.
— De qualquer forma — continuou minha mãe —, ele voltou à cidade para um grande show e convidou nossa Elena para o baile de formatura. Afundei-me ainda mais no assento. Eu só era "nossa Elena" quando fazia algo bom. E eu realmente não considerava ser convidada para o baile como uma conquista.
— Bem, se você quiser comprar um vestido, pode comprar o que quiser, desde que não ultrapasse duzentos dólares — disse meu pai.
Meus olhos quase saltaram das órbitas. Duzentos dólares! Era uma quantia ridícula a se pagar por um vestido.
— Bem, na verdade — falei, me endireitando no assento. Percebi Ethan se endireitar também, balançando a cabeça para mim em advertência, mas continuei. —, acho que as pessoas gastam muito dinheiro no baile, e seria melhor usá-lo para alguma caridade. Então, se eu pudesse, pelo menos, usar o dinheiro que você daria para o baile de formatura no centro comunitário...
— Você ainda é voluntária lá? Achei que suas horas lá haviam terminado. — Meu pai estendeu a mão para um prato fumegante de *dwejigogi* apimentado.

— Sim, minhas horas terminaram. Mas ainda trabalho lá no meu tempo livre, lembra? — Eu já havia dito isso ao meu pai pelo menos uma dúzia de vezes, mas ele sempre parecia esquecer.

— Querida, seu pai vive ocupado com o escritório. Ele nem sempre tem tempo para se lembrar das coisas que você diz. — Minha mãe me lembrou. Como se fosse minha culpa ele ser tão ocupado.

— Eu sei — falei. — É só que, por favor, poderíamos doar algo para ajudar o centro comunitário? Eles estão precisando de verdade.

— Ele não deveria ser financiado pela cidade? — perguntou ele. — Por que precisam do nosso dinheiro?

Pensei em explicar, mas Ethan chamou minha atenção novamente, suas sobrancelhas arqueadas em uma expressão de "você sabe que ele não está realmente ouvindo". Então, suspirei e disse:

— Deixa para lá.

— Querida — disse minha mãe. — Seu pai trabalha muito para sustentar a todos nós. Não deveríamos ficar dando o dinheiro dele.

E comprar um vestido de baile por duzentos dólares não é o mesmo que jogar nosso dinheiro fora em uma loja de departamento? Pensei, mas mantive minha boca fechada.

— Mãe, pai, vocês virão ao meu jogo esta semana, certo? Vou ser titular de novo — quis saber Ethan. Relaxei novamente no meu assento, grata, pela primeira vez, por ele ter chamado a atenção deles.

— Claro — respondeu minha mãe.

— Vou tentar — disse meu pai. — Deu um problema com um de nossos projetos, então talvez precisemos ficar até mais tarde esta semana e conversar por telefone com a China. — Ele falou com aquela voz evasiva que nos dizia que "vou tentar" significava "não vou".

Olhei para Ethan, que apenas acenou silenciosamente com a cabeça. Todos sabíamos que tínhamos sorte de nosso pai ter um emprego tão bom.

— Tudo bem se você não conseguir ir — respondeu Ethan. — É só um jogo de temporada regular. Com certeza vou ser titular de novo em outro.

— Bem, Elena e eu estaremos lá — disse minha mãe em um tom tranquilizador. Deve ter notado como Ethan estava desapontado porque ela nunca me fazia ir aos seus jogos.

— Na verdade — falei lentamente, já antecipando sua desaprovação —, tenho planos na sexta. Prometi a Cora que iria ao centro comunitário e ajudaria a tomar conta das crianças.

— Ah, Elena, por que você promete isso quando sabe que o Ethan tem jogos na sexta? — questionou minha mãe, o aborrecimento tão nítido em sua voz que tive vontade de derreter no meu assento.

Porque eu nunca vou aos jogos do Ethan, tive vontade de dizer. Mas não disse. Em vez disso, tentei explicar:

— É quando eles mais precisam de mim. Muitos pais dependem desses serviços de babá para poderem trabalhar em turno noturnos.

Minha mãe suspirou, obviamente não muito comovida com a explicação:

— Você sabe que os jogos do seu irmão são importantes para ele. Você podia se esforçar mais.

E quanto ao que é importante para mim? Eu me perguntei. Eles estavam agindo como se o centro comunitário não significasse nada.

— Tá tudo bem — disse Ethan. — Elena pode ir ao centro comunitário dela.

— Viu? — falei, ainda chateada com a reação da minha mãe. — O Ethan não se importa.

Ela suspirou:

— Muito bem, vá ao centro comunitário.

E, apesar de, tecnicamente, eu ter vencido essa discussão, senti como se tivesse perdido completamente. Esse era o poder da decepção da minha mãe.

Sete

Eu tenho a tendência de ser deixada para trás. Não estou dizendo isso para conseguir a simpatia de ninguém; é apenas um fato. Não de forma trágica — nem como se eu fosse colocar isso na redação para entrar na faculdade ou algo assim. Mas de uma maneira quase entediante e normal. Todas as minhas irmãs já superaram este lugar e se mudaram depois da faculdade. Esther foi para a Costa Leste estudar medicina, Allie viaja pelo mundo em seu sofisticado trabalho de consultora internacional, e Sarah se mudou para a Califórnia para trabalhar no ramo da tecnologia. Robbie foi embora por causa do trabalho de seu pai. Até mesmo a perda da minha amizade com Felicity fazia parte das dores de crescimento normais da adolescência. Mas machucava o fato de, pelo jeito que acontecia, parecer que eu era sempre a pessoa que ficava, e nunca a que ia embora.

Depois do jantar, fiquei encarando meu notebook com o olhar vago. Deveria começar a fazer um trabalho de história, mas não conseguia me concentrar. Abrindo a gaveta da escrivaninha, folheei as partituras de quando entrei para a banda da escola no fundamental e tentei aprender a tocar clarinete, flauta, trompete e mesmo bateria, até minha mãe dizer que o barulho da minha prática estava lhe causando enxaqueca crônica. Roteiros antigos de quando entrei no departamento de teatro no primeiro ano. Uma medalha de quinto lugar de quando participei da corrida de atletismo e torci meu tornozelo naquele primeiro (e único) encontro a que compareci.

Meu mecanismo de enfrentamento da solidão depois que minhas irmãs partiram foi me reinventar constantemente. Tentei coral, futebol, competições de matemática. Praticamente peguei aquela música *Stick to the Status Quo*, de *High School Musical*, e tentei me encaixar em todos os grupos que foram descritos.

Acho que pensava que o problema era que eu não tinha uma "coisa" que me tornasse interessante o suficiente para manter as pessoas por perto. Todos ao meu redor pareciam ter alguma. Ethan tinha o lacrosse. Josie tinha seu ativismo. Max adorava fotografia; ele tirava todas as fotos para os pôsteres de comício de Josie. Mas Elena Soo era uma pessoa que se interessava por muitas coisas, só que não era apaixonada por nada *em particular*. Quase como se o universo tivesse esquecido de me dar um propósito quando me criou. Como se eu fosse esquecível antes mesmo de nascer.

Até Robbie tinha transformado o seu interesse de infância pela música em alguma coisa. E que baita coisa.

Finalmente encontrei o que estava procurando. Uma velha caixa de sapatos onde guardava todas as minhas recordações de Robbie. Ingressos para o primeiro filme que nossos pais nos deixaram ir ver sozinhos. Uma concha que ele me trouxe depois das férias de verão em Outer Banks. E as regras para um dos nossos intermináveis jogos de RPG de aventuras. Tudo isso parecia coisa de mil anos atrás.

E agora ele estava de volta. Só que o Robbie que preencheu esta caixa de recordações comigo não tinha nada a ver com o *idol* elegante e charmoso que bateu à minha porta. Enfiei a caixa de volta na gaveta e a fechei com um estalo definitivo. Eu não deveria insistir nisso. Tinha que terminar o trabalho de história ou ficaria atrasada nas minhas tarefas escolares.

No entanto, acabei clicando nas minhas playlists, rolando para baixo até chegar a uma pequena seção de músicas de K-pop. E lá, entre Twice, Blackpink e NCT, estava WDB.

Houve um tempo em que eu era realmente apaixonada por K-pop, no ensino fundamental. Poderia ter continuado com essa paixão, só que, no meu segundo semestre da oitava série, uma agência de entretenimento totalmente nova chamada Bright Star lançou as biografias de seu grupo principal. E o terceiro garoto a ser revelado foi Robbie. No começo, tornei-me muito popular entre as garotas que viviam e respiravam K-pop. Elas queriam saber tudo sobre Robbie. Mas então percebi que aquilo era como quando as pessoas só falavam comigo por ser irmã de Ethan. Não era mais Elena Soo; era a garota que já havia sido amiga de Robbie Choi.

E tudo veio à tona quando elas exigiram que eu ligasse para ele. Àquela altura, já não trocávamos uma única mensagem há meses. Eu nem tinha certeza se ele atenderia. Mas tentei mesmo assim. E imediatamente fui informada de que o número não existia mais. As meninas riram de mim, dizendo que sabiam que eu estava inventando, que não era mais amiga de Robbie.

E isso não teria doído, só que eu suspeitava que elas tinham razão. Ele trocou de número e não me contou. Estava ocupado demais perseguindo seus sonhos e me deixando para trás.

Então, parei de sair com aquelas garotas e parei de amar K-pop. Abri minhas playlists do YouTube. Passei o cursor do mouse sobre uma. Eu tinha colocado o título "...", porque era covarde demais para chamá-la de alguma coisa.

Dezenas de vídeos não assistidos sobre WDB apareceram. Eu havia salvado todos nessa playlist porque não tinha tido coragem de assisti-los, mas também não queria perdê-los, só por precaução.

Fazia tanto tempo que alguns dos vídeos salvos mostravam um estático cinza de erro, provavelmente tirados do ar por causa de direitos autorais. Mas ainda havia dezenas em que Robbie aparecia sorrindo na thumbnail.

Cliquei no primeiro. Era de quando Robbie debutou. Ele tinha acabado de completar 14 anos. Parecia tão jovem, mas, ao mesmo tempo, tão velho para mim. Afinal, meus olhos estavam tão acostumados a ver seu rosto de 10 anos de idade.

Ele respondeu em coreano quando o entrevistador lhe fez perguntas. Reconheci todas as palavras. Meu coreano era bom o suficiente apenas para entender os padrões de fala lentos e calculados de meus avós. Mas a maioria desses vídeos vinha legendado. E, de acordo com as legendas, ele estava falando sobre como WDB vinha de "원더별", que quer dizer "Wonder Star", mas se pronuncia "Wondeo Byul". Robbie disse que o próprio CEO da Bright Star tinha formado e nomeado o grupo. Ele queria que o nome deles fosse uma mistura de inglês e coreano para soar como "wonderful", ou seja, "admirável". E esperava que eles enchessem seus fãs de admiração.

Mas geralmente a banda era chamada apenas de WDB. Como se o significado das iniciais não fosse importante. Apenas os próprios integrantes. E era verdade. O mundo os amava. Eles quebraram barreiras, quebraram recordes.

Muitos dos comentários nos vídeos eram sobre como os *oppas* eram os garotos dos sonhos. O que também era estranho para mim. Tecnicamente, Ethan era meu *oppa*. Ele tinha nascido quinze minutos antes de mim.

Mas *oppa* também era usado como um termo afetuoso para um garoto mais velho com quem você tem proximidade.

Assisti a um vídeo em que os garotos anunciavam que o nome do *fandom* era oficialmente "Constellation". Isso me lembrou de uma garota que me abordou nos corredores da escola. Ela queria saber se eu realmente conhecia Robbie Choi quando éramos crianças.

— Sim — admiti, dando de ombros. A essa altura, eu estava realmente irritada por sempre me perguntarem sobre isso.

— Então, você é uma Constellation? — perguntou.

— O quê? — Franzi a testa. Eu não fazia ideia do que ela estava falando.

— Uma fã de WDB? — questionou, como tivesse algo de errado comigo por não saber.

— Não, eu meio que não escuto a música deles.

— Ah — disse com um tom de desapontamento na voz e voltou para seus amigos. — Acho que ela não era tão próxima assim de Robbie. Às vezes, ela está mentindo sobre conhecê-lo. — Eu a ouvi dizer.

— Que esquisita — comentou a amiga dela.

Mas agora Robbie estava aqui. Não só estava aqui, como me convidou para o baile. Na frente das câmeras. Aquela menina malvada da escola iria ver aquele vídeo? Ai, não, as pessoas iriam voltar a me perguntar sobre Robbie? Suspirei e fechei meu notebook, deixando minha cabeça cair sobre a mesa. Talvez eu devesse apenas ficar aqui o resto do ensino médio. Parecia uma solução preferível.

WDB (원더별): PERFIL DOS MEMBROS

NOME ARTÍSTICO: Robbie
NOME: Choi Jiseok (최지석)
POSIÇÃO NO GRUPO: *main rapper, subvocal, maknae*
ANIVERSÁRIO: 9 de setembro
SIGNO: Virgem
ALTURA: 178cm
PESO: 66kg
TIPO SANGUÍNEO: O
LOCAL DE NASCIMENTO: Incheon, Coreia do Sul
FAMÍLIA: mãe
HOBBIES: jogos eletrônicos
APELIDOS: Roro, Ro-Star, Robiya, *Kangajiseok*
EDUCAÇÃO: Escola de Artes Cênicas de Seul
COR DO LIGHTSTICK: roxo

FATOS SOBRE ROBBIE:

★ Nasceu em Incheon, Coreia do Sul.
★ Mudou-se para um subúrbio de Chicago, Illinois, quando tinha 6 anos.
★ Voltou para Seul, na Coreia do Sul, aos 10 anos.
★ Seu pai faleceu quando ele tinha 11 anos.
★ Ingressou na nova empresa de entretenimento de seu tio, a Bright Star, aos 11 anos.
★ Participou de um MV de G-Dragon quando tinha 13 anos (14 na idade coreana).
★ Seu número favorito é o 8.
★ Ficou conhecido pela primeira vez quando seus *samples* de rap das próprias músicas vazaram quando ele tinha 13 anos (14 na idade coreana).
★ Foi anunciado como o terceiro integrante do WDB (원더별).
★ Debutou quando tinha 14 anos (15 na idade coreana).
★ Seu melhor amigo é seu colega de grupo Jaehyung.
★ O líder do WDB, Jongdae, é seu primo.
★ É fluente em inglês, coreano e fala um pouco de francês, que aprendeu com Moonster, membro do WDB.
★ Seus *role models* são G-Dragon, do Big Bang; Tablo, do Epik High; Bobby, do iKON; e Bruno Mars.
★ Suas cores favoritas são azul, rosa e preto.
★ Ele já disse que não tem um tipo ideal.

Oito

— *Flores? Confere. Guitarra?* Confere. Cabelo? Confere.
— Hanbin corria sua caneta pela lista de seu caderno enquanto eles estavam na van.
Robbie esperava pacientemente. Esse era o hábito excessivamente obsessivo de Hanbin. Ele sempre conferia suas listas três vezes. Os meninos brincavam que isso o tornava mais minucioso do que o *Haraboji* Noel.
— Tem certeza de que isso não é demais? — perguntou Robbie, já impaciente por causa do que estava prestes a fazer. — Não quero envergonhá-la.
A Elena que ele conhecia realmente não gostava de ser o centro das atenções. Mas, mesmo tendo dito isso a Jongdae e Hanbin incontáveis vezes, eles simplesmente o ignoraram. Disseram que isso era diferente. Todo mundo gostaria de um *promposal* como esse. E então Hanbin fez Robbie assistir a uma dúzia de vídeos online para provar seu argumento. Disse que as garotas adoravam, mas Robbie achou que elas pareciam chocadas e envergonhadas na maioria das vezes.
— Você simplesmente não entende as garotas. Elas adoram ser cortejadas — afirmou Hanbin.
— Hyung, acho que ninguém mais fala assim — disse Robbie. — E, se você sabe do que as elas gostam, então por que ainda está solteiro?
— Ei! — Jongdae deu um tapa na nuca de Robbie.
Hanbin pareceu satisfeito por Jongdae o defender.
— Foco — disse Jongdae. — A falta de experiência de Hanbin não é o ponto.
— Ei! — protestou Hanbin.
— Apenas siga o plano — disse Jongdae, entregando a guitarra. — Finja que é só mais um show. Você é ótimo no palco. E as garotas adoram quando um cara se apresenta só para elas.

Robbie assentiu. Jongdae estava certo. E ele definitivamente sabia como conquistar garotas melhor do que Robbie. Mesmo na época em que eram *trainees*, Jongdae tinha uma longa fila de admiradoras. E pensar nisso como uma performance realmente ajudava. Se tinha uma coisa que Robbie sabia era como se desligar do mundo e se encontrar apenas na música. Quando estava cantando, não era mais Robbie Choi, era Robbie do WDB, astro internacional do K-Pop. Respirou fundo três vezes, seu ritual antes de todo show.

— Tenho certeza de que você vai se sair bem, Robbie. Não esquece por que está fazendo isso — disse Jongdae com um sorriso encorajador.

Robbie finalmente assentiu.

— Você tem razão. Eu consigo.

— Vai lá conquistar a garota — disse Hanbin, apertando o botão para abrir a porta automática da van.

Nove

Claro que, na manhã seguinte, meu carro não deu partida. Então, tive que ligar para Josie para ela me dar uma carona, já que Ethan já havia saído para seu treino matinal de lacrosse. Assim que contei a ela sobre o acontecido, fui bombardeada com um milhão de perguntas.

— Isso é igualzinho a um dorama, não é? Tem certeza de que não adormeceu assistindo a um desses e teve, tipo, um sonho lúcido? — perguntou Josie enquanto estacionava seu Jetta usado no estacionamento.

— Não foi um sonho — respondi, saindo do carro.

— Então, como ele é? — perguntou Josie, apoiando-se no capô do veículo para me olhar.

— Bonito. Convencido. — *Diferente*. Dei de ombros. — Não sei. Eu não conversei com ele de verdade.

Peguei minha mochila e fui em direção ao campus, esperando que as perguntas dela tivessem terminado agora que estávamos na escola.

Josie correu atrás de mim e destruiu minhas esperanças, dizendo:

— Minha prima é a presidente das Constellations da Cidade do México. Posso contar para ela sobre isso? Ela ia ter um troço.

— Tudo bem — concordei enquanto entrávamos no pátio. Não é como se isso importasse. Eu nunca mais veria Robbie.

Eu normalmente adorava a escola no início da manhã, era o tipo de tranquilidade que lembrava a calmaria antes de uma tempestade. Uma chance de me preparar para o dia. Toda manhã, os alunos do último ano se reuniam em pequenos grupos ao redor dos bancos de pedra que ficavam encostados nas paredes ao redor do pátio. Matando tempo e fofocando até o primeiro sinal tocar. Mas hoje, estavam todos amontoados em um canto.

— O que tá acontecendo ali? — perguntou Josie, lendo meus pensamentos.

49

— Não sei. — Eles haviam tirado do refeitório a mesa de ingressos do baile?

— Ai, meu Deus, é um *promposal!* — Josie apontou para um aglomerado de balões de látex visíveis acima das cabeças da multidão. Na verdade, eles estavam formando um arco gigantesco. Era tão grande que deveria ser composto por dezenas de balões em tons de vermelho e rosa.

— Para quem é isso? — Josie esticou o pescoço.

Nós nos juntamos à parte de trás da multidão. Eu podia não ter interesse em ir ao baile, mas ainda era humana e estava curiosa para saber quem tinha se esforçado tanto para esse espetáculo. Esperava que o pobre coitado não fosse rejeitado na frente de metade da escola.

— Ei — disse Josie para o garoto parado na nossa frente, um veterano que mal reconheci. — Quem tá fazendo isso?

— Não sei, mas um monte de garotas estava surtando mais cedo — respondeu, indiferente.

— Talvez seja um dos caras do time de futebol. Eles nunca se esforçam muito para convidar as namoradas para os bailes — falei. No máximo, trazem uma única rosa para a escola.

Noah Jordan fez isso no baile de boas-vindas deste ano, e sua namorada ficou carregando a flor como um troféu o dia todo. Se era um deles que estava fazendo um *promposal* completo, então eu entendia o motivo de os alunos estarem totalmente surpresos.

— Ei. — Josie passou para seu próximo informante em potencial. — Você sabe o que tá acontecendo?

Reconheci a garota da nossa turma, Diana Walker. Ela se virou para Josie, começou a falar, então, ao me ver, agiu como um falcão mirando em sua presa.

— Ei! Ela tá aqui! — gritou, estendendo a mão e me empurrando para a frente. Todos se viraram com o anúncio de Diana, abrindo um pequeno caminho para que eu pudesse cambalear adiante.

Mais pessoas começaram a me empurrar. E mais pessoas começaram a sair do meu caminho. Era como ser arrastada pela correnteza do mar. Você não pensa que seria tão forte, mas, uma vez que é pega por ela, não há escapatória.

Perdi Josie no meio da multidão e só consegui ouvir sua voz irritada:

— Que diabos, Diana? Por que você fez isso?

Algumas pessoas estavam esticando o pescoço para me ver, e eu podia sentir minhas bochechas queimando com a atenção. Ainda estava tentando entender o que estava acontecendo quando vi Ethan perto da frente da multidão. Ele estava com os olhos arregalados, com uma expressão de quem sabe que algo está prestes a dar errado.

O que é isso? Murmurei para ele.

Mas Ethan apenas fez uma careta e me deu um triste e fraco sinal de "joia" com o polegar.

Eu não fazia ideia do que isso deveria significar. Não tinha nem a mais remota ideia. Sério, nós somos os piores gêmeos de todos os tempos.

Finalmente, a multidão se abriu o suficiente para que eu pudesse ver o *promposal* em toda a sua glória. O arco de balões foi apenas o começo. No chão, havia, literalmente, um jardim de flores. Principalmente rosas, mas também alguns lírios. Foram organizadas no formato de um coração gigante dentro de um círculo feito daquelas velas falsas de LED.

E, ai, meu Deus, havia um banner. E ele tinha todas as letras que deveriam formar meu nome, mas não tinha como. Isso era impossível. Exceto pelo fato de que, no meio do coração, estava Robbie Choi.

Ele estava usando uma camisa preta de botão que devia ter algum tipo de fio metálico, porque brilhava quando ele se mexia.

Senti alguém empurrar minhas costas, incitando-me a seguir em frente. Parei na saída da multidão, e as pessoas estavam reunidas ao meu redor em um semicírculo, mantendo distância, mas também se esforçando para ver o que aconteceria em seguida.

Robbie se inclinou para a frente, e eu finalmente percebi o microfone. *Por que* havia um microfone? Estávamos na escola, não no Madison Square Garden.

Na minha visão periférica, pude ver uma dúzia de celulares. A maioria deles apontava para Robbie, mas alguns, percebi com horror, apontavam diretamente para *mim*. Ai, meu Deus, eu estava usando o mesmo jeans amassado de ontem. E meu suéter estivera jogado em uma cadeira do meu quarto. Eu nem sabia se estava limpo! No entanto, era azul-marinho, e imaginei que, se estivesse sujo, ninguém jamais saberia. Mas e se essas fotos vazassem, e as pessoas pudessem, de alguma forma, perceber que eu estava usando jeans e suéter sujos e velhos?

— Elena — disse Robbie, chamando minha atenção. — Tenho uma pergunta para você.

E então ele começou a tocar guitarra. Tinha ficado muito melhor do que eu lembrava nisso. Estava tocando uma doce melodia que me era vagamente familiar. Vasculhei meu cérebro em busca das notas, até que finalmente a reconheci.

A música se chamava *"Gobaek Hamnida"*. "Gobaek" pode ser traduzido literalmente como "confissão", mas, na verdade, significava "confissão de amor". Como quando você diz a uma garota que gosta dela. Eu me lembro de ficar divagando com essa música e, uma vez, até admiti para Robbie que achava que era a canção mais romântica que um cara poderia cantar para uma garota. Seria bonitinho pensar que ele ainda se lembrava daquele momento, se eu não estivesse absolutamente mortificada com todos os olhares e câmeras focados em mim. O que ninguém te diz quando você é uma garota boba de 10 anos que fica sonhando acordada com seu primeiro grande momento romântico digno de um filme é que o romance dos filmes não se encaixa no mundo real. Só parece muito exagerado e brega.

Eu tinha certeza de que meu rosto estava vermelho vivo. Ótimo, agora uma dúzia de câmeras estavam me filmando enquanto eu me transformava em um tomate.

Então Robbie começou a cantar. Ele sempre teve a voz mais doce do mundo. Mais grave do que você esperaria, levando em consideração seu rosto tão fofo. E, quando cantava, suas covinhas apareciam. Mesmo em meio à minha ansiedade, não pude deixar de me perguntar como esse garoto estranhamente bonito costumava ser o meu atrapalhado e desajeitado melhor amigo.

E, então, a música acabou, e as pessoas ao meu redor começaram a aplaudir.

— Senti sua falta nos últimos sete anos — disse Robbie. Ele pegou um buquê de flores da borda do coração de rosas e caminhou até mim.

— Gostaria de ir ao baile comigo?

Ele estendeu o buquê, e eu não tive escolha a não ser aceitá-lo. As flores eram tão grandes que eu não conseguia pegá-las com apenas uma mão, então tive que segurar o buquê na dobra do meu braço.

Eu podia ver uma câmera de telefone diretamente na minha linha de visão. Diana Walker a estava segurando, seus olhos arregalados de expectativa. O que ela faria com esse vídeo? Por que todo mundo estava apenas nos olhando? Por que eu não conseguia dizer nada? Ouvi meu sangue correr pelos meus tímpanos, tão alto quanto uma correnteza.

— Lani? — disse Robbie.

Eu olhei para ele e vi que seu sorriso havia desaparecido. Porcaria, ele podia sentir como eu estava agindo estranho. A situação estava desandando depressa.

Diga alguma coisa! Meu cérebro gritou para mim. *Pelo amor de tudo que é sagrado, diga alguma coisa ou terá que ficar aqui para sempre e morrerá aqui segurando um buquê de flores mortas!*

— O que tá acontecendo? — perguntou alguém do outro lado da multidão. E foi como se a pergunta tivesse descongelado todos, que começaram a murmurar.

Ouvi distintamente alguém perguntar:
— Qual o problema dela?

De repente, fui capaz de mover meus membros novamente e me virei. Havia rostos demais olhando para mim. Câmeras demais apontadas para mim. Corri para a beirada da multidão no momento em que Felicity se aproximava esticando o pescoço para ver melhor. Um segundo tarde demais, percebi que não conseguiria parar a tempo. Tentei balbuciar o nome dela em um último esforço de advertência, mas saiu apenas um "Fiiii!" agudo antes do meu impulso para a frente me fazer colidir diretamente com ela. As flores em meus braços praticamente explodiram, pétalas voando por toda parte. Por algum milagre, consegui me equilibrar antes de cair na multidão. Deixei as hastes das flores mutiladas caírem de meus braços.

Ouvi pessoas chamando o nome de Felicity e usei o caos resultante como uma deixa para fugir.

E corri. E corri.

Dez

Não parei de correr até ficar sem fôlego e atravessar metade do campus, chegando a um corredor ao lado dos vestiários.

Eu já tinha visto o suficiente de dramas adolescentes para saber que vestiários são um ótimo lugar para se esconder quando nos sentimos muito humilhadas. Então, entrei e fui procurar uma boa cabine de banheiro para morrer. Tinha acabado de me tornar um fantasma de banheiro coreano. (Ah, sim, isso existe...)

Só estava escondida há uns cinco minutos, quando ouvi passos. Levantei meus pés e fiquei agachada na tampa do vaso sanitário como Gollum quando Josie disse:

— El, eu sei que você tá aqui. Há pétalas de flores por todo o chão.

Droga! Não percebi que ainda havia resquícios de flores em mim, prova da vergonha que passei.

Com um suspiro, destranquei a porta da cabine e saí.

— Quão ruim é a situação? — perguntei.

— Bem, o Robbie foi embora.

Não sabia se isso fazia eu me sentir melhor ou pior.

— Você tava planejando ficar escondida aqui o dia todo? — Josie torceu o nariz para o vestiário. Não era o lugar mais legal da escola. E era usado principalmente para os times esportivos se trocarem para a prática depois da aula.

— Parecia uma escolha melhor do que ficar lá fora com as pessoas.

— Não é tão ruim assim — disse Josie, mas ela esticou demais as sílabas, do jeito que fazia quando estava mentindo e se esforçando muito para esconder isso.

— Não acredito no que acabou de acontecer — falei.

— O que realmente aconteceu? — perguntou Josie. — Por que você não disse nada?

— Eu meio que congelei. — Era difícil explicar a mistura de ansiedade e autoconsciência.
— Foi porque parte de você queria dizer "sim"?
— O quê? Não! — falei com tanta veemência que o som da minha voz ecoou no vestiário. — Eu nunca desistira da iniciativa alternativa ao baile desse jeito. — Josie estava mesmo duvidando do meu compromisso com a causa?
— O objetivo da iniciativa não é boicotar o baile. É acabar com o consumismo desnecessário e usar o excesso de fundos para ajudar o centro comunitário — lembrou Josie, de forma prática, como se estivesse claro que poderíamos ir ao baile, se quiséssemos.
— Não quero ir ao baile, e definitivamente não com Robbie Choi — falei, tentando fazer minha voz soar dura e definitiva. Queria que as pessoas parassem de pensar que eu mudaria totalmente de opinião de repente só porque Robbie Choi decidiu voltar para a cidade.
— Já tá na internet? — Finalmente fiz a pergunta que estava me atormentando.
— Bem... — A voz de Josie desapareceu, obviamente ciente de que eu nunca acreditaria nela caso dissesse que "não".
— Só me responde. — Eu podia sentir meu estômago se revirando com náuseas de ansiedade ao pensar em todas as pessoas que poderiam assistir à minha humilhação.
— Está sendo compartilhado por todo mundo. Mas a maioria foca apenas no Robbie. — Josie deu um pulinho, como se essa fosse uma ótima notícia. — Mas, tem um que... é meio que épico.
— Épico? — perguntei, não tendo certeza do que ela queria dizer com isso.
— Aqui. É melhor você assistir. — Josie deu alguns cliques no seu celular e o entregou para mim. Tomada de pavor, assisti ao vídeo começar.
— Lani? — disse o Robbie do vídeo depois de terminar de tocar sua música.
— O que tá acontecendo? — soou a voz da Felicity do vídeo. E então assisti, com horror, enquanto a Elena do vídeo girava descontroladamente, como uma galinha assustada. E colidia diretamente com Felicity.
As rosas pareciam explodir entre nós. Pétalas estourando com nossa colisão e caindo do alto em seguida. Enquanto eu corria para longe, o vídeo ficou em câmera lenta, uma horrível adição de pós-produção, enfatizando o choque de Felicity, que aparecia com olhos arregalados. Seus braços giravam enquanto tentava recuperar o equilíbrio. Ela caiu de costas na multidão atrás dela. Alguns alunos tentaram segurá-la, mas seu

impulso foi muito forte, e, em vez disso, Felicity derrubou três pessoas como dominós humanos. Ela soltou um lamento que soou grosso e grave com o efeito da câmera lenta. Sua boca se abriu novamente em aflição, e então o vídeo se tornou uma tela preta.

— Ai. Meu. Deus — falei devagar enquanto o vídeo recomeçava automaticamente. — Ai, meu Deus. Aimeudeus. — Aquilo tudo era demais para mim. Era horrível. Pela primeira vez em anos, senti pena de verdade de Felicity Fitzgerald.

— Épico, não é? — disse Josie com um sorriso largo no rosto. — Já salvei no meu celular para poder ver Felicity cair de bunda várias e várias vezes.

— Não posso ir lá fora — Agarrei o braço de Josie. — Felicity vai me matar.

— Ah, não. Ela já foi para casa. Disse que se machucou e precisava tirar um dia de folga.

— Eu *machuquei* alguém? — gritei.

Josie deu uma risada.

— Não tá machucada. Eu a vi caminhando para o carro. Ela está bem. Apenas envergonhada e usou isso como desculpa para ir embora.

— Ela é esperta — falei baixinho. — Gostaria de poder ir embora.

— Quer ir? — perguntou Josie. — Podemos ir, se você quiser.

Suspirei. Josie era uma grande amiga. Quer dizer, por ela, com certeza, não fazia mal tirar um dia de folga. Ela chamava isso de dias da saúde mental. E, honestamente, eu não conhecia ninguém tão tranquilo quanto Josie, então parecia que ela estava no caminho certo. Mas eu não conseguiria. Eu me sentiria culpada por faltar à escola. E, se minha mãe descobrisse, ela nunca mais me deixaria em paz.

— Não, é melhor eu ficar. Vamos. Vamos enfrentar logo este dia — falei enquanto o sinal tocava. Juntei minhas coisas e segui Josie em direção à minha ruína.

Onze

Não foi tão ruim quanto pensei que seria.
Foi pior.
Mesmo depois do sinal, os alunos ainda perambulavam pelos corredores. Então tive que aguentar dezenas de olhos me encarando. Grupinhos começaram a me olhar e a sussurrar assim que me reconheciam. Eu nunca havia recebido tanta atenção na minha vida. Tentei (e não consegui) me esconder dentro do meu suéter, como uma tartaruga que entra em seu casco.
Nossa sala de aula ficou completamente silenciosa quando Josie e eu entramos.
Então, Jacob Schmidt começou a bater palmas lentamente, e os outros alunos se juntaram a ele. Logo, um estrondo de aplausos tomou conta da sala enquanto todos eles batiam palmas. Mas era um aplauso de zombaria. Eu podia ver olhos afiados e sorrisos largos. Não estavam me aplaudindo. Estavam aplaudindo a piada que eu era.
Hoje seria um longo dia.

Eu não sabia que tantas pessoas poderiam ter opiniões sobre a minha vida, mas muitas delas ficaram mais do que felizes em compartilhá-las comigo.
— Ei, irmã do Ethan — chamou Tim Breslow quando passei por ele no corredor a caminho da aula de pré-cálculo. — Não sabia que você era tão exigente. O que um cara precisa fazer para você dizer "sim"? Ser dono de um país?
Baixei a cabeça e me apressei pelo corredor, mas as risadas me perseguiam.

57

Então, na hora do almoço, enquanto eu estava arrumando nossa mesa da iniciativa alternativa ao baile, os estudantes continuaram vindo para me mostrar uma dúzia de versões diferentes do *promposal* que haviam sido postadas online. A cena foi capturada de todos os ângulos possíveis. Alguns dos vídeos foram editados com música ou efeitos especiais. Era humilhante. Mas o pior foi quando Diana Walker alegremente se aproximou da mesa. Tentei entregar-lhe um panfleto, mas ela recusou.

— Acho que toda essa coisa anti-baile é só para aparecer, hein? — disse, olhando para mim.

— O quê? — Franzi a testa, cansada de todos os rumores que eu já tinha ouvido por aí. O pior dizia que eu tinha pagado Robbie para fazer o *promposal* como uma forma de chamar atenção.

— Sim, quer dizer, por que faria o Robbie dar um show tão grande, se você tá protestando contra o baile?

— Não é isso que a gente tá fazendo — murmurei.

— Mas não se preocupa — Diana ignorou minha resposta. — Parece que o Robbie já superou isso. — Ela levantou o celular e me mostrou um story do Instagram na conta de JD. Os meninos estavam obviamente se preparando para algum tipo de sessão de fotos ou evento. JD estava falando besteiras, contando o que tinham almoçado e coisas do tipo. Mas então virou a câmera para Robbie, que estava sentado carrancudo no canto. A risada de JD ecoou.

— Ah, nosso *maknae* tá triste depois da rejeição épica?

Robbie deu de ombros em um movimento brusco:

— Tanto faz, não é grande coisa.

Não é grande coisa? Ele realmente pensa isso do momento mais mortificante da minha vida?

Um dos integrantes apareceu na câmera e passou um braço amigável em volta de Robbie:

— Veja pelo lado bom. Agora você pode ser um artista torturado.

Robbie riu e deu um pequeno empurrão no colega:

— Claro, vou escrever uma música épica sobre isso.

— Esse é o espírito, Robiya — disse JD, esticando a mão para dar um soquinho no ombro dele.

Robbie deu um sorriso maroto para a câmera e disse:

— Algumas você ganha e outras você perde, não é?

— Pelo menos ele não tá chateado com isso, não é, Elena? — A voz de Diana era maliciosa, como se estivesse esperando que eu perdesse o controle para que ela pudesse relatar a fofoca às amigas.

Então, coloquei meu melhor sorriso falso no rosto e disse:

— Sim! É um grande alívio. Obrigada por me mostrar.

Diana fez um beicinho de desapontamento. Parecia que ela ia dizer mais alguma coisa, mas me voltei para a mesa, concertrando toda a minha atenção em organizar os panfletos até que ela finalmente foi embora. Então, deixei meus ombros caírem. *Algumas você ganha e outras você perde?*

Eu não era um troféu, pensei furiosa.

A aula de química era a última do dia, e eu mal podia esperar para ela acabar. Fiquei olhando para o relógio enquanto realizava as tarefas no laboratório.

Fiz dupla com Karla Hernandez, e o celular dela vibrava incessantemente o tempo todo. Ela ficava dando uma olhada na tela e, depois, olhando furtivamente para mim. Isso aconteceu umas cinco vezes antes de eu finalmente dizer:

— Posso ajudar?

— Ah, não. Desculpa — murmurou ela. Quando seu celular vibrou de novo, Karla o virou, mas não antes que eu pudesse ver o que ela estava olhando. Um grupo de conversa sobre WDB.

Irritada, falei:

— Se você tem algo para me perguntar, diga logo.

Ela se encolheu, e eu imediatamente me senti mal. Sabia que não deveria descontar nela minha frustração com o dia.

— Ah, eu não... quer dizer, por que você não disse "sim"?

— O quê? — Fiquei surpresa. Foi a primeira vez que alguém me perguntou isso. Até agora, todo mundo só estava interessado em apontar para mim e rir às minhas custas. Ninguém queria ao menos saber como eu estava me sentindo.

— É que eu não consigo acreditar que você não disse "sim". Eu ia morrer se alguém do WDB me convidasse para sair.

— Não é bem assim — murmurei.

Karla se inclinou, seus olhos arregalados e curioscs.

— Então como é?

— Robbie não estava me convidando para ir em um encontro. Foi só uma promessa boba que a gente fez quando era criança.

— Isso é tão legal. — Karla suspirou. — Então, você vai com ele?

— Não — falei.

Karla parecia genuinamente confusa:

— Por que não?

— Porque estou defendendo uma causa com a iniciativa alternativa ao baile — comecei a dizer.

— Ah, sim. Tinha esquecido — Karla franziu o cenho. O tipo de olhar que eu sempre recebia quando começava a falar sobre o centro comunitário. O celular dela vibrou novamente, mas desta vez o Sr. Taylor estava passando por perto.

— Você conhece as regras de classe — disse ele, confiscando o telefone. — Pode pegá-lo de volta depois da aula.

Karla suspirou e afundou na cadeira.

— O que estão dizendo? — perguntei, incapaz de me controlar.

— Você não vai querer saber — disse ela com uma voz distraída enquanto observava o Sr. Taylor colocar o celular dela na gaveta da mesa.

Quando as aulas finalmente terminaram, praticamente corri pelo estacionamento até o carro de Josie. Ela ainda não estava lá, então me encostei no veículo para esperar.

Alguns estudantes passaram, sussurrando e rindo quando me viram.

Eu não estava com humor para ouvir mais piadas ou provocações às minhas custas, então fingi que havia deixado cair algo como uma desculpa para me esconder ao lado da porta do carona de Josie.

Peguei meu celular para enviar uma mensagem para ela, e então abri o navegador.

Não faça isso, Elena, alertei a mim mesma. *Nada de bom pode vir de sair lendo qualquer tipo de comentário. Você é esperta demais para fazer isso.*

Mas o comentário de Karla na aula de química ficou na minha cabeça. Ela obviamente quis dizer que os fãs do WDB sabiam sobre o *promposal*. Como não saberiam? Robbie e o WDB foram marcados na metade das postagens. Eles estavam com raiva de mim por eu ter rejeitado Robbie? Talvez entendessem que tinha sido absolutamente vergonhoso. Eu realmente não deveria olhar. Mas não consegui me controlar e pesquisei: "Robbie Choi + *promposal*."

Uma dúzia de postagens surgiram. E eu rolei a tela. Porcaria. Havia uma hashtag.

E memes. Um print em que eu colidia com Felicity, e as flores explodiam ao nosso redor. Em seguida, um segundo print com ela no chão, as pétalas caindo ao redor, e legendas como "Dando um novo significado ao 'poder das flores'" ou "Aquele sentimento que dá quando seu futuro se aproxima de você com força total."

E Karla tinha razão. Haviam muitos comentários de Constellations. Estavam escritos em tantas línguas que eu não conseguia entender metade deles, mas, dos que estavam em inglês, pude ver que a maioria não gostava de mim:

Quem diabos é essa garota?
Ai meu Deus, ela rejeitou Robbie-oppa!
Onde essa fulaninha mora?!
Não! O Robbie é meu!

Fechei a aba. Gostaria que esse gesto pudesse deletar os comentários também. Tem sinal de internet nas cavernas? Porque é para lá que eu teria que me mudar para fugir de tudo isso. Seria uma vida simples, mas eu aprenderia a procurar minha própria comida e pescar.
— Elena?
Praticamente dei um pulo, mas, como estava agachada, perdi o equilíbrio e me segurei no carro de Josie.
— O que você tá fazendo? — perguntou Ethan, aproximando-se. Ele era tão alto que alguém com certeza o veria conversando com um carro vazio.
— Shhh! — falei, puxando sua calça jeans para forçá-lo a se agachar também. — O que parece que tô fazendo?
— Você derrubou alguma coisa? — Ele olhou ao redor.
— Não, tô me escondendo — respondi. — Porque a vergonha que eu passei já tá espalhada por toda a internet para o mundo inteiro ver.
Ethan riu, e o som me deu nos nervos.
— Não é tão ruim assim. É só um *promposal*. As pessoas vão esquecer assim que o próximo acontecer.
— Sim, se o próximo for feito pelo Tom Holland.
— Para ser sincero, fiquei impressionado — disse Ethan. — Robbie deu tudo de si. Ele merece um crédito por isso, não é?
Eu dei a Ethan o meu olhar mais duro e sério, e o sorriso dele sumiu do rosto.
— Qual é. Se anima. *Promposals* deveriam ser divertidos.
— Sim, é divertido quando você *quer* um.
— Por que você simplesmente não disse "sim" para o cara e, mais tarde, falou para ele que não queria ir? — perguntou Ethan.
— Porque eu sou a *líder* da iniciativa alternativa ao baile! Pense em como isso ia afetar a nossa credibilidade!
— Eu realmente não entendo por que você é anti-baile.
Eu não sou anti-baile. Tive vontade de arrancar meus cabelos de frustração.
— Você não entenderia — falei, finalmente me levantando. Minhas pernas começaram a formigar por ter ficado tanto tempo agachada, e

bati os punhos contra as coxas para me livrar das picadas de agulha que as percorriam.

— Acho que não — disse Ethan. — Mas tenho certeza de que vai ficar tudo bem. Amanhã é sexta-feira, e depois é fim de semana. Tudo vai ser esquecido.

Pude perceber que Ethan estava tentando me confortar, o que eu normalmente adoraria. Mas ele estava fazendo um péssimo trabalho, e eu sabia que qualquer coisa que dissesse só faria com que *ele* se sentisse mal. E, se minha mãe descobrisse que eu tinha chateado Ethan, seria um inferno. Então, apenas fiquei lá olhando para ele.

— Foi mal, atrasei! — gritou Josie, correndo até nós.

— Tudo bem. Só vamos embora. — falei, esperando impacientemente que ela abrisse o carro.

— Acho que vejo você mais tarde — disse Ethan, com o rosto rígido, e eu sabia que o tinha chateado de qualquer forma.

Ótimo, o jantar seria uma terrível cereja passivo-agressiva no topo do bolo desastroso que já estava sendo o meu dia.

— Sim, vejo você mais tarde — falei, fechando a porta entre nós.

Eu realmente precisava que esse dia acabasse.

Doze

No dia seguinte, desejei que as pessoas pudessem voltar a pensar em mim apenas como a gêmea fracassada de Ethan. Eu estava cansada dos outros me perguntarem sobre Robbie. Sobre o baile. Sobre qualquer coisa.

Evitei com sucesso tudo relacionado à internet ou redes sociais, embora Josie agora tivesse começado a me enviar GIFs de Felicity caindo de bunda. Falando em Felicity, ela veio à escola hoje. Caroline a elogiou em voz alta no meio do pátio, dizendo que era "corajosa" por voltar à escola tão rápido. Como se ela tivesse sido atacada por um animal raivoso. Mas eu sabia por que tinha vindo. Se não estivesse presente nas aulas durante o dia, não teria permissão para ser líder de torcida no jogo desta noite, era uma regra.

Depois da escola, tudo o que eu mais queria era ir para casa, mas não podia. Tinha prometido a Jackson um livro novo de aniversário e queria levá-lo para ele esta noite, quando fosse ao centro comunitário. Então apenas ignorei a falta de vontade e fui ao shopping.

Eu tinha acabado de estacionar quando recebi uma mensagem da minha mãe. Ela nunca me mandava mensagem, a menos que quisesse "gritar" comigo ou que estivesse precisando de alguma coisa.

MÃE: Onde você tá?
ELENA: No shopping.
MÃE: Vai ficar por aí um pouco?
ELENA: Só vou comprar um livro. Precisa de alguma coisa?

Esperei pela resposta, mas ela não falou nada. Eu me convenci de que talvez só quisesse se certificar de que eu estava segura. Isso significava que ela se importava, certo?

63

Eu não era uma pessoa que gostava de comprar por lazer. Sei que existem algumas que gostam de passear pelas lojas ou pelos corredores, para ver as novidades e se tem algo que lhes chama a atenção. Não sou uma delas. Só pego o necessário e vou embora. É por isso que o shopping não era minha ideia de diversão.

Mas o que tornou tudo muito pior foi que faltava um mês para o baile de formatura, o que significava que várias meninas da minha escola estavam lá comprando vestidos, maquiagem ou sapatos. Se eu esbarrasse nelas, pode ser que trouxessem à tona o terrível *promposal*. Eu ficava estressada só de pensar nisso.

Fui direto para a livraria. Ela era praticamente a única razão pela qual eu vinha ao shopping, já que era a única livraria da cidade. Tinha acabado de entrar na loja quando um grupo de três garotas bloqueou meu caminho. Comecei a contorná-las, mas uma delas se moveu para me bloquear novamente.

— Precisa de alguma coisa? — perguntei. *Como uma lição de boas maneiras.*

— Você é aquela garota, não é? — perguntou uma delas.

— Você vai ter que ser mais específica — falei, sentindo um nó no estômago. Eu não a reconhecia de nenhuma das minhas aulas, mas isso não significava que ela não fosse aluna do primeiro ou do segundo ano.

— Foi você quem rejeitou o Robbie-*oppa*.

Droga. Eu não estava com humor para isso agora.

— Escuta. — Pensei que poderia explicar as coisas de maneira racional, mas a garota me empurrou. Não foi um empurrão de leve; foi forte e rude.

— Você não *merece* o Robbie-*oppa!*

— Eu não o *quero* — falei, por fim.

— Por que não? — perguntou uma das amigas da garota, dando um passo à frente. — Você acha que é boa demais para ele?

Isso era ridículo. Primeiro *não* queriam que eu ficasse com Robbie e agora querem? Será que elas não poderiam se decidir?

— Ei! — Karla apareceu correndo, e olhei para ela. Ela fazia parte disso? — Meninas, vamos. Eu a conheço. É uma boa pessoa.

Finalmente, alguém que estava pensando direito.

— Mas ela envergonhou Robbie na frente do mundo inteiro! — insistiu a primeira garota, encarando-me. Eu não conseguia decidir se queria evitar o olhar dela ou encará-la de volta.

— Não vale a pena — disse Karla. Não sabia se ela estava fingindo ou se realmente achava que eu não valia nada, mas, honestamente, não me importava mais a esta altura. Ela poderia me chamar de "monte de lama" se isso tirasse essas pessoas do meu pé.

— Tá bom, tanto faz — respondeu a primeira garota. — Vamos à papelaria.

Fugi por entre as estantes altas e fui direto à seção infantil. Eu tinha certeza de que não encontraria nenhum fã rebelde de Robbie aqui, a menos que ele tivesse atingido um público com menos de 7 anos da idade. Na verdade, não dava para ter certeza de que ele não tinha atingido.

Em vez de olhar os livros, apenas me joguei no chão e deixei meu rosto cair em minhas mãos trêmulas. Nunca estive em uma situação como essa antes. Isso era um caso de "cuidado com o que você deseja"? Passei metade da minha vida desejando não estar sempre na sombra dos outros. Mas agora as pessoas me conheciam por todos os motivos errados. Eu não sabia o que fazer ou dizer para aquelas garotas. Agora, pensando bem, gostaria de ter dito que minha vida pessoal não era da conta delas. Mas apenas congelei, querendo evitar qualquer tipo de confronto.

Eu precisava sair dessa. Não podia deixar algumas pessoas horríveis estragarem o resto do meu dia. Já abri mão de muito da minha semana por causa dessa situação. Estava na hora de deixar isso para trás.

Estava esperando na fila com o livro de Jackson quando percebi uma pessoa vagando por entre os caixas. Ele se destacava porque usava um boné de beisebol com a aba abaixada até perto dos olhos. O capuz de seu moletom estava puxado sobre o boné. E ele usava óculos escuros, embora estivéssemos em um ambiente fechado.

Olhei ao redor, procurando pelo segurança do shopping, mas ninguém parecia preocupado com um esquisito que estava obviamente tentando esconder o rosto. E Josie sempre dizia que eu me preocupava demais. A última coisa de que eu precisava era que alguém me gravasse sendo histérica com um segurança e postasse na internet. Mandei minha cabeça deixar de paranoia. Só estava no meu limite depois daquele confronto com aquelas garotas. Apenas pagaria pelo meu livro e cuidaria da minha vida. Abaixei a cabeça, recusando-me a olhar para a pessoa que obviamente não estava aqui para comprar livros.

Depois de pagar, ouvi passos atrás de mim. Não do tipo normal, de pessoas andando no shopping. Esses estavam estranhamente combinando com os meus. Como se acompanhassem o ritmo exato em que eu estava andando. E quando acelerei, eles também aceleraram. Dei uma olhada para trás, e o cara do capuz estava definitivamente me perseguindo com rapidez.

Porcaria, eu deveria ter confiado nos meus instintos! Era mais um superfã do WDB? Estavam me seguindo porque iam tentar fazer alguma coisa comigo? Uma parte de mim pensou que talvez eu devesse gritar. Ou isso o deixaria com raiva? Se ele tivesse uma arma, simplesmente me atacaria? Fiz aula de kickboxing uma vez, quando minha mãe me arrastou consigo para a academia por um mês. Não, isso não funcionaria. Tudo o que fizemos foi socar e chutar sacos de areia, e eu errava o saco na maioria das vezes.

Decidi que era melhor me apressar e fui até os elevadores. Mas antes que as portas pudessem se abrir, alguém agarrou meu braço.

— Eu luto kickboxing! — gritei, levantando meus punhos na frente do rosto.

— O quê? — A voz soou estranhamente familiar. — Não, Elena, sou eu. — Ele tirou os óculos escuros e o boné, revelando o rosto de Robbie Choi.

— O que diabos você tava pensando? — Soquei o braço dele para liberar um pouco da adrenalina que ainda percorria meu corpo. — Não pode perseguir alguém pelo shopping vestido como se estivesse prestes a assaltar um banco!

— O quê? Não, não era minha intenção fazer isso. Tentei sinalizar para você, mas não olhava para mim.

— Sim, porque você tá parecendo um completo esquisito.

Ele mordeu o lábio inferior em um gesto que eu reconhecia. Robbie costumava fazer isso o tempo todo quando estava nervoso.

— Eu não queria que ninguém me reconhecesse.

— Bem, objetivo alcançado — falei, endurecendo minha voz enquanto afastava o resquício de nostalgia. — Você tá totalmente ridículo.

— Sim, eu me sinto ridículo toda vez que uso essa roupa — disse, e não consegui deixar de me sentir meio mal por ele. Sua voz estava tomada de frustração.

— Como você sabia onde eu tava?

— Passei na sua casa, e sua mãe me disse que você tava no shopping.

— Ela simplesmente te contou?

Deve ter sido disso que se tratava a mensagem estranha. Acho que foi uma ilusão esperar que minha mãe se importasse do nada com o meu paradeiro.

Um grupo de jovens passou por nós quando o elevador chegou, e Robbie encolheu os ombros e abaixou o queixo. Ele rapidamente me puxou para dentro do elevador, apertando o botão de fechar a porta.

— O que você tá fazendo? Aonde estamos indo? — perguntei, percebendo que ele não havia pressionado um botão de escolher o piso.
— Lugar nenhum.
— O quê?
— Talvez eu só esteja querendo "elevar" o nível da conversa. — Ele me deu um sorriso maroto.
Soltei um grunhido.
— Você não faz mais aqueles trocadilhos terríveis, faz?
— Tá querendo dizer que nunca gostou deles? — Robbie franziu a testa de uma forma tão exagerada que seu lábio fez um beicinho.
Quase abri um sorriso, mas então lembrei que estava com raiva dele.
— Você não respondeu à minha pergunta. — Apontei para os botões do elevador.
Seu rosto assumiu uma expressão triste, e ele suspirou:
— Eu só queria evitar as multidões. Não posso correr o risco de ser reconhecido.
Apertei meus lábios.
— Se você quer evitar multidões, então por que veio a um shopping?
— Porque você tá aqui. — Ele estava corando? Ou eram apenas as luzes fluorescentes do shopping? — Queria falar com você sobre ontem.
Senti meu coração subir pela garganta. Eu não queria falar sobre ontem. Não queria pensar em ontem. Se eu pudesse encontrar uma máquina que apagasse completamente o dia de ontem da linha do tempo, apagaria. E então Robbie teve que piorar tudo perguntando:
— Qual foi a sua?
— A minha? — repeti incrédula. Ele estava mesmo me culpando?
— Foi *você* quem apareceu na *minha* escola e fez um espetáculo na frente de metade dos meus colegas. Não sei para que tipo de truque publicitário é tudo isso, mas será que você poderia simplesmente encontrar outra garota para ser sua protagonista desavisada?
O músculo em sua mandíbula enrijeceu.
— Você acha que isso era para publicidade?
Ele parecia tão chateado que quase automaticamente soltei um pedido de desculpas, mas a voz de Josie ecoou na minha cabeça: *pare de se desculpar o tempo todo*. Pensei no vídeo viral e em como todos os comentários negativos eram sobre mim, enquanto todos simpatizavam com Robbie como se ele fosse a "pobre vítima" dos meus modos malignos e coniventes. Cruzei os braços e perguntei:
— Se não era para publicidade, então por que você veio à minha casa com uma câmera?

— Bem... — começou Robbie, então parou, franzindo a testa.
— Exatamente. — Balancei a cabeça para sua falta de palavras. — Nos últimos dois dias, você me colocou em duas situações realmente enervantes sem motivo.

— Enervantes? — Robbie ergueu uma sobrancelha, como se estivesse intrigado. — Então, você fica nervosa perto de mim?

Ele estava falando sério?

— Nervosa perto de *você*?

— Sim. — Robbie parecia estar refletindo sobre essa teoria e a achar agradável. — Quer dizer, eu entendo. Quando debutei, tava perto de tantas grandes estrelas que nunca sabia o que dizer. Mas você não precisa se sentir estranha perto de mim. Eu ainda sou o mesmo velho Robbie.

— Não, você não é — falei sem pensar.

Sua boca se abriu.

— O quê?

Balancei a cabeça.

— O velho Robbie não ia assumir essa personalidade ridícula de celebridade na minha frente porque ia saber que eu não gosto quando as pessoas não são elas mesmas.

— Tudo bem — disse Robbie. — Talvez eu tenha mudado, mas você também mudou com toda essa coisa do baile.

— Mudei porque eu não quero ir a um baile ridículo? — Tive vontade de rir em descrença.

— Não, porque quando você era mais jovem, sempre cumpria suas promessas. Uma vez, eu quis quebrar uma promessa de mindinho que fiz para um *bichinho de pelúcia*, e você passou vinte minutos me dando um sermão sobre honestidade e lealdade.

Eu estava paralisada, em estado de choque.

Odiava que ele tivesse conseguido fazer com que me sentisse culpada. Como se eu estivesse quebrando algum tipo de juramento sagrado e não uma promessa boba que fiz quando tinha 10 anos. Mas ele não estava errado, promessas eram muito importantes para mim quando eu era mais jovem. Esther sempre dizia que, se você promete, você cumpre. Ponto final. E eu levava isso muito a sério.

Mas e quando a pessoa que você era quando fez a promessa não é a mesma que é agora?

— Olha, não é como se eu tivesse planejando envergonhar você ontem — disse Robbie.

Dei de ombros, e talvez estivesse sendo defensiva, ou talvez apenas mesquinha, mas eu disse:

— Bem, algumas você ganha e outras você perde, não é?
Pelo menos ele teve o bom senso de estremecer.
— Você viu isso?
— Metade da minha escola viu — murmurei.
— Sinto muito — disse Robbie. — JD me pegou em um momento ruim.
— Tanto faz, era só um story do Instagram. Já sumiu.
Encolhi os ombros.
— Lani... — começou Robbie, e ouvir o apelido me deu um aperto no peito. Era confuso demais ouvi-lo dizer esse nome agora. Já significou muito para nós, mas eu não reconhecia mais o cara que o usava.
— Eu disse que tá tudo bem. Não quero mais falar sobre isso — falei rapidamente. Esse assunto estava me dando dor de estômago.
— Vamos lá, eu sei que você tá com raiva de mim.
Tive vontade de revirar os olhos; *agora* ele, de repente, podia me ler tão bem? E quando me envergonhou na frente das câmeras duas vezes seguidas?
— Me fala como te compensar — pediu Robbie, inclinando a cabeça com um sorriso tímido. Era um movimento pensado exclusivamente para derreter corações. Então, eu intencionalmente endureci o meu contra ele. Não serei só mais uma garota caindo aos seus pés de *idol*. — Eu faço qualquer coisa. — Seu sorriso se alargou, como se estivesse tentando arrancar um de mim.
Forcei meus lábios em uma carranca:
— Você pode me deixar em paz.
— Qualquer coisa, menos isso. — Então, seus olhos se iluminaram, seu sorriso se tornou malicioso, como costumava acontecer quando ele tinha uma ideia. — Que tal um desejo?
— O quê?
— Vamos lá, você não esqueceu, não é? Vou te conceder um desejo, o que quiser. Mas tem que me perdoar quando eu realizar seu pedido. — Ele ergueu a sobrancelha em um questionamento silencioso, como que me desafiando a aceitar.
Por que Robbie estava insistindo em trazer de volta todas essas coisas da nossa infância? Coisas que eu preferiria manter guardadas onde ele não pudesse estragá-las com suas mãos sedosas de *idol*.
— Você realmente acha que um desejo aleatório vai te ajudar?
Ele assentiu, pensativo:
— Tudo bem, dois desejos.

Não pude deixar de ficar intrigada. Mas me forcei a bufar e tentar apertar o botão da porta para escapar.

Ele se moveu para bloquear meu caminho.

— Três! Oferta final! Três desejos, o que você quiser.

Três desejos? Poderia demorar para ele realizar três desejos, especialmente porque eu demoraria um pouco pensando neles. Isso significava que Robbie estava planejando ficar aqui por um tempo.

— O que eu quiser? — perguntei.

Ele franziu a testa, como se percebesse quanto poder estava me concedendo.

— Dentro dos limites do razoável. — Ele estendeu a mão. — *Kol*?

Abri um sorriso ao ouvir o termo coreano para fechar um acordo.

— *Kol*. — Aceitei o aperto de mãos.

Robbie sorriu, e foi um sorriso doce e meio autodepreciativo. Meu pulso acelerou. Não é como se eu não o tivesse visto sorrir antes. Mas esse sorriso não era um daqueles perfeitos de sessão de fotos, mas suave e irônico, quase como o Robbie que eu lembrava de sete anos atrás.

Ele colocou uma mão no meu ombro. E fiquei imóvel enquanto uma estranha sensação de formigamento percorria meus braços. Por que eu estava reagindo assim?

— Realmente sinto muito — disse. — Se eu tivesse que fazer de novo, faria diferente.

— O quê? — falei baixinho. Eu não conseguia parar de focar sua mão ainda no meu ombro. Estava fazendo minha pele esquentar muito.

— Eu não teria ido à sua casa com uma câmera ou feito um espetáculo na sua escola. Teria te pedido para me encontrar no velho banco de balanço da sua mãe. Ela ainda tem aquilo?

— Sim — falei. Eu não conseguia pensar em mais nada para dizer.

Robbie sorriu, e todo o seu rosto foi iluminado. Seus olhos se tornaram pequenos.

— Eu realmente teria te perguntado em vez de presumir alguma coisa. E teria me desculpado por não ter ligado cantando aquela música que escrevemos juntos quando tínhamos 9 anos. Você lembra?

— Hein? — falei, porque aparentemente eu só conseguia dar respostas monossilábicas.

Então Robbie começou a cantarolar. E eu me lembrei. Nós a escrevemos em seu antigo piano e até a gravamos no celular de sua mãe, no formato MP3, para presentear nossos pais. Não tinha nenhuma letra, porque continuávamos discutindo se era uma canção de amor ou uma música dançante. Não era nenhum dos dois, mas tínhamos apenas 9 anos.

— Você não pode *cantar* uma música que não tem letra — observei.

— Então eu ia escrever uma — disse ele.

— Afinal de contas, sou músico.

— Você ainda escreve músicas? — perguntei, agarrando-me a qualquer tópico, tentando desviar a conversa para algum assunto neutro.

— Faço uns rascunhos — respondeu.

Era uma resposta estranhamente evasiva, e um olhar estranho tomou conta de seus olhos por um momento antes de desaparecer. Fui tomada de curiosidade, e eu queria insistir para obter mais informações, mas não tive a chance, pois as portas do elevador se abriram novamente. Reconheci a voz de Karla Hernandez antes de ver seu rosto.

Sei que parece clichê dizer que tudo ficou em câmera lenta, mas juro que ficou.

Eu pude ver Robbie começar a se virar, provavelmente se perguntando quem tinha acabado de entrar no elevador. Se ele continuasse se virando, Karla veria seu rosto completamente exposto. Tive apenas um segundo para reagir. Eu o puxei para frente de forma que pudesse ficar escondido no canto, levantando o moletom para cobrir seu cabelo no processo. Só estava pensando nisso, em esconder o rosto dele para que Karla não o reconhecesse e começasse uma rebelião. Mas é claro que não pensei que puxá-lo para o canto significava puxá-lo para *mim*.

Antes que qualquer um de nós pudesse se mover, mais pessoas se amontoaram no elevador, e alguém estava trazendo um carrinho gigante com caixas largas, fazendo com que todos se espremessem nos cantos.

Alguém esbarrou em Robbie, e ele tropeçou para a frente, tentando se segurar antes de cair por cima de mim. Estava colada no canto, a bochecha dele agora praticamente encostada na minha, minhas mãos ainda em volta de seu pescoço. Eu queria afastá-las, mas o movimento faria com que meus cotovelos o acertassem no peito. Então apenas fiquei lá, meus dedos segurando o tecido de seu moletom. Ele cheirava às velas de linho fresco da minha mãe com um toque de algo terroso, como quando fui para uns campos de chá verde com minha família na Coreia.

Eu o ouvi murmurar alguma coisa enquanto ele começava a se afastar, mas apertei meus braços ao redor de seu pescoço.

— Cuidado — sussurrei em seu ouvido. — São fãs.

Esperava que Robbie entendesse o que eu estava querendo dizer. E pareceu que ele tinha entendido quando o senti acenar de leve com a cabeça enquanto mantinha o rosto pressionado contra meu ombro.

Seus braços me envolveram, e senti o boné que ele segurava se pressionar contra mim. Decidi me concentrar apenas nisso, na sensação do boné, na aba batendo em meu braço. Dessa forma, eu não pensaria em como Robbie estava pressionado contra mim. Na maciez da sua pele contra a minha. Na sua respiração, que eu sentia em meu pescoço.

— Ugh, algumas pessoas são tão nojentas. — Ouvi a amiga de Karla dizer, e demorei um segundo para perceber que ela estava falando sobre nós. Porque parecia que estávamos... Não, eu não podia pensar nisso. Só estava tentando proteger Robbie. Como costumava fazer quando tínhamos 10 anos. Isso não era nada. Já estivemos mais próximos quando dávamos nossos abraços de despedida. Ou daquela vez em que enfrentei Robbie porque ele não queria me devolver meu iPad. Só que meu coração não tinha batido tão rápido quando a Elena de 9 anos pulou no Robbie de 9 anos. Nem meu cérebro tinha ficado tão confuso enquanto eu o segurava no chão. Nem tinha sentido um formigamento por todo o corpo quando arranquei o iPad de suas mãos.

O elevador finalmente parou, e todas as outras pessoas saíram.

Robbie se afastou apenas alguns centímetros para que seu rosto não ficasse mais pressionado contra o meu. De alguma forma, conseguir olhá-lo nos olhos era ainda pior. Eram os mesmos de que me lembrava, só que havia um brilho estranho neles que eu nunca tinha visto antes. Questionador e intenso. Fez com que calafrios corressem pelos meus braços, até que um arrepio tomou conta de mim.

Então, o elevador deu um solavanco enquanto recomeçava a se mover, e o feitiço foi quebrado.

Robbie deu um passo para trás, e fui deixada pressionada no canto do elevador.

— Eu conhecia aquelas meninas — expliquei rapidamente, um rubor tomando conta de minhas bochechas. — Elas são grandes fãs. Então eu tinha certeza de que elas te reconheceriam, e você disse que não queria isso.

— Ah, sim. Quer dizer, faz sentido. — A voz de Robbie soou grossa, e ele tossiu na manga de sua roupa.

— Eu só... não tinha certeza se você pensou que, na verdade, eu estava tentando...

— Ah, não! — disse Robbie, balançando a cabeça com tanta força que ele parecia um daqueles bonecos cabeçudos. — Eu nunca ia pensar que você fez isso. Não que não possa fazer. Quer dizer, suponho que já tenha feito com outros... Quer dizer... Não sei o que tô querendo dizer.

Balancei a cabeça, tentando pensar em uma maneira de deixar de lado o constrangimento que fazia minha pele parecer tensa demais.
— Não é grande coisa, certo? Não é como se a gente não tivesse feito isso antes.
Ai, meu Deus, por que eu acabei de dizer isso?
— O quê? — perguntou Robbie, seus olhos se arregalando.
— Nada — falei rapidamente, xingando-me por dentro. — Você provavelmente não lembra. Eu quase não lembro. Quer dizer, obviamente lembro, ou não teria tocado no assunto. Nem sei por que toquei no assunto. — Estava divagando. E, quanto mais eu falava, pior ficava. Não conseguia olhar para ele. Sabia que, se olhasse, ele estaria me encarando como se eu fosse uma completa esquisita.
— Eu lembro — disse Robbie, e eu finalmente olhei para cima.
Ele *estava* me encarando, mas não com desgosto ou aborrecimento. Estava olhando para mim com uma seriedade tão grande que me deixou constrangida. No que estava pensando? A dúvida estava me matando.

O elevador parou mais uma vez, e eu praticamente pulei para fora, assustando duas mulheres de meia-idade que esperavam para entrar. Murmurei um pedido de desculpas, mas eu precisava sair do elevador. De repente, parecia pequeno demais.

Robbie havia colocado o boné e os óculos escuros novamente. Voltou a ser o *idol* distante:
— Preciso ligar para o meu empresário.

Senti meu estômago dar um nó. Ele estava mesmo com pressa para ir embora?

Não, isso não deveria importar para mim. Toda vez que via Robbie, as coisas ficavam tão confusas e complicadas que eu acabava em uma situação sob medida para me fazer parecer ridícula. Seria melhor se ele só fosse embora.

Eu não tinha certeza do que fazer enquanto ele se afastava para falar ao telefone. Parecia falta de educação simplesmente ir embora enquanto ele estava no celular. Deveria pelo menos esperar até poder me despedir adequadamente.

Mas enquanto hesitava, vi Caroline e Felicity caminhando em direção à saída segurando cafés gelados com chantilly no topo. Torci para que elas simplesmente passassem direto. Argumentei com o universo que eu já havia lidado com coisas o suficiente nos últimos dias. Mas, ao que parece, o universo não se importava, porque Caroline me viu.

— Tá aqui para impedir que os frequentadores do baile de formatura gastem dinheiro no shopping do mal? — perguntou Caroline com uma risada.

Cerrei os dentes e considerei fingir que não tinha ouvido.

— Sério? Você vai simplesmente me ignorar? — zombou Caroline.

— Carol, tô entediada — disse Felicity com desdém, tomando um gole de sua bebida. — Podemos ir? A gente vai se atrasar para o aquecimento.

Ela nem ao menos olhou para mim, e, mais do que os comentários rudes de Caroline, o jeito de Felicity agir, como se nem estivesse me vendo, feriu meu orgulho. Foi provavelmente por isso que eu disse:

— Se não sou ninguém, por que você se importa tanto com o que eu faço? Por que simplesmente não me deixa em paz?

Caroline deu um passo à frente, e eu precisei de toda a minha coragem para não recuar quando ela empurrou seu rostinho bonito contra o meu.

— Você tem razão: por que eu me importo com uma fracassada como você? Pelo menos tem uma coisa boa no seu protestinho anti-baile. Você não vai estragar minha noite aparecendo no baile de formatura.

Cerrei os punhos, minhas bochechas ardendo de vergonha. Meus olhos desviaram rapidamente para Felicity, que estava mexendo no celular, batendo o pé com impaciência.

Caroline ficou lá parada, seus olhos perfurando os meus como punhais por três segundos inteiros antes de se virar tão bruscamente que seu rabo de cavalo chicoteou minha bochecha. Foi mais ofensivo do que se ela tivesse me dado um tapa. Pisquei furiosamente quando senti lágrimas quentes ameaçando escorrer. E, sem olhar para trás, Felicity e Caroline atravessaram a porta de saída.

Virei-me para enxugar meus olhos úmidos e vi Robbie observando a apenas alguns metros de distância. Eu não conseguia ver seus olhos por trás dos óculos escuros, mas ele estava perto demais para não ter escutado o que Caroline disse.

Evitei seu olhar e cravei minhas unhas nas palmas das mãos, concentrando-me naquela dor em vez de na vergonha que eu sentia por saber que ele havia testemunhado aquilo.

Já era ruim o suficiente ter um ex-melhor amigo que havia conquistado tanto quanto Robbie. Mas ele saber que, desde que me deixou, eu me tornei menos do que ninguém era tão vergonhoso que eu poderia morrer aqui mesmo.

— Elena.

— Não faz isso — pedi antes que ele pudesse continuar. Eu já podia ouvir a pena em sua voz. — Não importa.

— Claro que importa — disse ele, sua voz baixa como se estivesse tentando acalmar um animal ferido. — Elas não deviam ter...

— Eu disse para não fazer isso — retruquei, e ele parou. — Preciso ir.

— Espere. — Ele estendeu a mão como se fosse me segurar, e eu olhei para ele de um jeito que o fez desistir. — Você não devia dirigir nessa situação. Provavelmente não é seguro ou algo do tipo.

Franzi a testa em confusão enquanto uma parte de mim se sentia satisfeita com sua preocupação, mesmo que eu ainda não pudesse olhá-lo nos olhos.

— Estou bem — murmurei, embora minha voz soasse tensa demais.

— É por causa dela que você não quer ir ao baile? — perguntou Robbie.

Um pouco da pressão no meu peito diminuiu, e eu deixei escapar uma gargalhada.

— Caroline? Não. Ela é uma idiota, mas não é por causa dela.

— Então por quê?

Antes que eu pudesse responder, seu celular acendeu, e eu reconheci os caracteres coreanos para "empresário". Ele fez um movimento para atender, e segurei seu pulso. Percebi que não queria que ele fosse embora com essa imagem horrível de mim de uma pária social que odeia o baile de formatura. Lentamente, falei:

— Você quer mesmo saber?

— Sim. — Assentiu enquanto seu celular parava de tocar.

— Você acha que seu empresário ia te deixar ir a um lugar comigo? — perguntei.

— Agora? — Ele franziu a testa.

— Sim, agora. Será um dos meus desejos — falei, olhando para ele com expectativa.

Ele sorriu, um sorriso suave e gentil, e, desta vez, eu me permiti sorrir de volta.

 *Treze*

A noite do meu primeiro beijo também foi uma das cinco noites mais tristes da minha vida. Eu tinha 10 anos, e eram as férias de verão. Estava ajudando Sarah a lavar a louça depois do jantar. Ela esfregava e enxaguava, e eu secava. Minha mãe nunca usava a máquina de lavar louça, a menos que fosse depois de um jantar especial ou no Natal.

Robbie ligou quando eu estava terminando. Ele me perguntou se poderia encontrá-lo no balanço, e Sarah disse que terminaria o trabalho para mim. Corri lá para fora; estava quente e úmido, e parecia que ia chover.

Havia uma estranha eletricidade no ar, que me deixou tonta enquanto corria até Robbie.

Ele já estava me esperando lá, empurrando-se com os pés para que o banco balançasse suavemente.

— E aí? — perguntei, sentando-me ao lado dele e empurrando-o com mais força. Ele agarrou a corrente para não cair, e eu ri de sua surpresa.

— Tenho uma coisa para te contar — disse. Por algum motivo, não estava olhando para mim. E senti um estranho aperto no estômago, como quando minha mãe e meu pai sentaram conosco para nos dizer que o *Haraboji* estava doente.

— Seus pais tão bem? — perguntei.

— Sim, eles tão bem.

— Então o que foi? — Se todos estavam bem, poderíamos resolver as coisas.

— A gente vai para Seul — disse ele.

Empurrei o chão novamente, perguntando-me até que altura poderíamos ir.

— Tudo bem, vejo você quando voltar.

Ele arrastou os pés no chão para parar o balanço e finalmente olhou para mim, seus olhos estavam cheios de lágrimas.

— Esse é o problema. A gente não vai voltar. De início, eu não consegui processar. Simplesmente não fazia sentido.
— Mas e a escola? — perguntei, mesmo quando comecei a me dar conta. Robbie não estava passeando nas férias de verão. Ele estava se mudando. Para Seul. Para o outro lado do mundo. Meu melhor amigo estava indo embora, assim como Esther e Allie foram embora.
— Tem certeza? — falei, minha voz falhando ao fazer a pergunta.
— Sim, *Appa* disse que só veio aqui para ajudar *Samchon* com seu negócio, e, agora que tá tudo resolvido, ele recebeu uma oferta de emprego em Seul. É boa demais para deixar passar.
— Bem, e por que você e sua mãe têm que ir também? — Lembrei-me da história de como o *Haraboji* tinha vindo para os Estados Unidos por alguns anos sem a *Halmoni*, meu pai e suas irmãs, e só depois todos vieram.
— Vai todo mundo. E não sei quando vou te ver de novo. — Ele fungou e passou o nariz na manga da camisa.
— Mas por quê? — sussurrei.

Ele balançou a cabeça e fez um som triste e sufocado, e percebi que nenhuma das minhas perguntas estava ajudando. Estendi a mão e puxei-o para perto. Seus braços me envolveram, apertando-me com tanta força que era quase difícil respirar. Mas eu não queria que ele me soltasse.

— A gente vai se falar por mensagem o tempo todo — falei em seu ombro. — E fazer ligações. E FaceTime.
— Claro — respondeu.
— Vamos conversar tanto que vai ser como se você nunca tivesse ido embora.
— Sim — disse ele, desfazendo o abraço para se afastar. Eu quase protestei, mas meus braços estavam começando a doer de tanto apertá-lo.
— Vou sentir tanto a sua falta, Lani — sussurrou ele.
— Também vou sentir sua falta, Robbie. Você é meu melhor amigo.
— Minha garganta estava muito apertada, como se não quisesse que eu falasse essas palavras.

Então Robbie se inclinou para a frente e pressionou seus lábios nos meus. Foi rápido. Um selinho, na verdade. E tinha o gosto salgado de nossas lágrimas. Mas foi um beijo de verdade.

Meu primeiro beijo.

Quatorze

Não pude deixar de observar Robbie com o canto do olho enquanto entrávamos na área de recreação principal do centro comunitário. Eu estava ciente das bolas de basquete gastas empilhadas na lixeira torta; dos tapetes rasgados jogados aleatoriamente no canto; das paredes arranhadas contra os blocos de concreto amarelados, porque não havia dinheiro nem para pagar uma nova camada de tinta; do cheiro de suor e mofo que pairava perpetuamente no ar. Eu nunca tinha percebido como o espaço parecia desgastado antes, mas agora, com Robbie ao meu lado, só conseguia me concentrar nisso.

Eu o conduzi através de um grupo de crianças que estavam jogando Base Quatro e pararam, olhando para ele com curiosidade. Robbie abaixou a cabeça um pouco, como se estivesse preocupado em ser reconhecido. Ou foi por que estava julgando o espaço?

— Que lugar é este? — perguntou.

— É o meu lugar favorito no mundo — respondi.

Na grande sala de jogos, havia crianças brincando animadamente no canto, e a TV estava ligada. Algumas delas estavam discutindo sobre um jogo de tabuleiro estendido sobre um tapete de segunda mão, projetado para parecer uma estrada.

Jackson nos viu e saiu correndo do sofá.

— Quem é você? — perguntou, olhando para Robbie.

— Ah, hum. Me chamo Robbie. — Ele parecia um pouco deslocado, e quase sorri com sua surpresa.

— O seu cabelo tem uma cor estranha — disse Jackson.

Comecei a dizer a Jackson que era falta de educação falar esse tipo de coisa, e Robbie riu, passando os dedos pelo cabelo.

— É, acho que é verdade.

Jackson deu um sorriso largo.

— Vamos! Vocês estão perdendo *Dragon Ball Z*! — Ele pegou a mão de Robbie logo antes de pegar a minha e nos puxou com toda a sua força de criança de 4 anos. Robbie me olhou de um jeito que era meio confuso e meio divertido.

Dei de ombros:

— Você ouviu. Vamos perder *Dragon Ball Z*.

O desenho já estava passando na TV de plasma gigante usada. Era um daqueles modelos antigos que era pesado como um tijolo e, às vezes, ficava com a imagem queimada, se você pausasse por muito tempo. Ethan e eu costumávamos assistir aos episódios de *DBZ* religiosamente quando éramos crianças. Esther havia nos dado seus DVDs antigos, e os vimos infinitas vezes, até que nossa mãe ameaçou quebrar todos eles se não víssemos outra coisa. E agora eu os dei a Jackson e ao centro comunitário.

— Ei! Você chegou — disse Tia, levantando-se de seu lugar na ponta do sofá. Ela olhou para o relógio, e me senti culpada por estar atrasada. Eu normalmente não me atrasava, mas o empresário de Robbie se perdeu duas vezes no caminho até aqui. (Essa era uma condição para Robbie vir, ele precisava ser escoltado.)

— Mas, mamãe, chegou a melhor parte! — gritou Jackson, pulando para cima e para baixo e apontando um dedo minúsculo para a tela.

— Eu sei, querido, mas tenho que ir trabalhar. — Ela deu um beijo rápido em seus lábios amuados.

— Desculpa o atraso — pedi rapidamente.

— Tudo bem. Só não quero colocar a minha promoção em risco — disse Tia, prendendo o cabelo em um rabo de cavalo apertado, segurando o elástico entre os dentes.

— Não se preocupa — falei. — Tenho certeza de que você vai chegar na hora.

— Sim, provavelmente. — Então os olhos de Tia pousaram em Robbie, e ela parou de mexer no cabelo. — Hum, Elena. Vai me apresentar ao seu amigo?

Senti um rubor subir pelo meu pescoço.

— Este é Robbie. Ele costumava ser meu... — Como eu poderia descrever nossa relação? — vizinho quando a gente estava no ensino fundamental.

Robbie levantou uma sobrancelha para mim, fazendo-me questionar minha escolha de palavras. Mas, então, ele se virou para ela.

— Prazer em conhecê-la.

— O prazer é meu. — Tia sorriu, apertando a mão estendida de Robbie. Esperei, contando mentalmente até dez enquanto os olhos de Tia se arregalavam e brilhavam de reconhecimento. — Robbie... Choi? Fiquei chocada ao ver Robbie corar.

— Culpado.

Os olhos surpresos de Tia se moveram entre mim e Robbie, de um lado para o outro, como se ela tivesse mil perguntas e não soubesse bem como fazê-las.

— Achei que você ia se atrasar. — Eu a lembrei.

— Ah, sim — disse, ainda encarando Robbie.

— Tia, você ainda quer uma carona? — Maria, outra mãe de West Pinebrook estava parada na porta, as chaves balançando em seu dedo.

— Sim, estou indo — disse Tia.

— Mamãe! *Dragon Ball Z*! — gritou Jackson novamente, com lágrimas nos olhos.

— Sinto muito, querido, a gente já conversou sobre isso. Tenho que ir trabalhar, mas volto logo. — Ela lhe deu outro beijo, desta vez, na testa. No entanto, seus olhos continuaram voltando para Robbie. Ela me dirigiu um olhar duro, e eu praticamente pude ler seus pensamentos: *Vamos conversar mais tarde.*

— Tia, eu não quero me atrasar! — gritou Maria.

— Estou indo — disse ela, dirigindo-me um último olhar aguçado.

— Mamãe! — chamou Jackson.

— Está tudo bem, Jack-Jack — falei. — Vou ver *Dragon Ball Z* com você.

— Mas é uma coisa da mamãe! — lamentou Jackson.

Eu estava lutando para encontrar uma maneira de distraí-lo de sua ansiedade de separação quando Robbie falou:

— Uau, sua mãe sabe tudo sobre *Dragon Ball Z*?

Jackson parou no meio de um soluço. Encarou Robbie com os olhos cheios de lágrimas.

— Você é tão sortudo — disse Robbie com um sorriso que fez sua covinha aparecer. — Minha mãe não sabe nada sobre programas de TV legais, então eu nunca assisti. Você sabe me dizer quem é esse cara rosa?

Jackson esfregou o rosto molhado de lágrimas com a mão.

— Majin Boo. — Fungou.

— Ele parece um grande homem-marshmallow rosa. Ele é legal?

Robbie estava olhando apenas para Jackson. Era como se estivesse criando uma pequena bolha de segurança só para eles dois, e não consegui evitar — meu coração derreteu. Tentei me dizer que aquilo era apenas seu treinamento de mídia, mas ele não parecia estar fingindo enquanto esperava pacientemente que Jackson respondesse.

— Não, ele é do mau. — A gente não gosta dele — explicou Jackson, virando-se para a TV de novo, finalmente se esquecendo de ficar triste por sentir falta da mãe. — Mas aquele cara é o Goku. Ele é o melhor e o mais corajoso de todos, e agora o cabelo dele está preto, mas, quando ele ganha mais poder, fica amarelo.

— Uau, que legal. Sabe, eu já tive o cabelo amarelo uma vez — comentou Robbie.

Jackson soltou uma risadinha e estendeu a mão para passar os dedinhos pelas pontas dos fios de Robbie, que se abaixou para facilitar o acesso.

— É engraçado — disse Jackson com o jeito despreocupado das crianças. Comecei a me intrometer, mas Robbie respondeu com um sorriso.

— Você não gosta? — Robbie levou a mão aos cabelos, ainda havia um tom de rosa nele, mas estava quase completamente desbotado agora.

— É, mais ou menos — disse Jackson com um sorriso malicioso.

— Sério? — Robbie franziu a testa de um jeito comicamente exagerado, e não pude deixar de sorrir. — Bem, de que cor *você* acha que devia ser?

— Azul! — disse Jackson.

— Azul é a cor favorita do Jack-Jack — informei Robbie, que sorriu. Fiquei sem fôlego. Eu sabia que ele era bonito — claro que era —, mas havia um olhar em seu rosto agora. Era como a cobertura de caramelo quente que minhas irmãs costumavam fazer no outono para que pudéssemos mergulhar maçãs. E o interior de meu corpo derreteu inteiro, assim como aquele caramelo.

— Ou você podia pintar da cor do arco-íris! Ou fazer bolinhas! — declarou Jackson, quebrando o momento. E Robbie riu ao se concentrar no menino mais uma vez.

— É uma sugestão interessante — declarou.

— Ei! Se você tá fazendo sugestões, então precisa estar disposto a cumpri-las também! — Fiz cócegas em Jackson até ele escorregar do meu colo.

— Você é bom com ele — disse a ele enquanto Jackson corria pela sala.

— Ele é divertido — respondeu Robbie. — Consigo ver por que você gosta deste lugar.

— Sério? — perguntei, aliviada. Eu não tinha admitido para mim mesma, mas estava com medo de Robbie ficar entediado aqui.

— Sim, eu não costumo fazer coisas desse tipo com frequência. Apenas sentar num sofá e falar sobre anime. Talvez a gente possa sair mais tarde e tentar organizar um jogo de basquete? — Ele parecia esperançoso, como uma criança pedindo para sair para brincar.

Fiquei um pouco surpresa por Robbie estar tão animado para uma atividade tão cotidiana. Eu havia presumido que ser uma celebridade significava ter uma vida glamourosa, viajar de jatinho nas férias e possuir casas com cinemas particulares. Ser babá e jogar basquete com crianças do ensino fundamental não pareceria entediante para alguém assim?

— Então, o que este lugar tem a ver com o baile? — perguntou Robbie, olhando ao redor.

— A recessão atingiu com força o nosso patrocinador principal, e ele não pode mais apoiar o centro. Então, até que a gente possa convencer a cidade a alocar mais fundos, estamos pedindo para os estudantes doarem dinheiro em vez de gastar tudo no baile de formatura.

Robbie assentiu.

— Isso é ótimo, Lani. De verdade.

Eu sorri, reafirmada por seu elogio.

— Sim, e...

Fui interrompida quando Jackson correu até nós, seguido pelo restante das crianças mais novas.

— Vamos! Está com você! — gritou Jackson, pressionando a mão no braço de Robbie e disparando novamente, as outras crianças gritando e correndo em direções diferentes.

Robbie olhou para mim com uma sobrancelha arqueada, e me encolhi, tentando segurar uma risada.

— Acho que está com você.

— É mesmo? — Ele me olhou com malícia.

— Calma! — Eu pulei para fora de seu alcance no momento em que ele investiu contra mim, a surpresa fazendo meu coração disparar. Ou, pelo menos, esse foi o motivo que eu me dei. — Você precisa deixar a gente sair na frente!

— Não! Não tem regras! E eu vou pegar vocês! — disse Robbie, pulando do sofá. E, com uma gargalhada, corri para o corredor, onde podia ouvir Jackson rindo e gritando.

Eu não esperava que Robbie se encaixasse tão facilmente no caos do centro comunitário. Ele brincou de pega-pega com as crianças mais novas. E ensinou jogos diferentes a alguns dos mais velhos no espaço recreativo. Não se importou em ficar suado ou de se sujar quando Jackson espalhou manteiga de amendoim em seus jeans de grife. E as crianças o adoraram. No final da noite, quando Cora anunciou que era hora da limpeza, Jackson arrastou Robbie com ele para guardar os Legos que haviam espalhado. Mas, dez minutos depois, eu os encontrei sentados entre os brinquedos ainda espalhados enquanto Robbie lhe lia um livro. Eu tive que sorrir. Aquele garoto era mestre em fazer as pessoas lerem para ele. Era como um adorável superpoder. Jackson estava encantado com a história, e Robbie estava ligeiramente inclinado para poder apontar os diferentes animais em cada página.

Percebi que era a primeira vez que eu o observava quando ele não sabia que tinha público. Seria este o verdadeiro Robbie? Um cara que ria enquanto tentava ajudar Jackson a pronunciar "hipopótamo"? Era com esse cara de sorriso suave e paciente e olhos gentis que eu sonhava em ir ao baile. Espere aí... Eu não ia mais pensar no baile. Esse era um caso encerrado. Não havia jeito de me convencer a ir. Mas eu não tinha dito que o principal motivo para não querer fazer isso era que a pessoa com quem eu queria ir não estava aqui? E agora, pelo que parecia, estava.

Comecei a dar um passo à frente, quando Jackson olhou para Robbie e perguntou:

— Você vem brincar comigo de novo?

Robbie hesitou, e isso me paralisou. Claro que diria que não. Ele tinha coisas mais importantes para fazer do que ser babá. E, eventualmente, elas o levariam embora de novo. A porta do meu coração que tinha começado a se abrir, fechou-se novamente. Eu deveria ter lembrado que este não era o lugar ao qual Robbie pertencia. E, se voltasse a me abrir com ele, fosse ao baile com ele, sentisse... o que quer que eu estivesse começando a sentir, doeria ainda mais quando ele partisse novamente.

— Por favor! — disse Jackson, olhando para Robbie com o olhar do gato de *Shrek*.

Dei um passo à frente novamente, desta vez para interceder.

— Jackson...

Mas, antes que eu pudesse continuar, Robbie disse:

— Vou definitivamente tentar.

Pude sentir um aperto no peito. Como se Robbie estivesse falando comigo em vez de com Jackson. Por que isso era pior do que ouvir um

"não"? Eu me sentia do mesmo jeito quando meu pai dizia "vamos ver". A dor de ainda querer ter esperança quando sabia que era inútil.
— Promete! — disse Jackson.
— Promete com o mindinho que você vai tentar.

Comecei a balançar a cabeça. Uma promessa de mindinho era sagrada para uma criança de 4 anos. Mas Robbie estendeu o dedo. E Jackson o agarrou com o dele.

Então Robbie disse:
— Carimba! — E pressionou o polegar contra o de Jackson.
— Sela! — Eles deslizaram as palmas das mãos.
— E envia! — Os dois as bateram na testa.
— Ei, como você sabe isso? — perguntou Jackson. — É coisa da Elena!
— Quem você acha que ensinou para ela? — perguntou Robbie com um largo sorriso enquanto olhava para mim e piscava. E meu coração já confuso e tenso bateu forte contra minhas costelas. Eu me forcei a sorrir de volta. — Certo, hora de realmente limpar.

Jackson deu um suspiro resignado de alguém dez vezes mais velho. Mas obedientemente colocou os Legos de volta na caixa. Com nós três trabalhando, não demorou muito, e logo ouvi a voz de Tia chamando no corredor.

— Mamãe! — Jackson voou para os braços da mãe.

Ela soltou uma risada, enterrando o rosto em seu pescoço enquanto o pegava.

— Você se divertiu? — perguntou.
— Elena e Robbie me ensinaram a jogar H-O-R-S-E!
— É mesmo? — Os olhos de Tia se desviaram para nós, olhando incisivamente para mim e Robbie.
— Robbie, você não disse que tinha que ir? — falei, puxando seu braço para que ficasse perto de mim.
— O quê? — Seu olhar confuso passava de mim para Tia, obviamente captando nossos sinais silenciosos.
— Não disse que seu empresário estava ficando impaciente? — Praticamente o empurrei para além do olhar de falcão de Tia, evitando contato visual e quaisquer perguntas que o acompanhariam. Eu sabia que era uma saída de covarde. E que ela iria me bombardear com perguntas na próxima semana, mas eu simplesmente não conseguia lidar com elas agora. Talvez porque, por causa do tanto que meus pensamentos estavam distorcidos hoje, eu não fizesse ideia de nenhuma das respostas.

Puxei Robbie pelo corredor em direção à saída lateral, esperando evitar Cora também. Pela primeira vez, eu não estava com vontade de ficar no centro comunitário.
— Ei, tá tudo bem? — perguntou Robbie enquanto eu abria a porta.
— Sim, só não quero que você tenha problemas com seu empresário — falei, conduzindo-o para o jardim do centro. O local era envolto por uma grande cerca de madeira para segurança e privacidade. Estava um pouco negligenciado, especialmente depois da partida da Sra. Lewis. Pensei em tentar me lembrar de trazer algumas crianças aqui na próxima semana para arrancar as ervas daninhas.
— Se eu te dei a impressão de que precisava ir embora, não foi minha intenção — disse Robbie, hesitando na porta.
— É mesmo? — falei, perguntando-me por que ele diria isso. Robbie queria ficar mais tempo? Comigo? — Então quer fazer um tour pelo jardim?
— Claro.
Não era grande o suficiente para exigir um tour. Mas talvez ele estivesse usando isso como uma desculpa para não terminar a noite. Essa ideia me deu um pequeno arrepio na espinha. Eu sabia que era bobagem, como quando Sarah e seus namorados se demoravam no telefone mesmo sem dizer nada. Mas será que era tão ruim querer mais dez minutinhos com essa versão dele? Acho que eu estava com medo de que amanhã ele voltasse a ser Robbie, o astro convencido.
— Aqui é onde as crianças plantam vegetais. A gente não ganha muito com isso, mas elas ficam muito animadas quando veem um broto de tomate ou de pimentão. — Apontei para cada planta enquanto falava. — E, então, Tia e Anna, uma das outras mães, plantaram algumas flores ali no canto. As rosas ficam muito bonitas quando florescem. — Andei pelo caminho de grandes pedras achatadas até a seção em questão, apontando para arbustos dormentes e espinhosos.
— Então, como você começou a se voluntariar aqui?
— Todos os calouros têm que fazer um projeto voluntário para a aula de educação cívica — expliquei.
— E você escolheu o centro porque ficaria bem nas candidaturas de faculdade. — Robbie terminou a frase para mim.
Franzi a testa; quando ele falava dessa forma, parecia tão calculado.
— Por que diz isso?
— Porque é assim que você sempre foi, mesmo quando a gente era criança. Planejando sempre dez passos à frente.
Suspirei.

— Sim, porque quando você planeja, ...
— Antecipa qualquer problema. — Robbie terminou a frase para mim novamente. E eu olhei para ele. Sempre foi tão irritante assim quando éramos mais jovens?
— Ah, qual é, eu sempre gostei de como você planejava tudo. Isso significava que eu não precisava me preocupar — disse Robbie, empurrando-me de leve com o ombro.
— Bem, não é como se eu conseguisse prever tudo. Você ainda se mudou — murmurei.
Ele franziu a testa:
— Eu senti sua falta de verdade, Lani.
De repente, senti como se minha garganta estivesse fechada e tossi um pouco para limpá-la.
— De qualquer forma, sim, é aqui que passo muito do meu tempo. E é por isso que minha amiga e eu começamos a iniciativa alternativa ao baile. Como você pode ver, isso me torna super popular com o pessoal da minha turma.
— É um lugar incrível. E você está fazendo algo ótimo tentando apoiá-lo. Mesmo que os outros alunos não consigam ver isso... — Robbie não continuou a frase, e eu sabia que ele estava pensando sobre o que tinha acontecido no shopping.
— Os outros alunos são muito apegados à ideia do baile de formatura.
Robbie balançou a cabeça.
— Você não precisa explicar nada.
— Só não quero que você pense que sou uma fracassada anti-baile de formatura — expliquei. — Eu sei que não conquistei tanto quanto você, mas estou trabalhando nisso.
Robbie franziu a testa.
— Elena, isso não é uma competição de quem conquistou mais coisas desde que a gente era criança.
Fiz uma careta. Para ele, era fácil falar, já que estava ganhando.
— De qualquer forma — falei rapidamente antes que Robbie pudesse continuar suas tentativas de apaziguamento. — Obrigada por ter vindo aqui comigo. Você foi muito bom com as crianças. Eles te ensinam a entreter crianças como *trainee*?
Robbie assentiu, parecendo entender que eu estava mudando de assunto:
— Somos ensinados a falar com fãs de todas as idades. Mas eu sempre gostei de crianças. Tenho alguns primos mais novos em Seul. O dia

de hoje me lembrou do quanto sinto falta deles. No entanto, não nos vemos muito hoje em dia.

— Sério? Nem mesmo nos fins de semana?

Robbie riu:

— *Idols* não têm folga nos fins de semana. Especialmente no começo. Talvez tenha sido diferente para nós porque a Bright Star era uma empresa bem nova. Mas conseguimos bastante com o nosso próprio marketing de guerrilha. Ou fazendo shows surpresa em Hongdae ou Myeongdong. Ou pequenas aparições em programas de rádio. E a Bright Star nos mandava bastante para o exterior, então, com todas as viagens, foi difícil encontrar tempo livre no primeiro ano. E aí, quando pensamos que talvez as coisas fossem desacelerar um pouco, fomos convidados para o MTV Music Awards, e as coisas meio que... explodiram.

Eu me lembrava disso. Foi no meio do meu segundo ano do ensino médio. As mulheres do salão coreano ficaram muito animadas com a ideia de Robbie aparecendo na televisão americana. No momento em que você entra na nossa comunidade, sempre fará parte dela. Então, as senhoras coreanas de nossa cidade falavam sobre Robbie como se todas o tivessem criado juntas. Era uma coisa de solidariedade coreana da qual Ethan e eu sempre rimos. Mas, secretamente, era bom sempre que elas falavam sobre algo bacana que tínhamos feito. Era como uma validação do conselho feminino coreano não oficial. E, sempre que as impressionávamos, nossa mãe ficava de bom humor.

— Foi por isso que... — Não terminei a frase, já muito envergonhada para terminar a pergunta.

— O quê? — Robbie estava me olhando com curiosidade.

— Foi por isso que você parou de me ligar? — perguntei, dizendo-me para não esperar por uma resposta fácil, mesmo enquanto eu ainda me agarrava a essa possibilidade. — Quando você mudou de número, pensei... que talvez, depois de estrear, você tinha ficado bom demais para...

— Ah, não — disse ele, estendendo as mãos para pegar as minhas e apertá-las. — Não foi nada disso! Eu juro! Quando você tá prestes a estrear, precisa abrir mão de seu antigo telefone pessoal. Como novatos, não temos permissão para ter celular. Então, minha mãe simplesmente parou de pagar pelo meu número, e ele foi cancelado.

— Ah, acho que faz sentido — falei. — Quer dizer, eu sabia que você estava ocupado. Não é como se eu não tivesse ouvido sobre as coisas legais que você estava fazendo. *Late Night*. *SNL*. E até conheceu Randall Park e Steven Yeun!

Outra coisa muito coreana: agarrar-se às poucas celebridades coreano-americanas. Minha mãe até chorou quando Sandra Oh falou coreano durante seu discurso no Emmy.

Nós dois percebemos ao mesmo tempo que Robbie ainda estava segurando minhas mãos frouxamente, e ele as soltou de maneira desajeitada, deixando as suas caírem ao lado do corpo. Enfiei as minhas nos bolsos, pois o que não é visto, não é lembrado.

— Sim, é legal. — Robbie sorriu timidamente e esfregou a mão na nuca. Deus, por que ele tinha que parecer um protagonista fofo saído direto de um dorama? Isso fazia com que a concentração se tornasse uma tarefa difícil para mim. — Sinceramente, não consegui dizer uma única palavra quando conhecemos a Beyoncé no AMA. Mas também fica meio... exaustivo. — Ele franziu a testa. — Sei que eu não deveria dizer isso. Parece muita ingratidão. Mas, às vezes, gostaria de ter apenas uma semana em que eu não precisasse fazer nada.

Uma semana? Isso é tudo o que ele queria? Parecia tão triste para mim.

— Se você tá tão ocupado... — Comecei a perguntar, mas me contive.

— O quê?

Tentei balançar a cabeça para dizer que não tinha importância, mas Robbie se inclinou na minha direção.

— Vai em frente, você pode me perguntar qualquer coisa.

De tão perto, eu podia ver pontinhos dourados em seus olhos. Lembrei-me de pensar que era tão injusto que ele tivesse olhos tão bonitos quando os meus eram de uma cor marrom-lama tão feia. Eles sempre foram tão hipnotizantes? Eu não conseguia desviar o olhar deles.

E ele tinha um cheiro tão bom. Fresco e terroso. Era estranhamente sedutor.

Mas esse é o ponto. Robbie precisava ser sedutor. Precisava atrair você. Era a marca dele. Ele era uma pessoa com uma marca. E eu era apenas uma pessoa que não fazia ideia do que estava fazendo na maior parte do tempo.

— Elena? — disse Robbie, e percebi que estava olhando para sua garganta, como uma espécie de vampiro faminto.

— Ah, eu só tava... — balbuciei. O que eu estava fazendo? Além de estar me envergonhando completamente. Dei um passo em direção a um grupo de flores que desabrochavam no canto. Parei, como se estivesse estudando uma tulipa roxa para não ter que olhar para Robbie. — Acho que eu só estava pensando que, se você tá tão ocupado que nem consegue ver sua família, como você iria ao baile?

Robbie esfregou as pétalas de uma tulipa rosa entre os dedos.

— Hanbin-*hyung* me deve uma. — Ele disse que poderia mexer uns pauzinhos, já que já estamos na região metropolitana de Chicago para o KFest.

— Por que você ia desperdiçar um favor com algo tão bobo quanto o baile de formatura?

— Porque prometemos um ao outro que iríamos. Porque é o que a gente queria quando tinha 10 anos e... — Robbie não completou a frase, e eu senti que talvez estivesse errada em pressioná-lo. — Não sei, acho que quando tínhamos 10 anos foi a última vez que as coisas pareceram boas e simples. A situação ficou tão complicada quando me mudei para Seul, quando meu *appa*... — Sua voz falhou, e ele ficou em silêncio. Não terminou a frase, mas eu sabia como terminava. Quando seu *appa* morreu. Acidente de carro.

Agora eu me sentia péssima. Não apenas pressionei Robbie, mas o pressionei em uma direção que o fez pensar em seu pai.

— Sinto muito — falei. — Não queria te fazer pensar sobre essas coisas.

— Tá tudo bem.

Tive vontade de abraçá-lo. Mas não tinha certeza se ele não se incomodaria com isso. Não costumava pensar em como agir na frente de Robbie. Por mais ridícula ou absurda que eu fosse, ele sempre estava ao meu lado. E eu fazia o mesmo por ele. Mas agora esse Robbie lindo e educado tinha passado por coisas que eu não conseguia entender. Doeu um pouco perceber que, de diversas maneiras, não nos conhecíamos mais completamente. Era como se eu tivesse perdido o controle de algo importante para mim. Como se, por fim, tivesse que reconhecer que uma parte da minha infância se fora e não voltaria.

— Não me incomoda falar sobre isso — disse Robbie.

— Sério? — perguntei, tentando analisar seu rosto para ver se estava apenas sendo educado. Eu odiava estar tão insegura sobre o que ele estava pensando.

— Sim, eu odiava quando as pessoas tentavam ignorar o assunto. Como se não falar sobre ele fizesse a dor ir embora. — Robbie encolheu os ombros. — É por isso que minha mãe me deixou ser *trainee*. Acho que ela estava disposta a fazer qualquer coisa para me distrair.

O celular dele vibrou, e percebi, por sua expressão, que era o empresário ligando. Provavelmente perguntando por que ele estava demorando tanto.

— Podemos ir por aqui até a entrada — falei, destrancando o portão.

Conduzi Robbie até a frente do prédio, quando, de repente, começou uma gritaria. Câmeras dispararam, cegando-me antes que eu pudesse fechar os olhos.

Robbie me empurrou para trás dele, estendendo o braço como se estivesse me protegendo de um ataque.

— Robbie! Qual a sua relação com o centro comunitário?
— Você está se voluntariando aqui?
— É por isso que veio para a região metropolitana de Chicago tão cedo?
— Robbie! Quem é sua amiga?

Ele me puxou para a porta da frente do centro, fechando-a atrás de nós e bloqueando as vozes que gritavam.

Cora estava apagando as luzes quando parou por causa de nossa entrada apressada.

— Elena, o que está acontecendo? Você está bem?
— O quê? — falei, ainda meio atordoada, tentando me livrar das luzes brilhantes em minha visão.
— Estamos bem. — Robbie pegou seu celular. — *Hyung*? A imprensa está aqui. Sim, tudo bem, esperamos você.
— O que tá acontecendo? — perguntei finalmente.
— Não sei — disse ele, olhando por uma das janelas estreitas.
— Porcaria, eles vieram porque eu trouxe você aqui sem pensar em como este lugar é público— falei, segurando meu rosto em minhas mãos enquanto a culpa queimava no meu peito.
— Elena? — Cora franziu a testa em confusão.
— Cora, eu sinto muito — falei. — Não queria causar uma cena.
— Não, Elena, não é sua culpa. É minha — disse Robbie. — Eu causei isso.
— O que você quer dizer? — perguntei.

Naquele momento, o empresário de Robbie, Hanbin, empurrou a porta, deixando entrar os gritos dos paparazzi.

— Ufa — disse Hanbin, balançando a cabeça como se tivesse acabado de sair da chuva. — Ainda bem que este é um centro comunitário, certo? As histórias que eles vão escrever sobre isso provavelmente serão boas para a imagem do WDB. — Ele soltou uma risada.

Robbie deu de ombros.

— Sim, é melhor do que os problemas com o figurino que tivemos em São Francisco.

Eles estavam falando sobre o centro comunitário como se ele fosse uma oportunidade de melhorar as relações públicas.

— Espera, você chamou os paparazzi para cá? — questionei. — Isso é algum tipo de truque publicitário?
— O quê? — Robbie franziu a testa, e eu o observei, desejando que ele negasse. Mas não o fez. E quanto mais o silêncio se arrastava, mais eu sentia meu estômago dar um nó.
— Robbie, só me diz que você não fez isso — pedi, tentando induzi-lo.
— Não... — começou, mas Hanbin o interrompeu.
— Vamos lá. — Ele conduziu Robbie em direção à porta. — Precisamos ir antes que mais deles apareçam e se transformem em uma multidão enfurecida.
Robbie estava dizendo que não, porque ele não os tinha chamado, ou não, porque não negaria?
Quando Hanbin estendeu a mão para a porta, Robbie olhou para mim.
— Elena, vamos deixar você em casa.
— Vou ficar.
— Mas como você vai voltar para casa? — Robbie olhou para as câmeras do lado de fora, prontas para tirar fotos suas.
— Eles estão aqui por você, não por mim — falei.
— Mas... — Robbie começou a tentar discutir.
— Ela tem razão — disse Hanbin. — Vamos, precisamos ir. Já faz tempo demais que você tá passeando.
Robbie finalmente deixou Hanbin conduzi-lo, andando depressa através das câmeras e em direção à van parada no meio-fio.
— Elena —disse Cora baixinho, e eu me assustei com a voz dela; tinha esquecido que ela estava aqui. Ótimo, mais uma vergonha passada com plateia. Pelo menos eu sabia que Cora não contaria a ninguém.
— Tenho certeza de que ele não queria que isso acontecesse.
— Então por que não negou? — perguntei, tentando lutar contra as lágrimas que só iriam me envergonhar ainda mais.
— Elena.
Mas balancei minha cabeça para as suas tentativas de apaziguamento. Não havia nada que alguém pudesse dizer para consertar a decepção ardente que crescia dentro de mim.

Quinze

A cabeça de Robbie estava girando enquanto ele corria para a van que o esperava, seus ombros curvados contra os flashes das câmeras e as perguntas gritadas.

Isso não estava certo. Robbie achou que tinha conseguido sentir uma mudança com Elena naquela noite. Como se ela estivesse se abrindo. Como se talvez não odiasse completamente a pessoa que ele se tornou. Mas, se esse fosse o caso, como ela poderia acreditar tão facilmente que ele usaria o centro comunitário para publicidade?

Tudo bem, talvez ele tenha se recusado a negar de prontidão. Mas a culpa era dele se tinha se sentido ofendido por ela ter cogitado fazer tal pergunta?

Maldição, ele deveria ter negado. Conhecendo Elena, ela pensaria nisso obcecadamente até criar o pior cenário possível. Robbie pegou seu celular, pensando em lhe mandar uma mensagem, e então se lembrou de que havia esquecido de pegar seu número. Maldição, de fato.

— Você tá bem? — perguntou Hanbin do banco da frente assim que escaparam com sucesso.

— *Hyung*! Como a imprensa nos encontrou? — perguntou Robbie, deixando sua frustração atingir seu empresário.

— Devem ter recebido informações. Talvez de alguém lá dentro?

— Não, eles não fariam isso. São apenas crianças. Por que você não se livrou dos repórteres?

— Eram apenas alguns. E um pouco de boa publicidade não faz mal a ninguém. Eu nunca teria deixado que entrassem no centro. Sei fazer meu trabalho — disse Hanbin com desdém, como se não fosse grande coisa. Mas foi grande coisa para Elena.

— Sim, bem, talvez não valha a pena decepcionar as pessoas por causa de boa publicidade — Robbie cruzou os braços e afundou em seu assento.

— Estava tudo sob controle.

Robbie sentiu uma irritação crescer dentro dele. Às vezes, sentia que seu empresário focava demais a imagem do WDB em vez das pessoas do WDB.

— Que seja — disse Robbie. — A propósito, a Elena me odeia. Ela nunca vai ao baile agora.

— Ah, você vai descobrir como fazer as pazes com ela. Você é Robbie Choi! Um dos 20 jovens mais bem-sucedidos da Coreia com menos de 20 anos.

Normalmente, uma declaração como essa faria Robbie rir, mas ele não estava no clima. Em momentos assim, odiava ser o Robbie Choi do WDB. Uma pessoa construída por uma empresa a partir de pedaços de quem ele realmente era. Muitas coisas exigiram prática e um cultivo cuidadoso.

Por exemplo, quando eles começaram a dar entrevistas, Robbie ficava imóvel e calado, nervoso demais para falar qualquer coisa, a menos que fosse combinado. Ele ganhou a reputação de *chadonam*, o tipo frio e silencioso. E os fãs adoraram. Então, a empresa adotou a ideia.

Mas agora Robbie se sentia sobrecarregado por ter que manter a fachada elegante, distante e estilosa. Às vezes, isso o fazia se sentir tão falso. Ele não era descolado, apenas tímido.

Quando ingressou na empresa, pensou que trabalharia como compositor. Seu tio havia prometido isso, dizendo que frequentar aulas de dança e canto para *trainees* era apenas o padrão, e que Robbie deveria frequentá-las para que não parecesse que recebia tratamento especial só por ser sobrinho do CEO.

Na época, fez sentido. Até Jongdae foi a todas as sessões de *trainee* necessárias, e seu pai era o dono da empresa. Mas Jongdae-*hyung* adorava ser *trainee*; era como se tivesse nascido para ser uma celebridade. Robbie se sentia desajeitado e rígido sempre que tentava dançar.

Mas, então, o tio de Robbie pegou os *samples* do sobrinho, em que ele havia gravado alguns vocais experimentais, e os "vazou". Robbie ficou horrorizado. Eles ainda não estavam prontos! E ele nunca quis que ninguém ouvisse essa versão. Mas as músicas viralizaram. As pessoas adoraram que se tratava de um garoto de 13 anos fazendo rap com tanta habilidade. Ele até foi convidado para participar do videoclipe de um grande ídolo. E isso selou o destino de Robbie. Foi adicionado à *lineup* do WDB.

Ele se lembra de se sentir inseguro sobre se juntar a um grupo de K-pop. Não era isso o que estava esperando. Não era um grande dançarino, e a coreografia do WDB, mesmo no *debut*, era intensa. Mas seu tio insistiu que isso impulsionaria a carreira de Robbie e, uma vez que fosse bem conhecido, poderia escrever e produzir qualquer música que desejasse para qualquer cantor em toda a Coreia.

No início, Robbie se sentia como um peixe fora d'água.

Ele ensaiava sua dança repetidamente para não ser um fardo para seus *hyungs*. E, por causa disso, quase não sobrava tempo para se dedicar à sua verdadeira paixão: a composição. A empresa permitiu que ele coescrevesse algumas das canções do WDB, mas sempre sob a direção dela, com conceitos pré-escolhidos por ela. Ainda parecia algo tão... fabricado. Eles explicaram que era preciso muito esforço para construir uma marca e conquistar seguidores leais. Disseram que havia muitas coisas em jogo e ele não entenderia tudo isso. Que deveria apenas confiar neles.

Mas agora que o WDB se tornou mais conhecido, Robbie esperava poder voltar a compor músicas de seu próprio jeito.

É o que Hanbin havia prometido. Um acordo que parecia bom demais para ser verdade. Tudo o que Robbie precisava fazer era ser seu "eu encantador". Entretanto, ele estava começando a se perguntar se havia tomado mais uma decisão precipitada e se deixado convencer por uma conversa fiada que lhe prometia que este era o único caminho para conseguir o que desejava.

Não, não se preocuparia com isso esta noite. Tinha coisas mais urgentes para resolver. Por exemplo, como fazer Elena perdoá-lo. Ele estava constantemente estragando tudo com ela. E isso era tão frustrante.

Houve um tempo em que Robbie sentia que eles podiam praticamente ler a mente um do outro. Ele sabia o que cada expressão no rosto dela significava. Conhecia cada mensagem implícita em cada declaração monossilábica que ela fazia. Mas agora não fazia ideia do que Elena estava pensando ou por quê. É como se os sete anos que se passaram entre eles fossem, na verdade, setecentos. E ele não tinha ideia de como cruzar essa nova barreira.

# Dezesseis

Assim que abri a porta do passageiro para entrar no carro de Josie, ela se inclinou e disse:
— Da última vez que eu cheguei, não era dia de "traga seu *idol* para o trabalho".

Tentei me manter calma:
— Do que você tá falando?

Ela me entregou seu celular. Eu não queria olhar. Estava pensando seriamente em me mudar para o campo e rejeitar toda e qualquer tecnologia. Mas sabia que Josie iria me importunar até que eu visse aquilo, então olhei para baixo e dei de cara com uma matéria em um blog sobre celebridades: *Robbie Choi do WDB é visto em centro comunitário local com garota misteriosa.*

— Mas já? — reclamei, afundando-me em meu assento. — Como eles são tão rápidos com essas coisas? Preciso mudar meu nome, fazer uma cirurgia plástica e desaparecer para sempre.

— Ou — disse Josie —, você poderia tirar vantagem disso.

Eu a encarei em estado de choque:
— O que eu tenho a ganhar com tudo isso além de cartas de ódio dos fãs do Robbie?

— Olhe os comentários — insistiu.

— Acabei de dizer que *não* quero ler mensagens de ódio.

— Só olhe. — Ela estendeu a mão como se fosse rolar a página para mim, mas tirei o celular de seu alcance.

— Preste atenção na rua — falei. — A única coisa pior do que a semana que acabei de ter seria morrer em um acidente de carro.

— Certo, só lê os comentários. Eu prometo que vai ficar surpresa.

Suspirei e rolei a tela para baixo. Josie tinha razão; não era o que eu estava esperando. Em vez das mensagens maldosas me chamando de nomes terríveis, havia dezenas de fãs do WDB se perguntando onde ficava o centro comunitário e como apoiá-lo.

Se Robbie-oppa é voluntário lá, então devemos ajudar também!, escreveu uma fã.

Como posso me voluntariar?, escreveu outra.

Havia apenas um punhado de comentários perguntando quem eu era. E, surpreendentemente, havia um que mencionava que eu deveria ser a garota do *promposal*, mas era estranhamente neutro.

— Viu? — perguntou Josie, dando uma olhada na tela.

— Sim, tô lendo — falei, vendo mais comentários sobre como Robbie era gentil e generoso. Talvez não tivesse sido um movimento proposital de relações públicas, mas eles definitivamente estavam conseguindo a boa publicidade que queriam.

— Todos são muito favoráveis ao centro! — exclamou Josie.

— Parecem legais — admiti. — Mas não acho que precisamos de centenas de fãs do WDB por lá.

— *Mas* seria bom ter algumas centenas de fãs do WDB doando para o centro comunitário.

— E como a gente ia fazer isso? Divulgando um comunicado à imprensa dizendo "Ei, Robbie Choi esteve aqui uma vez, então será que vocês poderiam doar para a nossa arrecadação de fundos?"?

— Bem, talvez — disse Josie, fazendo beicinho com a minha falta de entusiasmo. — Ou! — exclamou. — Um show surpresa.

— O quê? Como se organiza algo assim?

— Talvez a empresa de Robbie perceba a boa publicidade e queira lucrar com isso.

Estremeci com a menção à "boa publicidade". Ainda assim, se eles podem nos usar, por que nós não podemos usá-los? Eu já conseguia ver no que isso iria dar. Se conseguíssemos que apenas 10% das pessoas que comentaram no post fizessem doações, talvez não precisássemos mais da iniciativa alternativa ao baile. E eu finalmente poderia admitir que ela não estava indo a lugar nenhum.

Mas, para este novo plano funcionar, eu precisaria pedir um favor a Robbie. E não tinha certeza se queria fazer isso agora.

— Não sei. Robbie e eu realmente não terminamos a noite em bons termos.

— Você precisa perguntar — disse Josie enquanto parava seu carro ao lado do meu no estacionamento do shopping. Ela me deu um sorriso triste. — Esses dias mesmo, você disse que o centro está ficando sem fundos de emergência. Eles precisam durar até a nova reunião orçamentária em junho. A gente não deveria fazer tudo o que pudermos para ajudá-los? Mesmo que seja uma chance remota?

Suspirei. Eu odiava quando Josie me dava um de seus discursos de motivação. Porque eles sempre funcionavam comigo.

— Tudo bem — concordei, suspirando. — Vou perguntar a Robbie se ele pode fazer algo pelo centro. Mas a gente não pode depender disso. Teremos que debater novas ideias de arrecadação de fundos como garantia.

— Tudo certo. Ai, meu Deus, talvez eu conheça o Jaehyung! — Josie deu um sorriso sonhador.

Fiquei boquiaberta.

— Josie! Você... gosta do WDB?

— *Já te disse*, minha prima é a presidente da filial das Constellations na Cidade do México. Ouvi falar sobre eles o suficiente para assistir aos MVs, e esse Jaehyung é realmente um fofo — falou com um sorriso.

— Uau, você só está me *usando* para conhecer seu crush!

— Eu jamais faria isso! — Josie bateu com a mão no próprio peito.

— Acho mesmo que isso é o melhor para o centro comunitário. E, se, por acaso, Jaehyung e eu nos conhecermos, nos apaixonarmos e nos casarmos, seria apenas um benefício colateral positivo.

Eu ri e dei um soquinho no braço dela antes de sair do carro.

— Você vai mandar uma mensagem para ele? — perguntou Josie, inclinando-se sobre a marcha para que ainda conseguisse me ver através da porta do passageiro.

— Vou ver o que posso fazer. Agora vá para casa sonhar com seu crush ou algo do tipo.

— Sim, senhora! — disse Josie com uma saudação.

Ri e fechei a porta.

Dezessete

Durante todo o sábado, evitei a tarefa de falar com Robbie. Acho que uma parte de mim esperava que ele entrasse em contato primeiro. Afinal, tinha aparecido na minha frente três dias seguidos, era tão estranho assim esperar que ele também aparecesse no meu quarto? Mas não houve nenhuma batida na porta, nenhuma ligação de um número desconhecido, nenhuma mensagem nas minhas DMs.

Eu sabia que precisava de alguns conselhos, então cliquei no grupo que tinha com minhas irmãs. As últimas cinco mensagens eram minhas. Doeu um pouco ser lembrada de que minhas irmãs estavam todas vivendo suas vidas sem mim. Mas me obriguei a acreditar que as últimas coisas que eu tinha enviado não precisavam de resposta. Uma mensagem para o aniversário de Sarah, alguns memes que achei engraçados e a última, enviada no dia do *promposal*, dizendo "alguém me mata".

Essa última meio que doeu. Você não responderia se sua irmã lhe enviasse uma mensagem dessas? Criamos esse grupo como uma forma de manter contato depois que Esther reclamou que nem sempre conseguia entrar no FaceTime enquanto estudava para as provas.

Mas, às vezes, parecia que eu estava falando sozinha.

Balancei minha cabeça, tentando evitar que me tornasse, de vez, um poço de tristeza. Minhas irmãs poderiam estar ocupadas, mas quando fazia uma pergunta direta, elas geralmente respondiam.

Ei, podem me aconselhar sobre uma coisa?

Quando fui informada de que "Allie está digitando", senti um alívio. Eu sabia que uma delas responderia.

Oi, acabei de embarcar em um voo, mas vá em frente e pergunte. Respondo quando pousar!

Olhei para a mensagem e tentei me tranquilizar que estava tudo bem. Não é como se ela tivesse me ignorado. E não é como se eu pudesse ficar com raiva de Allie por ela estar em um avião. Eu só sentia falta das minhas irmãs. Sentia que estava sempre tomando as decisões erradas sem elas por perto para me aconselhar.

Gostaria de poder me esquecer de falar com Robbie, mas sabia que Josie iria me importunar na segunda-feira se eu admitisse que nem tinha tentado, e ela nunca mais me deixaria em paz. Mas havia o pequeno problema de eu não ter o número dele.

Eu mandaria uma mensagem para Robbie nas redes sociais e esperaria que ele não tivesse aqueles filtros de mensagem ridículos que as celebridades usam. Ou... talvez eu esperaria que tivesse. Dessa forma, não seria minha culpa, caso não me respondesse, certo?

Encontrei o perfil dele rapidamente. Era a conta principal de nome "Robbie Choi", embora parecesse haver um monte de contas de fãs também. Fiquei surpresa ao descobrir que ele só tinha criado o perfil ano passado. Então, lembrei de ter lido uma entrevista, no auge da minha obsessão por K-pop, que um dos meus *idols* favoritos disse que eles não tinham permissão para ter redes sociais quando eram novatos.

Cliquei para me juntar aos outros sete milhões de fãs que seguiam sua conta.

Eu deveria iniciar a conversa com um "Oi" casual? Deveria começar me desculpando por ter gritado com ele no centro comunitário?

Lembrei-me do olhar ansioso em seu rosto enquanto ele tentava me bloquear das câmeras. Enquanto tentava me proteger. Realmente parecia que havia ficado surpreso em ver os paparazzi ali. Então, por que ele simplesmente não me disse isso?

Eu não podia me perder nesses pensamentos, então, por fim, optei por um simples "Oi" e enviei a mensagem. Meu coração deu um mortal para trás quando o pequeno balão apareceu na tela com a minha mensagem. Encarei-a, desejando que o pequeno ícone de "lido" aparecesse. Mas não apareceu. Cinco minutos se passaram. E, então, quinze.

Isso era ridículo. Eu não era uma garota apaixonada esperando que seu crush respondesse sua mensagem. Só estava tentando ver se um amigo meu participaria de um serviço comunitário. Não deveria estar tão nervosa.

Então, decidi que a melhor coisa a fazer era esquecer o assunto e ir dormir.

Na manhã seguinte, verifiquei meu celular assim que acordei. Nada ainda.

Eu estava prestes a ligar para Josie para reclamar e tentar romper nosso acordo quando minha mãe chamou lá de baixo:

— Ethan! Al... Sar... Elena!
Uau, apenas três tentativas, hoje foi um bom dia, pensei sarcasticamente.
— O que foi? — respondeu Ethan de seu quarto.
Saí do meu para olhar pelo corrimão e vi minha mãe no saguão lá embaixo.
— Vão se arrumar, vamos ter um almoço em família na casa da *Halmoni* e do *Haraboji* hoje.
— Mas nós já fomos semana passada — falei.
Almoço em família com nossos avós era algo mensal, porque meu pai estava sempre ocupado demais no trabalho para ir toda semana.
— Youngmi-*como* está na cidade. É questão de respeito ir cumprimentá-la — explicou minha mãe, com um brilho revelador nos olhos.
Olhei para Ethan, que tinha vindo até sua porta e a aberto, o cabelo ainda despenteado como prova de que tinha acabado de acordar. Nós compartilhamos um olhar de quem sabe das coisas. Nossa mãe tinha uma estranha rivalidade com Youngmi-*como*. O que significava que ela queria nosso melhor comportamento no almoço.
Suspirando, fui para o quarto me trocar. Talvez isso fosse uma coisa boa. Talvez servisse de distração da mensagem não lida no meu celular.
Depois de duas trocas de roupa, minha mãe estava finalmente satisfeita, e todos nós nos amontoamos no SUV do meu pai. Ele estava resmungando sobre não ter tempo para isso. Mas, quando minha mãe estava de mau humor, nem meu pai conseguia dizer "não".
Uma vez por mês, íamos até nosso antigo bairro, onde minha *halmoni* e meu *haraboji* ainda moravam. Era muito mais coreano do que o nosso atual. Tinha um spa coreano gigante, o mercado coreano e a igreja coreana que costumávamos frequentar.
Youngmi-*como* abriu a porta antes mesmo de a alcançarmos. Ela era alta e magra e estava com o cabelo preso em um coque. Muitas vezes, ela me lembrava das mães ricas dos doramas, sempre elegantes e perfeitamente arrumadas.
— Irmãozinho. — Ela abraçou meu pai antes de abraçar rigidamente minha mãe.
— Quem são esses dois adolescentes? — disse *Como*, virando-se para nós. — Porque eles não podem ser meus sobrinhos. São grandes demais.
Eu ri. Não pude evitar. Não sabia muito sobre a estranha rivalidade dela e da minha mãe, mas *Como* sempre foi legal comigo. E sempre me trazia máscaras faciais coreanas e artigos fofos de papelaria.

— *Omoni*! *Aboji*! — gritou *Como*. — Sangchul e Hyunjoo estão aqui! *Halmoni* saiu arrastando os pés da cozinha, com *jeotgarak* super compridos de cozinhar na mão. Ela se apressou até meu pai e o envolveu em um abraço, então agarrou Ethan pelos ombros. Os *jeotgarak* longos quase me acertaram no rosto, então dei um grande passo para trás.

— Tão alto e bonito — disse ela. — Assim como seu *aboji*.

— *Kamsahamnida* — disse Ethan, falando o raro coreano que usávamos principalmente com nossos avós.

— Elena, pegue o banquinho extra na garagem. — *Halmoni* me instruiu imediatamente.

Balancei a cabeça, sabendo que resistir não levaria a nada. Sempre fui a responsável pelas tarefas nesta família. Fui até a garagem e encontrei o banco ao lado da grande geladeira de *kimchi*. Ele estava um pouco instável e já deveria ter sido jogado fora há muito tempo, mas era o único assento extra para a mesa sempre que *Como* visitava. Eu simplesmente sabia que seria eu quem iria sentar nele. Um banquinho rejeitado para a garota rejeitada.

Assim que o coloquei na mesa, a voz de *Halmoni* soou da cozinha.

— Elena, venha cozinhar o *bindaetteok*.

A cozinha estava repleta de cheiros deliciosos, e, na verdade, era o meu espaço favorito da casa. Duas panquecas finas de feijão-mungo já estavam fritando no fogão ao lado de um ensopado fervente, vermelho como um caminhão de bombeiros. Fui colocada na frente da frigideira cheia de óleo com uma espátula e um conjunto gigante de *jeotgarak* na mão. O óleo espirrou em mim, e estremeci, recuando um pouco para evitar os respingos. Quando o *bindaetteok* parecia dourado, coloquei-o em um prato coberto de papel toalha. E, então, repeti o processo. Bastante monótono, mas não tão ruim quando você leva em consideração que eu podia comer os que não ficaram tão bem feitos.

— Deixe que ajudo também, *Eomonim* — disse minha mãe, tirando um avental da despensa.

Halmoni apenas grunhiu. Embora minha mãe fosse uma ótima cozinheira, *Halmoni* nunca reconheceu suas habilidades. De uma forma estranha, era o único momento em que sentia que minha mãe e eu tínhamos algo em comum. Mas tenho certeza de que ela nunca enxergaria o paralelo.

— *Eomonim*, Ethan é um dos melhores jogadores de seu time de lacrosse. Até recebeu um prêmio por jogar na última temporada — disse minha mãe.

Lá vamos nós, pensei. Minha mãe listando todas as realizações incríveis de Ethan como uma forma de se exibir. Engraçado como ela nunca falava sobre nada do que eu fazia.

— Que bom. Ele puxou ao seu forte *aboji* — disse *Halmoni*. Então, como um periscópio procurando seu próximo alvo, ela se virou para mim.

— Então, Elena, você tem um *namja chingu*?

Antes que eu pudesse dar as respostas desajeitadas de sempre, minha mãe interveio:

— Ela foi convidada para o baile de formatura.

Halmoni estreitou os olhos para mim, provavelmente observando meu rosto ficar cada vez mais vermelho:

— Pelo seu namorado?

— Não, não tenho namorado — esclareci e, com o canto do olho, observei minha mãe suspirar. — Só um amigo.

— Quem é só um amigo? — perguntou Youngmi, entrando na cozinha. Era um pouco pequena para nós quatro, mas *Halmoni* estendeu um *bindaetteok* embrulhado em papel toalha para *Como* experimentar.

Olhei para a sala e vi *Haraboji*, meu pai e Ethan assistindo golfe no sofá. Ethan olhou para mim com um olhar de dor. Apenas encolhi os ombros. Golfe pode ser entediante, mas, na minha opinião, ele tinha a tarefa mais fácil. Só ficar de bobeira enquanto meu pai e *Haraboji* se comunicavam através de grunhidos.

— Elena? — Youngmi chamou minha atenção quando não respondi sua pergunta.

— Ah, estávamos falando sobre o grande amigo de Elena, Robbie Choi. Ele faz parte do WDB — disse minha mãe como se estivesse anunciando que fui indicada ao Prêmio Nobel da Paz.

Torci o nariz por ela ter usado minha amizade de infância para ganhar vantagem sobre *Como*.

— WDB? — Yougmi-*como* ergueu as sobrancelhas, claramente reconhecendo o grupo. — Você é amiga deles?

— Bem, eu conhecia um deles. Tipo sete anos atrás — murmurei enquanto minha mãe me lançava um olhar afiado.

— Ele veio até nossa casa para convidar Elena para o baile. Tão fofo — disse minha mãe. — Sempre gostei dele.

— Isso é maravilhoso, Elena — disse Youngmi, provando o ensopado. Ela pegou uma garrafa de molho de peixe e *Halmoni* imediatamente arrancou-a de suas mãos.

— *Jja* demais — disse *Halmoni* em uma mistura de coreano e inglês.

— Não é, *Eomma*.

— Seu *aboji* não pode comer nada muito salgado — insistiu *Halmoni*.
— Não precisa colocar molho de peixe no *kimchi jjigae*, *Unnie* — disse minha mãe para *Como*, um pouco simpática demais.

Youngmi-*como*, imperturbável, virou-se para mim.
— Então, Elena, se você tem um amigo em Seul, deveria vir trabalhar no meu *hagwon* este verão.
— O quê? — perguntei ao mesmo tempo que minha mãe.

Como dirigia uma instituição escolar que atendia alunos do ensino fundamental e médio em busca de melhores notas. Como um Kumon intensificado.
— Sim, está ficando mais popular. Nossas turmas estão tão cheias que tivemos que abrir mais, especialmente as de inglês. Você deveria vir ajudar e talvez possa passar mais tempo com seu Robbie.

Eu me senti desconfortável ao ouvi-lo ser chamado de *meu* Robbie. Especialmente quando eu não tinha certeza se ele e eu estávamos ao menos nos falando.

Antes que eu pudesse pensar em uma resposta, minha mãe disse:
— Não, ela é muito nova.
— O quê? — perguntei. — Tanto Allie quanto Sarah deram aula no curso.
— Quando estavam na *faculdade*.
— Sim, mas...
— Mas nada, Elena. Você vai esperar até a faculdade, assim como suas irmãs — disse minha mãe.

Eu queria argumentar que não era como minhas irmãs, mesmo que apenas por princípio. Que nem tudo o que fazíamos tinha que ser exatamente igual. Mas eu sabia que isso não importaria para minha mãe.

Youngmi-*como* se inclinou e sussurrou:
— Não se preocupe. O convite está sempre aberto, se conseguir fazer sua mãe mudar de ideia.

Ela piscou para mim, e eu sorri de volta. Mas estava pensando que talvez era assim que as coisas deveriam ser. Ir para Seul para passar tempo com Robbie era uma ideia tola. Por que eu seguiria alguém até o outro lado do mundo quando não tinha nem certeza se estávamos nos falando?

Depois do almoço, como esperado, fui designada para lavar os pratos. Ethan foi autorizado a sentar-se com os adultos e comer fatias de pera coreana que *Halmoni* havia espetado com garfos minúsculos.

Eu estava tentando desgrudar os dedos de um velho par de luvas de lavar louças quando Ethan entrou na cozinha com seu copo vazio. Abriu a geladeira e olhou para seu interior. Suas opções eram suco de laranja, suco de ameixa ou *podicha*, um chá gelado de cevada que eu sabia que ele odiava.

Ele escolheu suco de laranja, mas não saiu imediatamente depois de encher o copo. Em vez disso, bebeu metade de uma vez e ficou me observando lutar para colocar as luvas.

— Por que você simplesmente não coloca tudo na máquina de lavar louça?

Quase ri da sua ingenuidade. O tipo de pergunta feita por alguém que nunca precisou lavar uma louça na vida.

— Você quer dizer o escorredor de pratos asiático?

Ethan bufou, e o som meio que pareceu uma risada.

— Então, você e Robbie brigaram?

— Por que a pergunta?

Ethan deu de ombros:

— Eu vi alguma coisa sobre você levar Robbie para aquele centro comunitário que ama, mas você está de péssimo humor o fim de semana inteiro.

— Sim, e daí? — falei, me perguntando por que Ethan se importava.

— Eu só não sabia que vocês estavam próximos de novo. Você não convida nem eu para te acompanhar no centro.

Sim, porque Ethan iria rir na minha cara se eu fizesse isso.

— Bem, nós não brigamos. Simplesmente não estamos nos falando muito agora. Ou, pelo menos, *ele* não está respondendo minhas mensagens.

Comecei a esfregar os pratos furiosamente. Talvez o trabalho físico me ajudasse a lidar com a frustração.

— Ele está te ignorando?

Eu olhei para ele com o canto dos olhos. Ethan estava feliz com isso, de alguma forma?

— Não está me ignorando. Só mandei uma DM que ele ainda não respondeu. Há dezesseis horas. Não que alguém esteja contando.

— Dizendo o quê?

Eu encarei Ethan, ainda desconfiada, mas também curiosa o suficiente para perguntar:

— Você tá tentando me dar conselhos sobre garotos?
Os olhos de Ethan se arregalaram, em parte de surpresa e, em outra, de horror.
— Não, definitivamente não. Só estou fazendo uma pergunta normal.
Quase voltei para a louça e o ignorei. Mas, sem Josie ou minhas irmãs, eu estava ficando desesperada por conselhos. Finalmente, respondi:
— Eu disse "Oi".
Ethan bufou uma risada, mas parou quando semicerrei meus olhos para ele.
— Talvez ele só esteja ocupado. Ou não possa checar as mensagens.
— Sim, talvez — falei pensativa.
A maneira como Ethan disse isso de maneira tão casual me fez pensar que talvez Robbie não estivesse me ignorando completamente.
Não acrescentei que, só de pensar em Robbie, eu já ficava nervosa e na defensiva. Como se uma peça longa e contínua estivesse sendo pregada em mim. Eu odiava estar em qualquer situação em que não pudesse prever os resultados possíveis.
— Então, você acha que eu deveria encontrá-lo e pedir desculpas?
— Claro. Sempre vá além, ou seja lá o que nosso pai diz.
— Bem, isso se eu conseguir encontrá-lo — falei.
Ethan riu e me deu um tapinha no ombro enquanto saía pela porta.
— Tenho certeza de que vai conseguir. Você sempre consegue, Gêmea.
Hum, quem diria que Ethan era quem me daria o conselho de que eu estava precisando. Mas acho que coisas mais estranhas já aconteceram. Como um superastro internacional aparecer na minha porta.
Mas onde você encontra a localização de um *idol*? Bem, Robbie disse que os paparazzi os seguiam para todos os lugares, certo? Então, talvez eu devesse começar por aí.
Peguei meu celular e pesquisei "agenda WDB". Tudo o que consegui foi um monte de coisas sobre a apresentação deles em um show matinal em Nova York e no KFest Chicago. Eu me perguntei se poderia encontrar um daqueles grupos de conversa de fãs que Karla estava olhando. Pesquisei "Constellations grupo" no Google. E rapidamente descobri que era preciso se inscrever e ser aprovado.
Eu estava prestes a desistir quando abri o Instagram novamente, pensando que talvez pudesse enviar uma mensagem de desculpas para Robbie, quando notei sua última postagem. A legenda dizia: *Preparando um presente para nossas Constellations.* Parecia um estúdio de dança

comum, mas pude ver metade do logotipo refletido no espelho atrás deles. Eu o reconheci porque, por um breve período durante o ensino fundamental, pensei que queria ser dançarina e implorei à minha mãe para eu fazer aulas de balé. Isso foi antes de eu descobrir que a maioria dos dançarinos já praticava balé desde que tinham, tipo, 4 anos de idade e que estava atrasada demais. Era o melhor estúdio da região. E era onde o WDB estava agora.

Dezoito

Enquanto eu entrava no estacionamento do estúdio de dança, avistei a agora reconhecível van preta. Mas eu não estava esperando os fãs. Havia algumas dúzias deles sentados em pequenos círculos, trazendo cartazes com mensagens como *Eu te amo, Jaehyung*-oppa! ou *Jun! Fighting!* Ou *Robbie* 사랑해요*!!!*
Alguns deles olharam para cima ao ouvirem meu carro pipocando na rua. Eu precisava mesmo levá-lo na oficina para examinarem seu silenciador. Se é que ele ainda tinha um silenciador.
Eu me perguntei se algum deles me reconheceria por causa do vídeo viral do *promposal*. Por via das dúvidas, abaixei a cabeça enquanto passava e parei no final do estacionamento. Conhecia uma porta lateral que dava para as salas dos fundos. Mas, enquanto eu ia até lá, um homem todo de preto apareceu e bloqueou meu caminho.
— Você não pode entrar aqui. Está fechado — disse.
— Ah, eu só vim ver um amigo — respondi vagamente.
Ele cruzou os braços, seus músculos salientes sob a camiseta preta.
— Pode sentar com seus amigos e esperar até que a banda termine de ensaiar. — Ele apontou para os fãs ainda sentado na calçada.
— Ah, não estou com eles, não sou nem uma Constellation, só preciso falar com meu amigo. — Percebi imediatamente que eu provavelmente parecia uma fã desesperada tentando entrar para ver o WDB. Mas esperava que ele pudesse ver a verdade em minhas palavras.
— Espere com seus amigos — repetiu.
Quem disse que a honestidade é a melhor política nunca se deparou com um segurança de celebridade desconfiado.
— Tudo bem — falei, virando-me devagar. Então, em um último esforço, girei e tentei passar por ele correndo. O cara nem piscou enquanto me levantava no ar, minhas pernas chutando o nada.

107

— Só vim ver um amigo! Não sou fã. Eu nem escuto a música deles.
— Sério? Nem uma musiquinha? — perguntou uma voz divertida.
O segurança parou, e me desvencilhei de seus braços, caindo de pé com força. Robbie estava parado na porta lateral com os braços cruzados e os lábios curvados em um sorriso divertido.
— Queria estar com meu celular. Isso teria dado um vídeo hilário — disse. — Talvez até superasse o do *promposal*.
Estremeci com sua menção àquele vídeo.
— Você conhece? Ela é realmente sua amiga? — perguntou o segurança, ainda me olhando como se eu fosse atacar Robbie de repente.
— Sim, conheço — respondeu Robbie. Mas notei que ele não disse que eu era sua amiga. — Vamos. — Vamos entrar antes que nos vejam.
Lá dentro, as luzes fluorescentes eram fortes, e o prédio parecia estranhamente vazio. Eu nunca tinha estado aqui quando não havia meia dúzia de aulas acontecendo. Mas a empresa do WDB deve ter alugado todo o espaço para os meninos ensaiarem.
— Como você sabia que eu estaria aqui? — perguntou Robbie.
Quase estremeci com seu tom casual.
— Instagram.
— Stalker — disse ele, mas seu lábio se contraiu como se estivesse tentando não sorrir.
— Por que você está ensaiando aqui em vez de em algum lugar em Chicago?
— Vamos ficar na região por alguns dias antes de irmos nos apresentar em Nova York. Quando voltarmos, vamos ficar em Chicago para o KFest.
— Ah — comecei, depois pensei que poderia muito bem pedir desculpas logo de uma vez. — Então, sobre sexta... — Mas não terminei a frase, sem saber exatamente o que dizer.
— Sinto muito — disse Robbie antes de mim.
— O quê?
— Não foi por isso que você veio? — perguntou Robbie. — Porque queria que eu me desculpasse?
— Não — respondi, percebendo que Robbie não parecia bravo, mas, sim, confuso. — Estou aqui para *me* desculpar.
— Ah. — Foi tudo o que ele disse.
— De qualquer forma, sinto muito por ter exagerado na noite passada — falei rapidamente.
Robbie assentiu.

— Eu entendo. É difícil se acostumar com a imprensa. São bem intensos. E, Elena, eu não tive nada a ver com eles estarem lá.

E assim que falou essas palavras, foi como se um peso tivesse sido tirado do meu peito, e eu finalmente pudesse respirar de novo.

— Por que você não me disse isso ontem?

Robbie deu de ombros.

— Acho que me machucou você pensar que eu poderia fazer algo assim.

Fiquei surpresa com a ideia de que eu poderia machucar Robbie. Ele era literalmente adorado por milhões em todo o mundo. Eu não sabia que minhas opiniões ainda poderiam ter alguma importância para ele.

— Eu exagerei — admiti. — É que o centro comunitário significa muito para mim. É difícil de explicar.

— Porque vocês são uma equipe.

— O quê?

— É como eu e meu grupo. Eu ficaria muito na defensiva se o assunto fosse eles também. Consigo entender como vocês construíram confiança e uma rotina. Aquelas crianças te amam de verdade.

Depois de todo esse tempo, como Robbie poderia me atingir de maneira tão certeira assim? Nem mesmo minha própria família entendia por que eu amava tanto o centro comunitário. Mas Robbie sempre foi diferente. Sempre foi capaz de me entender melhor do que qualquer outra pessoa. E era o único que sempre me escolhia primeiro. Eu não fazia ideia do quanto sentira falta disso.

— Robbie! Todos estão prontos para filmar! — gritou Hanbin da sala de ensaios.

— Ah, desculpa. Eu não sabia que estava fazendo mais coisas — falei, tentando me recompor. — Pensei que vocês estavam apenas ensaiando. Posso esperar aqui.

— Por que você não assiste? — sugeriu Hanbin.

Robbie lançou um olhar estranho para seu empresário e me perguntei se ele não queria que eu fizesse isso. Achei que estávamos nos dando bem depois de nos desculparmos, mas, de repente, senti uma estranha tensão no ar. Por que era tão difícil entrar em sincronia com Robbie novamente?

— Não quero atrapalhar — falei, pensando em dar uma deixa para Robbie.

— Você pode assistir — disse Robbie. — Se quiser.

— Ah, tudo bem — respondi lentamente, tentando descobrir se ele estava falando sério ou apenas sendo educado. — Tem certeza?
— Sim — falou Robbie, desta vez com um aceno de cabeça. — Vamos.

Ele pegou minha mão, seus dedos eram tão longos que facilmente se entrelaçaram nos meus enquanto me conduzia para dentro. Olhei para a sua nuca, perguntando-me se ele percebeu o que tinha acabado de fazer. Parecia tão natural. Como se ele fizesse isso o tempo todo. Ai, meu Deus, será que fazia isso o tempo todo? Claro que devia fazer; é um *idol*. Aposto que as garotas se jogavam para cima dele. Espera aí, nada a ver, por que me importo com isso? Robbie podia fazer o que quisesse.

Achei que apenas os membros do WDB estariam lá dentro, mas havia meia dúzia de funcionários, alguns encostados nos cantos, conversando uns com os outros. Um deles carregava uma câmera. Outro estava montando um tripé.

Quando entramos, todos pararam o que estavam fazendo, e alguns pares de olhos se voltaram para nós.

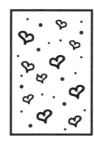

Dezenove

Um garoto parou na nossa frente, e meu queixo caiu quando ele sorriu para mim.

— Olá, garota aleatória. — Sua voz era brincalhona e curiosa, e eu imediatamente me vi mudando de posição para me esconder atrás de Robbie.

— Minseok-*hyung*, não a assuste — disse Robbie, cutucando o outro garoto na testa para afastá-lo.

Minseok era um pouco mais baixo do que Robbie e usava uma camiseta sem mangas que mostrava seus braços bem definidos. Tinha olhos ligeiramente inclinados para cima, o que lhe dava um perpétuo olhar travesso. Seu cabelo parecia castanho, mas, quando se mexeu, vi que estava tingido de magenta.

Tentei me lembrar da biografia que tinha lido online.

— Minseok — falei lentamente. — Moonster. *Lead rapper*? — E o único outro membro do WDB que falava inglês fluentemente.

Ele se curvou em uma reverência, menos como um gesto formal no estilo coreano, e mais como um artista sendo aplaudido.

— Moonster é meu nome artístico. Amigas bonitas do Robbie podem me chamar de Minseok. Ou *Oppa*, se você preferir — disse com uma piscadela.

Fiquei desconcertada por ter sido chamada de "bonita", então não percebi quando dois outros membros do grupo se aproximaram e pararam ao lado de Robbie.

— *Noogoosaeyo*? — perguntou um deles. Virei-me em direção à voz que perguntava quem eu era e quase dei um grito de susto com a proximidade. Ele tinha se inclinado, então estávamos olho no olho, e tudo o que vi foi uma pele perfeitamente lisa, olhos escuros e nariz reto. Será que todas as celebridades tinham a aparência perfeita?

111

Robbie deu uma cotovelada no outro garoto com força o suficiente para fazê-lo recuar.
— *Cheoneun* Elena-*iyayo* — falei em um coreano formal.
— Ah, você pode simplesmente falar inglês — informou Robbie.
— Eles deveriam praticar mesmo.
— Este é Jun. — Ele gesticulou para o garoto que estava me encarando. Agora que estava com a postura reta, vi que ele era alto, mais alto do que Robbie. Seu cabelo estava cortado em um corte que só poderia ser chamado de mullet, mas caía bem nele. Era quase como se ele tivesse saído diretamente de uma Nova York punk dos anos 1980.
— Este é Jaehyung — continuou Robbie. O outro garoto acenou timidamente.
— Jun é o *main dancer*. Jaehyung é o *main vocal* — recitei a partir da minha pesquisa.
— *Lead vocal* — disse Jaehyung, sua voz baixa e tímida. Ele era o mais baixo do grupo e tinha um rosto fofo e infantil. Eu sabia que era um ano mais velho que Robbie, que era o *maknae*.
— Existe um *lead e* um *main*? — perguntei.
Robbie riu.
— Jongdae é o *main vocal*. — Ele gesticulou para o único garoto que não tinha vindo me cumprimentar. O primo de Robbie. O galã. Estava parado ao lado das caixas de som, bebendo uma garrafa de água. Parecia tão perfeito que poderia estar filmando um comercial.
— Já estão prontos? — perguntou Jongdae, aproximando-se e mal olhando para mim.
De tão perto, ele era deslumbrante. Pude entender por que era chamado de *visual* do grupo. Era como olhar diretamente para uma estrela em chamas. Alto, mandíbula forte e maçãs do rosto proeminentes, do tipo que minha mãe mataria para ter. E olhos penetrantes que pareciam conseguir enxergar sua alma. Ou através de você, como se você não existisse, como estavam fazendo comigo agora.
— Claro. Vamos começar — respondeu Minseok afavelmente, jogando o braço em volta dos ombros de Jongdae. — Elena, senta aí e se prepare para ficar completamente deslumbrada.
— Mas não na frente. — Jongdae nem mesmo olhou para mim.
— Você pode se sentar ao lado do Hanbin.
Balancei a cabeça, de repente sentindo como se eu estivesse me intrometendo em alguma coisa.
— Muito bem, música! — pediu Jongdae enquanto os meninos se posicionavam próximos um do outro.

Eu já havia assistido a alguns vídeos de ensaios de dança do WDB e ficado maravilhada. Mas isso não era nada em comparação a vê-los ao vivo. Era impressionante como trabalhavam juntos, seus movimentos completamente sincronizados. Algo que só conseguiam por meio de horas e horas de prática. O que Robbie tinha dito mesmo? Que uma equipe tinha confiança e uma rotina? Eu conseguia ver isso agora enquanto os cinco garotos se moviam juntos em perfeita sincronia.

A parte de rap de Robbie começou, e ele se afastou do resto dos garotos. Uma linda dançarina deu um passo à frente, e Robbie se aproximou dela enquanto fazia seu rap. Ela fingia indiferença e serenidade enquanto andava graciosamente. Como algumas pessoas conseguiam fazer algo tão simples quanto andar parecer bonito? Robbie estava fingindo estar com o coração partido porque a garota não dava a mínima para ele. E, no final de seu verso, foi finalmente recompensado quando ela o deixou girá-la em seus braços antes de sair andando, e o resto dos garotos se juntaram a Robbie para dançar o refrão novamente.

— Foi ótimo! — disse Minseok com um grito quando os meninos pararam em sua pose final, respirando com dificuldade. — Deveríamos ter gravado essa.

— Vamos gravar esta — disse Hanbin, movendo o tripé na frente do espelho. — Façam exatamente a mesma coisa.

Minseok riu.

— Claro, sem problemas — disse ele como um robô.

Os outros garotos riram também, até Jongdae. Talvez só fosse frio com recém-chegados.

A música recomeçou. E mesmo que Minseok estivesse brincando, os meninos começaram a dançar exatamente como antes, com movimentos perfeitos e precisos. Só, que desta vez, quando o rap de Robbie começou, a garota soltou um grito e tropeçou. Seu tornozelo se torceu sob seu peso, e ela caiu com força no chão. A sala inteira soltou um som de surpresa enquanto os meninos se aglomeravam ao redor dela. Vozes se atropelavam em um coreano apressado.

Hanbin pediu para parar a música e se ajoelhou ao lado da dançarina. Quando tentou se levantar, ela soltou um grito e caiu outra vez, agarrando o tornozelo.

Um membro da equipe a levantou como se ela fosse leve como uma pena, levando-a rapidamente para fora.

— Acho que isso significa que não podemos gravar o vídeo do ensaio de dança — disse Minseok.
— Precisamos. — Hanbin abriu um caderno, folheando-o. — Prometemos aos fãs que, se eles conseguissem cinquenta milhões de visualizações no MV em uma semana, receberiam um vídeo do ensaio de dança. Conseguimos essas visualizações em um dia.
— Uau — falei, impressionada. Eu não tinha percebido que tinha dito isso em voz alta até os meninos se virarem para mim.
— Calma aí — disse Minseok com um brilho malicioso em seus olhos. Lembrou-me o olhar de um personagem de alguma comédia que surge com uma ideia que definitivamente vai acabar mal. — Só precisamos de alguém para andar, certo?
— Espera aí, no que você está pensando, *Hyung*? — perguntou Robbie, seu olhar tomado de preocupação enquanto encontrava o meu.

Vinte

Tinha que haver outro motivo para eles estarem olhando para mim. Talvez eu só estivesse com alguma coisa no dente? Por favor, que seja apenas comida no meu dente.

— Aaaah — disse Jun, depois falou em um coreano tão rápido que eu não consegui acompanhar.

— Não — respondeu Robbie. — Não podemos pedir para ela fazer isso sem qualquer preparação.

Senti o sangue sumir do meu rosto quando comecei a entender. Não, era uma ideia horrível. Eu precisava pôr um fim naquilo.

— Ela só precisa passar por você andando e depois te deixar girá-la. Qualquer um pode fazer isso — argumentou Minseok.

— Ótimo, então faz você — consegui dizer, finalmente. — Eu sou uma péssima dançarina.

— Nem é dançar, sério — explicou Minseok, pegando minha mão. Ele sorriu para mim de um jeito tão charmoso e deslumbrante que comecei a sorrir de volta antes de lembrar que deveria estar sendo firme. Isso era ridículo; eu *não* podia dançar com Robbie. — Além do mais! — adicionou animadamente. — Isso pode ajudar depois daquele vídeo desastroso do *promposal*.

Senti minha espinha enrijecer; por que as pessoas continuavam falando desse vídeo?

— Bobagem — falei. — Como isso ajudaria?

— Você precisa pensar na imagem pública — respondeu Minseok, levantando o dedo no ar em um exagero quase cômico de alguém que tem um argumento a provar. — Os fãs não sabem o que pensar da garota misteriosa que rejeitou Robbie de maneira tão espetacular. De verdade, foi muito divertido para mim. Já te amo só por isso — continuou, segurando minhas mãos. — Mas os fãs não sabem do que eu sei. É por isso que eles estão tão confusos. Se colocarmos Elena no vídeo para mostrar que não há ressentimentos e explicarmos na WDB TV que ela é uma velha amiga de infância de Robbie, então tenho certeza de que eles gostarão dela.

Parecia ridículo, mas, quanto mais eu pensava sobre isso, mais fazia sentido de uma forma estranha. Os fãs já pareciam menos bravos comigo nas fotos do centro comunitário. Talvez, se me associassem a coisas positivas, poderiam me perdoar por não ter aceitado o *promposal*.

Robbie balançou a cabeça.

— Minseok-*hyung*, se ela não quiser, podemos simplesmente pedir a alguma das empresárias-*noonas*.

— Elas não têm a idade certa — insistiu Minseok.

Uma parte de mim queria reclamar de etarismo, qualquer coisa que o fizesse abandonar essa ideia maluca. Mas ele continuou insistindo.

— Seria ótimo. Você não acha, Jongdae?

Esperei que JD me apoiasse. Não havia como concordar com isso. Mas ele apenas balançou a cabeça e disse:

— Pode ser que funcione.

— Ótimo! — soltou Minseok, batendo palmas enquanto os outros meninos começavam a falar também.

Robbie se aproximou e murmurou para mim:

— Você não precisa fazer isso. Podemos pedir a alguma das cabeleireiras.

— Não, Minseok tem mesmo um bom ponto sobre os fãs online — falei.

Robbie estremeceu.

— Eu estava esperando que você não tivesse lido nada daquilo.

— Sou uma pessoa naturalmente curiosa, Robbie. Você realmente não se lembra disso? — perguntei com um sorriso fraco.

Ele sorriu de volta.

— Bem, só para constar, acho que ele tem razão. Se eles virem que você e eu somos amigos desde sempre, aposto que vão te adorar.

Hanbin se virou para nós.

— Elena, venha cá. Robbie, você vai precisar se esforçar mais para fazê-la entrar na linha.

Quase estremeci com as palavras dele, era como se já estivesse esperando que eu fosse fazer besteira.

— Vai ser bem simples — disse ele. — Vou ficar ao seu lado e, quando eu der a deixa, apenas comece a andar. Cada batida é um passo, certo?

Assenti, tentando decorar tudo.

— Robbie vai aparecer do seu lado esquerdo. — Hanbin gesticulou para ele, que fez como o indicado. — E você só precisa deixar que ele te gire.

Robbie me puxou pela mão, mas eu não estava preparada e o ultrapassei com o impulso. Soltei um grito enquanto perdia o equilíbrio. Girei, balançando os braços e tentando me estabilizar para não fazer uma grande besteira. Mas eu podia sentir a gravidade me puxando e, em um último esforço desesperado, passei meus braços em volta do pescoço de Robbie e o puxei para baixo comigo. Senti o ar deixar meus pulmões enquanto eu batia no chão com um baque, e ele caía em cima de mim.

— Acho que não era bem isso que Hanbin queria — disse Robbie no meu ouvido, sua respiração ofegante.

Eu resmunguei e o empurrei:

— Isso não é hora para suas piadinhas idiotas.

Robbie riu e se apoiou nos cotovelos, aliviando um pouco da pressão no meu peito.

— Você tá bem? — perguntou. Seus braços eram como um abrigo ao meu redor, bloqueando o resto da sala. Eu não conseguia ver nada além de seu rosto pairando sobre o meu.

— Tô — sussurrei, ainda incapaz de encher totalmente os pulmões de ar. Assim de perto, Robbie ainda era bonito, mas eu conseguia ver que ele tinha a mesma sobremordida sutil de quando éramos crianças. E seu nariz ainda era um pouco grande demais para o rosto, arredondado na ponta de um jeito que conferia um ar infantil às suas feições.

— Você ainda tem o mesmo nariz. — Eu me peguei dizendo.

Ele sorriu, e isso fez suas bochechas subirem, seus olhos se apertando em meias-luas.

— Ficou preocupada que eu tivesse feito uma cirurgia plástica agora que sou um *idol*?

— O quê? Não! — Fui rápida em assegurá-lo.

Ele riu, e senti sua risada ressoar entre nós.

— Não se preocupa. Fiz mesmo. Eu não te culparia por se perguntar.

Então, seu sorriso desapareceu aos poucos, uma expressão estranhamente séria tomando seu lugar. Senti algo puxar meu cabelo e percebi que seus dedos estavam entrelaçados nas mechas.

— Lani — disse em uma voz tão grave que senti vibrações em seu peito. Ele se abaixou um pouco, aproximando-se de mim. O que estava fazendo? O que estava pensando?

— Oi? — Meus olhos desceram para seus lábios. Estavam tão perto que eu conseguia ver seu arco do cupido perfeito. Meu coração estava batendo tão forte que tive certeza que ele podia senti-lo.

— Acho que a gente devia se levantar agora — sussurrou.

— Hein? — Franzi a testa.

— Os outros estão começando a encarar a gente. — Seus olhos se moveram para o lado.

Quando olhei, todos na sala estavam de olho em nós. Senti um aperto no estômago, e um arrepio de vergonha tomou conta de mim.

— Aimeudeus — falei, empurrando Robbie para longe. Ele riu enquanto se levantava, rápido e ágil, e me ofereceu a mão, mas ignorei. De pé, eu não conseguia nem olhar nos olhos dele.

— Nunca vi alguém dar um grito tão agudo antes — brincou Robbie com uma risada. Fechei a cara, irritada por ele achar tudo isso tão engraçado enquanto eu estava absolutamente mortificada.

— Espertalhão — murmurei.

— Uau, Elena Soo xinga agora! — Robbie colocou a mão sobre o coração em uma demonstração cômica de espanto.

Eu ri, não pude evitar. E Robbie sorriu, como se isso fosse tudo o que ele queria ouvir. E, de repente, lembrei que essa era uma de suas habilidades quando éramos mais jovens. Fazer você se sentir como se fosse o centro de sua atenção.

— Vocês dois estão prontos para tentar de novo? — perguntou Hanbin.

— De novo? — respondi, surpresa por ainda não terem desistido dessa ideia horrível. Minha falta de coordenação era dolorosamente óbvia.

— *Hyung*, você pode me dar um segundo para ensaiar a sós com a Elena? — perguntou Robbie.

Hanbin olhou para o relógio.

— Claro, mas só cinco minutos. Precisamos gravar esse vídeo logo.

— Acho que não consigo — falei para Robbie enquanto Hanbin se afastava. — Vou fazer besteira, e todos os seus fãs vão me odiar ainda mais.

— Você tá sendo muito dura consigo mesma — disse Robbie. Então pensei tê-lo ouvido murmurar *como sempre*. Mas não tinha certeza.

Ele me pegou pelos ombros e falou:

— Pense nisso como se fosse um dos nossos ensaios de dança quando tínhamos 9 anos.

— Você quer dizer aquela vez em que te fiz encenar a apresentação do telhado de *High School Musical 2* comigo e quase *te matei* na parte em que você me levantava? — perguntei.

Robbie riu.

— Certo, então vamos pular a parte de eu te levantar desta vez. Eu simplesmente não conseguia ver nenhum resultado além da minha total humilhação. Mas esse sentimento conflitava com minha necessidade de cumprir promessas.

— Tudo bem — cedi.

Robbie assentiu.

— Apenas tenta se divertir. E não estende a mão. Não é para você ficar esperando que eu te pegue. Precisa ser algo natural.

Contei a batida, concentrando-me em manter meus passos suaves, meus braços normais. Era difícil, como quando você se concentra demais para fazer algo que deveria fluir naturalmente.

— Relaxa — disse Robbie, cutucando-me nas costelas. Bem no meu ponto mais sensível de cócegas.

— Ei! — comecei a dizer, mas, antes que eu pudesse dar um tapa em sua mão, ele agarrou a minha e me puxou para um giro.

Seus braços me envolveram, segurando-me no lugar. Seu rosto estava a apenas alguns centímetros do meu, então pude ver seu sorriso se espalhar lentamente, aquela covinha se tornando mais perceptível em sua bochecha. E, por um segundo interminável, tudo o que eu pude fazer foi olhar para Robbie enquanto meu pulso ecoava como um trovão em minha cabeça.

— Viu? Não é tão difícil quando você para de pensar nisso.

Depois de ensaiarmos mais três vezes, Hanbin declarou que estávamos prontos. Minseok apareceu com uma pequena câmera na mão.

— Conheçam a Elena, nossa salvadora! Elena, diga "oi" para as Constellations.

— Hum, oi — gaguejei, encolhendo-me.

— *Hyung*! — disse Robbie. — Pare com isso. Elena é tímida.

— Então por que você fez aquele *promposal* extravagante? — perguntou Minseok, apontando a câmera para Robbie.

Eu esperava que ele fosse franzir a testa ou ficar irritado, mas, em vez disso, Robbie suspirou e disse:

— Só queria fazer algo especial para minha amizade mais antiga do mundo.

Minseok acenou com a cabeça em aprovação, então virou a câmera para si mesmo.

— Acho que não posso culpar Robbie por isso. É chocante que alguém tenha ficado ao lado dele por tanto tempo. Elena, você devia ganhar um prêmio ou algo do tipo. — Ele girou a câmera de volta para mim, e eu soltei uma risada estranha.

Jun apareceu, empurrando o rosto tão perto da lente que provavelmente só o seu nariz foi filmado. Usei a distração para escapar enquanto Jun dançava uma versão boba e desajeitada de sua coreografia, e Jaehyung cantava a letra em falsete.

Eu ri das travessuras. Todos pareciam estar se divertindo de verdade, e, mesmo quando Robbie revirou os olhos para os membros de seu grupo, estava sorrindo. Um de seus grandes sorrisos bobos. Ele se virou um pouco, e seus olhos encontraram os meus, trazendo-me para o momento. E sorri de volta. Robbie fez um sinal de positivo para mim quando JD o chamou para assumirem seus lugares.

Era como noite e dia quando as personalidades brincalhonas desapareciam para dar lugar às expressões sérias que os meninos assumiam quando tomavam suas posições.

A música iniciou, e eles começaram a se mover. Os sorrisos bobos se foram. Agora, eram artistas poderosos e carismáticos que preenchiam todo o espaço com suas presenças. Quando dançavam, ninguém mais na sala importava, todos os olhos estavam neles.

Eu estava ocupada contando a batida mentalmente, tentando não a perder depois de tê-la encontrado. Então, quase não percebi que minha parte estava chegando, até que Hanbin se inclinou e perguntou:

— Pronta?

Assenti e dei um passo à frente.

Eu estava dolorosamente consciente da câmera apontada para mim, mas também sabia que não deveria olhar para ela. Então, mantive meus olhos fixos à frente. Robbie se aproximou e sorriu. Sorri fraco de volta. Ele estava murmurando as palavras do rap, e era tão rápido que eu não conseguia entender a maior parte. Mas Robbie torceu o nariz para mim como se estivesse dizendo "Vamos lá, divirta-se."

Meu sorriso se alargou. Não pude evitar. Quando a câmera estava nele, sua expressão era feroz, como o Robbie nos MVs. Mas, sempre que se virava para mim, ele me dava seus sorrisos e expressões exageradas mais bobos, como se estivesse transformando isso em nosso próprio joguinho. Eu não pude deixar de rir. Ele estava, de alguma forma, tirando minha cabeça da performance, fazendo com que eu me sentisse mais confortável de um jeito que só Robbie poderia fazer. Parecia que estávamos em completa sincronia outra vez. Então, ele me pegou pela mão e

me girou em seus braços. E agora tudo o que eu tinha que fazer era sorrir e ir embora.
Mas Robbie continuou segurando minha mão e a levou aos lábios. Uma faísca subiu pelo meu braço, acertando meu coração como um raio. Atordoada, saí da cena, mal percebendo o sinal de aprovação de Hanbin. O resto da música passou como um borrão. Eu ainda podia sentir o toque dos lábios de Robbie na minha mão, como se eles tivessem deixado uma marca. Por que ele fez isso? Pressionei minha outra palma nela, como se eu pudesse selar a sensação na minha pele. Calma aí, o que eu estava fazendo? Eu não era uma fã desesperada. Este era Robbie. Minha amizade mais antiga. Aquele que, uma vez, eu tinha visto engolir uma pedrinha porque estava se perguntando se eram comestíveis. Meu coração *não* deveria estar acelerado só porque ele beijou minha mão como parte da atuação do vídeo. Entretanto, Robbie não tinha feito isso com a dançarina. Foi só comigo.
A música terminou, e todos ficaram imóveis para a pose final, ofegantes com o esforço. E, de repente, eles passaram de misteriosos e taciturnos a garotos despreocupados novamente. Observei Robbie abraçar Jongdae, ainda obviamente cheio de adrenalina. A equipe explodiu em aplausos, todos rindo e falando ao mesmo tempo. Eu podia sentir a energia movendo-se pelo ar. Se esse era o sentimento que ficava depois de um bom ensaio de dança, qual devia ser a intensidade deles depois de uma apresentação? É por isso que as pessoas se tornam artistas? Para perseguir essa adrenalina constantemente?
Os olhos de Robbie encontraram os meus, e, apesar de tudo, senti meu pulso disparando como cavalos a galope. Ele sempre teve aquela pequena cavidade na bochecha, mas antes era mais do tipo adorável; agora, era charmoso. Era isso que sete anos faziam com alguém? Pegavam as características mais fofas e as afiavam para torná-las perigosas? Porque aquela covinha era uma baita de uma arma.
— Você foi incrível! — disse e, antes que eu soubesse suas intenções, Robbie me pegou em um abraço e me girou. Precisei me segurar em seus ombros para não cair. Senti seus músculos se contraírem sob minhas mãos enquanto ele nos girava. Fiquei tonta, meu cabelo me chicoteando o rosto. E, mesmo quando paramos, tive que continuar me segurando nele, porque meus joelhos, de repente, ficaram tão firmes quanto gelatina.
— Acho que eu tava fazendo umas caras estranhas — falei.
— Não, você tava ótima. Como se estivesse tentando não se encantar. Foi muito sexy.

Sexy? Meu cérebro estava derretendo. Ou Robbie acabou de me chamar de sexy?
— Elena! — disse Minseok quando Robbie finalmente me soltou.
— Você foi incrível!
Minseok levantou uma mão, e demorei um segundo para perceber que ele queria um *high five*. Quando encostei minha mão na sua, seus dedos se fecharam em volta dela, e ele a levou aos lábios com uma piscadinha.
— Ei! *Hyung*! — Robbie me puxou para longe.
— Que foi? Eu queria agradecer a Elena por ter ajudado. Estava só imitando você. — Minseok piscou para ele desta vez. Mas Robbie não deve ter gostado, porque começou a falar em coreano, sua voz baixa e apressada.
— Não seja mal-educado com a convidada — disse Jongdae, passando por nós. Ele acenou com a cabeça para mim. — Você fez um bom trabalho. Agradecemos sua participação.
— Sem problemas — falei, incapaz de sustentar seu olhar intenso. Jongdae tinha o tipo de beleza que fazia você se sentir corada quando olhava para ele por muito tempo. E, de tão perto e pessoalmente, era um pouco demais.
— Vamos — chamou Robbie, tocando meu cotovelo e desviando minha atenção de Jongdae. — Vou te acompanhar até a saída.
— Ah, sim. Claro. — Na verdade, eu estava grata por ir embora, já estava começando a me sentir sobrecarregada com esse grupo de garotos bonitos ao meu redor.
— Obrigado, Elena! — gritou Jun do canto mais distante.
— *Komowayo*! — disse Jaehyung.
Assenti e segui Robbie para o corredor.
Quando comecei a me dirigir para a porta lateral, ele pegou meu ombro, virando-me para o outro lado.
— Vamos pelos fundos. Um dos nossos empresários já foi buscar o carro para te deixar em casa.
— Ah, você não precisa fazer isso.
— Não tem problema. Nossa programação do dia já está quase no fim, então dá tempo — disse tão casualmente que parecia normal ele pedir para o levarem de carro para os lugares. E eu acho que, para Robbie, era mesmo.
Limpei a garganta desajeitadamente.
— Não, quer dizer, tô com meu carro. Tá bem ali na frente.

— Ah. — Robbie acenou para um membro da equipe. — Você pode pegar o carro da Elena e trazê-lo para a saída de trás? — Ele se aproximou de mim. — Isso vai evitar que você tenha que lidar com os fãs lá na frente.

Balancei a cabeça de leve; isso significava que ele pretendia me acompanhar até o meu carro? Entreguei minhas chaves ao empresário, que se virou depressa e correu em direção à entrada da frente. Eu nem tive a chance de lhe dizer qual era o meu carro ou que a porta do lado do motorista meio que emperrava, sendo preciso sacudi-la para abrir. Mas era tarde demais, e ele já estava virando no corredor.

— Sinto muito por Jongdae-*hyung* — disse Robbie quando começamos a caminhar em direção aos fundos. — Ele pode ser bastante arrebatador para pessoas novas.

— Vocês todos são.

— É mesmo? Você me acha arrebatador? — Os lábios de Robbie se contraíram como se estivesse tentando não sorrir.

— Quer dizer, é só que você mudou muito. — Tentei explicar. — Ficou muito mais alto. E agora tem esses braços. E sua covinha é distrativa.

Eu realmente disse isso? Fiquei pensando se era possível simplesmente afundar no chão e ser enterrada aqui mesmo.

— Covinha? — perguntou Robbie, sorrindo para mostrá-la.

— Sim, e você continua sorrindo para mim de uma forma que parece proposital. Se é que faz sentido. — Só que nada disso fazia sentido, nem mesmo para mim. Eu sabia que estava só balbuciando palavras a esmo e já estava ficando frustrada. — E então você ainda fez aquela... coisa no final. E fiquei desconcertada. Não é justo. Eu sempre disse que não gosto de surpresas, mas você sempre me surpreendia mesmo assim. E, se isso foi apenas mais uma das suas piadas, não tem graça, Robbie Choi!

Parei quando Robbie bufou. E percebi que ele estava tentando não rir.

— Não ri de mim quando eu estiver gritando com você — falei, dando um soco no braço dele.

Robbie estremeceu, mas eu consegui ver que era exagero dele quando do seus ombros balançaram com sua risada.

— Robbie — adverti.

— Tá bem, tá bem. — Ele ergueu uma mão para evitar outro soco. — Sinto muito por rir. É só que você me faz sorrir. Não consigo evitar quando tô perto de você.

Calma aí, o que isso queria dizer? Ele estava *flertando*?

Abaixei meu punho quando a confusão substituiu minha raiva:

— Então você não tá rindo de mim?

— Não, eu juro que não. — Mas ele ainda estava direcionando aquele sorriso estranho para mim. Tive vontade de me contorcer.

— Certo, tudo bem — falei, percebendo que não estava com raiva, mas, sim, com vergonha. Eu me sentia tão desacostumada com esse novo mundo de Robbie e não conseguia descobrir como acompanhá-lo. Isso estava causando um caos na minha mania de querer antecipar o resultado das coisas.

Estremeci com o barulhão do meu carro sem silenciador que se aproximava.

— Ai, meu Deus. Seu carro é o "Monstro Marrom"? — Seus olhos se arregalaram.

Eu não ouvia esse nome há anos. Era como Allie chamava o carro quando era dela. Mesmo naquela época, ele não estava em sua melhor forma. Ri:

— Tinha esquecido que a gente chamava o carro assim.

— Não acredito que ainda tá funcionando — disse ele, passando a mão pelo capô. O carro soltou uma pequena tosse enquanto parava, como se ele se lembrasse de Robbie.

— Bom, quase não funciona — admiti. — Mas tenho fé que vai durar até o final do ensino médio.

— Talvez seja melhor eu pedir a um dos meus empresários-*hyungs* para te levar em casa. — Robbie olhou para o carro com cautela. — Não tenho certeza se seria responsável te mandar para casa nesta coisa.

— Ei! Ele tá te ouvindo — falei, dando um tapinha no carro como se fosse meu melhor amigo.

— Tudo bem. — Robbie riu.

Mas, quando fui abrir a porta, ele colocou uma mão no meu ombro.

— Espera.

Congelei. Ele ia me pedir para ficar? Robbie disse que tinha o resto do dia de folga; talvez quisesse que continuássemos fazendo algo juntos.

— Você disse que veio aqui para me perguntar uma coisa.

Ah, sim. Isso mesmo. Eu não podia acreditar que tinha esquecido completamente a minha missão.

— Na verdade, é sobre o centro comunitário — falei, tentando esconder minha decepção.

— Aconteceu alguma coisa depois que fui embora ontem? — perguntou Robbie, a preocupação tomando conta de seu rosto.

— Ah, não. Tá tudo bem. Eu só estava pensando... — Fiz uma pausa, tentando descobrir como formular a pergunta. — Quero usar meu próximo desejo.

— Seu desejo? — As sobrancelhas dele se arquearam.
— Sim, então, lembra que precisamos arrecadar fundos para manter o centro aberto? Bem, eu queria... — Fiz uma pausa, tentando avaliar a reação dele, mas, para a minha frustração, seu rosto estava inexpressivo.
— Eu poderia usar meu desejo para te pedir ajuda?
— Claro — disse, e meu estômago agitado se acalmou. — O que eu posso fazer?
— Bem, minha amiga Josie e eu estávamos pensando que talvez vocês pudessem fazer um show surpresa beneficente? — Estava falando muito rápido agora, não querendo perder meu ímpeto ou o interesse dele. — Isso poderia fazer as pessoas conhecerem o centro comunitário, e você disse que não foi lá ontem por causa das relações públicas, mas os fãs pareceram realmente adorar a ideia de que você estava se voluntariando. Então mal não poderia fazer, certo? E significaria muito para as crianças. E para mim?

Terminei a última frase como uma pergunta, sem ter certeza se Robbie ligava para a importância disso para mim, mas tinha esperança...

Ele sorriu, e parte da minha ansiedade foi substituída pela semente da esperança.

— Parece ótimo! Acho que os meninos também iam gostar. Eu só teria que falar com o Hanbin-*hyung*. — Então seu sorriso desapareceu.

Ah, não. Será que o empresário dele odiaria a ideia? Ele odiava coisas de última hora? Seria algum tipo de quebra de contrato fazer algo assim?

— O que foi? Você acha que seu empresário não gostaria da ideia?

— Não é isso. Eles adoram esse tipo de coisa. Mostra que "ainda estamos conectados às nossas raízes". — Robbie fez aspas no ar. — Mas vão querer filmar algo assim para a WDB TV. E postar sobre isso nas redes sociais. Eu sei que você odeia ser filmada, e acabou de nos fazer um grande favor com o vídeo do ensaio de dança. Não quero te forçar a fazer mais nada.

Own, isso foi meio fofo. Ver Robbie se preocupando com meu conforto. Sorri para tranquilizá-lo e disse:

— Isso é muito legal da sua parte. Mas é para o centro. Acho que quanto mais cobertura tiver, melhor. Até eu posso aguentar isso pela causa.

— Ótimo, então seu desejo está concedido! Vou te enviar uma mensagem com mais detalhes. Deixa eu pegar seu número. — Ele estendeu a mão, e lhe entreguei meu celular.

— Achei que vocês não deveriam ter celulares — falei.

— Sim, todos compramos telefones por contra própria no ano passado. Tecnicamente, é um segredo, mas todos da nossa equipe sabem.
— Ele me entregou o celular de volta. — Me manda uma mensagem quando chegar em casa.
— Não tenho 12 anos, e não é tão longe.
— Sim, mas eu ainda quero saber se você tá bem, especialmente porque tá dirigindo essa coisa.
— Tudo bem, *papai*. Te mando uma mensagem.

Robbie sorriu, e seu sorriso era quente e doce, e tive uma vontade estranha de abraçá-lo. Não, percebi enquanto olhava para seus lábios; eu não queria *apenas* abraçá-lo.

De repente, senti que precisava sair dali antes que eu fizesse ou dissesse alguma coisa que me envergonhasse ainda mais. Cambaleei para dentro do carro e fechei a porta entre nós com firmeza. O motor acelerou enquanto eu dirigia para longe, esperando que as janelas escuras escondessem meu rubor.

Maldição, pensei. *Eu estava começando a ter um* crush *em Robbie Choi?*

Vinte e um

Quando Robbie voltou para a sala de ensaio, Jongdae jogou um braço em volta de seus ombros.

— Ora, ora, priminho — disse Jongdae com um sorriso. — Acho que você não é tão ruim assim com as garotas, afinal.

— Claro que não — respondeu Robbie. Estava meio irritado. Sabia que Jongdae era o *visual* do grupo. Estava acostumado com garotas praticamente se jogando aos pés do primo. Mas ver Elena tão impressionada com ele deixou Robbie com ciúmes.

— Quem te falou para dar aquele beijo na mão dela? — perguntou Jongdae.

— Ninguém. — Ele deu uma cotovelada nas costelas de seu *hyung*. Não estava com humor para brincadeiras.

Com um grunhido, Jongdae aumentou seu aperto até colocar Robbie em uma chave de braço.

— Ei! — gritou ele, tentando se soltar, mas quanto mais lutava, mais preso ficava.

— Diga quem te deu a ideia do beijo.

— Ninguém!

— Tá bom, sei. Você não é tão desenrolado assim. — Jongdae apertou mais forte.

— *Hyung*! — gritou Robbie, sem saber se estava gritando com o primo ou pedindo ajuda a algum dos outros membros.

Em sua disputa, eles perderam o equilíbrio e caíram no chão. Robbie cutucou as costelas de Jongdae com os dedos, o único lugar onde ele sentia cócegas. Com um grito de surpresa, o aperto de Jongdae afrouxou, e Robbie teria se livrado dele, mas Minseok gritou:

— Montinho no Robbie!

— Não! — disse Robbie, mas era tarde demais.

Os outros membros se amontoaram em cima deles. Criando um peso que prendeu Robbie no lugar, impedindo-o de se mexer. Apenas Jaehyung se absteve, mas ficou ao lado deles rindo e filmando com uma das câmeras que usavam para o vlog.

— Você admite a derrota, Robi-*ya*? — exigiu Jongdae.

Robbie grunhiu e tentou empurrá-los com toda a força uma última vez, então deixou os braços caírem:

— Admito.

— Invicto! — anunciou Minseok, pulando com os braços para cima como se tivesse acabado de ganhar o campeonato de peso-pesado.

— Hum — Robbie aceitou a mão de Jaehyung como ajuda para se levantar. — Não é difícil estar invicto quando são três contra um!

— A gente tem que dar trabalho pro nosso *maknae* — disse Minseok, então se virou para a câmera que Jaehyung ainda segurava. — Até o nosso Robi-*ya* precisa saber seu lugar, não é, Constellations?

— Você tá bem? — perguntou Jun com uma risada.

— Claro — respondeu Robbie. — Posso ter deslocado um ombro, mas logo sara, certo? — Ele riu para mostrar que estava apenas brincando.

— Vou pegar uma Cider. Quer uma? — ofereceu Jun.

— Não, tranquilo.

— Pausa para o lanche? — Jaehyung se animou, como sempre fazia quando havia comida envolvida. — Tô dentro!

— Eu também! — anunciou Minseok. — Jongdae-*ya*, Robi-*ya*, vocês vêm?

— Não, vou ficar aqui e cuidar das minhas feridas — falou Robbie.

— Vou te fazer companhia, primo — disse Jongdae. — Tragam salgadinho! — gritou para os outros.

— Qual? — perguntou Minseok, embora já estivesse a meio caminho da porta.

— Do bom! — Jongdae levantou a voz para ser ouvido, mas não havia sinal de que Minseok tivesse realmente escutado. E então Robbie e Jongdae ficaram sozinhos com Hanbin.

— Deu tudo certo hoje — anunciou Hanbin, pegando seu bloco de anotações e escrevendo algo em uma de suas listas intermináveis.

— Acho que o vídeo vai ter uma boa repercussão — disse Robbie.

— E você fez progresso com a Elena — adicionou Hanbin. — Isso também é bom. Eu estava começando a pensar que teríamos que jogar fora tudo o que fizemos até aqui.

— Sim, tô orgulhoso de você. — Jongdae deu um tapinha nas costas do primo.

Algo surgiu dentro de Robbie. Uma labareda de calor em torno de seu coração.

— Acho que sim — disse com cautela. Ele realmente não queria falar sobre isso agora.

— Você tá bem? — Os olhos de Jongdae se estreitaram de preocupação enquanto olhava para Robbie.

— Só cansado do treino. — Robbie queria mudar de assunto depressa. O brilho quente que tinha sentido ao ver Elena, ao resolver as coisas com ela, estava lentamente desaparecendo, dando lugar a uma sensação desconfortável de queimação em seu peito. Quase como um refluxo ácido, mas ele não tinha comido nada ainda, então não podia ser isso.

Robbie foi até sua mochila. E uma notificação de mensagem iluminou a tela de seu celular.

Era de Elena.

ELENA: Cheguei em casa, sã e salva. Pode mandar todas as equipes de emergência recuarem.

Robbie sorriu com o sarcasmo tão evidente que quase saltou da tela.

ROBBIE: Vou ter que ligar de volta para a equipe da SWAT, pode levar um tempo para abortarem a missão de resgate.
ELENA: Demora um pouco para um tanque blindado dar meia-volta.
ELENA: Mas sério agora, valeu por concordar em ajudar o centro comunitário, Robbie. Significa muito para mim.

Ele sorriu, então lançou um olhar furtivo para Jongdae e Hanbin; eles estavam ocupados conversando entre si. Então digitou de volta rapidamente.

ROBBIE: Sem problemas. Qualquer coisa por você, Elena. <3

WDB (원더별): PERFIL DOS MEMBROS

NOME ARTÍSTICO: JD
NOME: Lee Jongdae (이종대)
POSIÇÃO NO GRUPO: *main vocal, leader, center*
ANIVERSÁRIO: 29 de outubro
SIGNO: Escorpião
ALTURA: 185cm
PESO: 67kg
TIPO SANGUÍNEO: A
LOCAL DE NASCIMENTO: Seul, Coreia do Sul
FAMÍLIA: pai, irmã mais velha
HOBBIES: tocar guitarra
EDUCAÇÃO: Escola de Artes Cênicas de Seul
COR DO LIGHTSTICK: verde

FATOS SOBRE JD:

- ★ Debutou quando tinha 19 anos (20 na idade coreana).
- ★ Foi *trainee* por 6 anos.
- ★ Morou a vida toda em Seul.
- ★ Seu tipo ideal é Yoona, do SNSD.
- ★ É amigo de Sooyeon; Wooyoung, do Ateez; e Changbin, do Stray Kids.
- ★ Às vezes, escreve músicas para se divertir com seu primo Robbie (coescreveu a música "*If U Can*" para o último mini álbum).
- ★ Seu melhor amigo é seu companheiro de grupo Minseok (Moonster).
- ★ Canta desde que aprendeu a falar.
- ★ Foi o 3º melhor aluno da sua turma do ensino fundamental.
- ★ Costumava cantar na frente da imobiliária da mãe.
- ★ Saía escondido para se apresentar quando tinha 13 anos (14 na idade coreana) até que seu pai finalmente concordou em deixá-lo se tornar *trainee*.

Vinte e dois

Se a escola na semana passada tinha sido insuportável, então, na segunda-feira, foi... surreal. Fiel à sua palavra, Robbie anunciou o show surpresa nas redes sociais. Ele até me mandou uma mensagem dizendo que haveria um convidado especial secreto. Seria no sábado. O que significava que tínhamos uma semana para nos prepararmos. E uma semana para o pessoal da escola ficar vindo até mim como se, de repente, fôssemos melhores amigos.

— Uau, tá todo mundo agindo de forma totalmente diferente — comentou Josie com uma risada quando finalmente nos livramos de algumas pessoas que haviam me parado no corredor.

Estava no horário de almoço. Hora de montar nossa barraca, uma tarefa que me entusiasmava muito menos agora que os outros estavam prestando tanta atenção em mim. Sério, aposto que 75% dessa gente nem sabia meu nome antes da semana passada.

— Essas crianças de hoje em dia. Não é? — brincou Josie.

Ri e dei uma cotovelada de leve em suas costelas:

— Fui verificar o site de arrecadação de fundos. A gente já tá recebendo mais doações.

— Eu disse que ia funcionar. Provavelmente vamos poder acabar com a iniciativa alternativa ao baile também. E então talvez você possa reconsiderar o convite de uma certa pessoa.

Ela me devolveu a cotovelada enquanto entrávamos no refeitório. Estremeci com a insinuação. Eu não estava pronta para falar sobre o assunto "eu e Robbie". Se é que *existia* algo como "eu e Robbie". Tudo parecia tão confuso e complicado, e a lembrança de seu sorriso torto lá fora do estúdio de dança não estava ajudando.

Decidi me concentrar em ajudar Max e Josie a arrumar a mesa. Eu sabia que, provavelmente, era desnecessário continuar pedindo doações na hora do almoço com todo o burburinho pré-show. Mas havíamos prometido a nós mesmos que ficaríamos duas semanas nesta barraca, e não fazia mal cumprir a promessa até o fim.

Eu estava organizando os panfletos quando Caroline veio até mim.

— Aposto que tá feliz com o que aconteceu! — gritou.

Ergui uma mão para limpar os respingos de saliva que voaram no meu rosto enquanto ela falava.

— Do que você tá falando?

Conhecendo minha sorte, só podia ser outro vídeo viral. Talvez alguém tivesse tirado uma foto daquele segurança me levantando na frente do estúdio de dança. A essa altura, isso não me surpreenderia.

— O lugar inundou, e agora o baile tá arruinado! — Caroline soluçou.

— O quê? — Eu não sabia o que dizer.

— O baile tá arruinado, e eu me recuso a ficar aqui e ver você esfregar isso na nossa cara! — Caroline estendeu a mão e pegou uma pilha de panfletos, rasgando-os.

— Ei! — Tentei pegá-los de volta. — Para com isso.

Ela se virou enquanto eu fazia outra investida, e, acidentalmente, agarrei sua bolsa. A alça arrebentou na minha mão.

— Maldita! É uma Fendi! — gritou e, em vez de pegar mais panfletos, Caroline me agarrou pelos cabelos.

Minha visão foi tomada por estrelinhas enquanto ela puxava, e eu soltei um grito que ecoou no pé-direito alto do refeitório, silenciando metade das conversas.

— Carol, segura as pontas aí — disse Felicity. Comecei a pensar que essa era uma péssima escolha de palavras, mas logo a dor apunhalou meu crânio novamente.

Escutei gritos alegres de "briga" enquanto outros alunos começaram a se reunir ao nosso redor.

Josie pulou nas costas dela com um grito de guerra, tentando soltar os dedos dela do meu cabelo. Isso só fez Caroline soltar um guincho que quase estourou meus tímpanos.

— O que está havendo aqui? — Uma voz ecoou como trovão.

Finalmente meu cabelo foi solto. Eu tinha certeza de que agora ele estava todo emaranhado no topo da minha cabeça, mas, pelo menos, não tinha sido arrancado do meu crânio. Olhei para cima e vi a diretora, Dra. Agarwal, aproximando-se:

— Caroline, Josefina, não permitimos brigas na escola. Preciso que vocês quatro venham comigo.

— Mas — comecei, porém a diretora me dirigiu um olhar afiado. Josie pegou minha mão e a apertou antes de sairmos do refeitório.

Alguns alunos acenaram com a cabeça discretamente, e uma corajosa estudante do segundo ano fez um discreto sinal de encorajamento com as mãos.

Isso era tão injusto. Eu não tinha começado a briga. E, por mais que isso fizesse com que me sentisse patética, eu estava muito mais para "tendo meus cabelos arrancados" do que para brigando.

Todas nos aglomeramos no escritório da diretora, o silêncio tão denso que dava para espetá-lo com um garfo.

— Existe uma política de tolerância zero quando se trata de brigas nesta escola — disse, finalmente, a Dra. Agarwal, cruzando as mãos sobre a mesa.

— Elas que começaram — acusou Caroline rapidamente.

— Mentira! — contrapôs Josie. — Ela que atacou a Elena sem nenhuma maldita razão.

— Cuidado com a língua, Josefina — avisou a Dra. Agarwal.

— Desculpe — murmurou Josie, inclinando-se para trás.

Caroline assumiu uma postura presunçosa, como se já tivesse ganhado.

— Qual é a sua versão, Elena? — perguntou a Dra. Agarwal, e havia algo em seus olhos, como se isso fosse algum tipo de teste. Como se algo pior do que a detenção pudesse acontecer se déssemos a resposta errada. Se eu fosse suspensa, minha mãe me mataria.

Normalmente, eu me encolheria ainda mais e só murmuraria um "não sei". Mas algo tomou conta de mim, talvez tivesse a ver com Josie estar do meu lado, pronta para me apoiar. Ou talvez tivesse a ver com eu estar tão cansada de pessoas aleatórias me xingando na internet e não poder fazer nada a respeito. Mas, neste caso, eu tinha a chance de me defender. Então, endireitei a postura:

— A Caroline estava bem irritada. Ela nos contou que o local do baile tinha sido inundado, então, começou a rasgar nossos panfletos.

— Sua ratazana! — disse Caroline.

A Dra. Agarwal pigarreou, o que interrompeu essa fala.

— Bem, ela quebrou minha bolsa. — Caroline mostrou a alça arrebentada.

A diretora suspirou.

— E então, Felicity? Você viu quem começou?

Tive vontade de resmungar. Se era para ser duas contra uma, não sei em quem a Dra. Agarwal acreditaria.

Felicity não falou nada por um longo tempo. Ficou mexendo na barra da saia, esfregando-a ansiosamente entre os dedos. Lembro que ela costumava puxar a barra de suas camisas no ensino fundamental até que elas se desgastassem e desfiassem. Sempre que a pegava fazendo isso, eu a deixava segurar minha mão. São estranhas as coisas que lembramos sobre velhas amizades.

— A Elena não fez nada — murmurou Felicity, por fim.

Eu troquei um olhar chocado com Josie. Não conseguia acreditar que Felicity nos apoiou. Isso era sem precedentes. Eu precisava gravar esta data.

— Tá, tá bom! — explodiu Caroline. — Eu estava chateada, simplesmente não achei justo o que aconteceu com o hotel do baile. Só fiquei emotiva. O baile significa *muito* para mim.

Ela olhou para a Dra. Agarwal com seu melhor olhar de cachorro abandonado. Até pensei ter visto o brilho de lágrimas.

— Bem, Felicity, eu agradeço a sua honestidade de verdade. Josie e Caroline, vocês duas esperem lá fora. Falarei com vocês separadamente sobre a detenção.

— Detenção? — resmungou Caroline — Dra. Agarwal, a senhora não pode simplesmente me dar um aviso verbal desta vez?

— Caroline, por favor, espere lá fora.

Bufando, ela abriu a porta. Josie se levantou para sair.

— Sinto muito — falei, agarrando a mão dela. — Você só estava me defendendo.

— Ah, não se preocupe com isso. Eu sempre quis muito dar umas bofetadas na Caroline. Qualquer detenção vale totalmente a pena.

— Josefina, por favor, espere lá fora — disse a Dra. Agarwal com uma voz que mostrava que ela já estava no limite de sua paciência.

Josie apertou minha mão antes de sair.

Eu não conseguia imaginar sobre o que a Dra. Agarwal queria falar comigo e com Felicity. A não ser que quisesse registrar nossas declarações de testemunhas. Isso acontecia em uma briga de escola?

— Então, na verdade, eu estava indo ao refeitório para falar com vocês sobre o que aconteceu com o local do baile.

Endireitei a postura. Não era isso que eu estava esperando.

— Como vocês sabem, o local que o comitê do baile escolheu não está mais disponível devido à inundação na cozinha do hotel ontem à noite.
— Ainda faltam algumas semanas para o baile. A senhora não sabe se vão conseguir consertar antes disso? — Felicity parecia bastante abalada. Na verdade, senti-me um pouco mal por ela.
— Disseram que o dano afetou metade do andar, incluindo o salão de festas e o depósito do porão. Precisarão trazer uma equipe para derrubar o drywall e tratar os danos causados pela água. Vai demorar um pouco, e não ficará pronto até o dia do baile.
— Então o baile está cancelado? — perguntou Felicity.
— Bem, felizmente conseguimos nosso dinheiro de volta. O hotel se sentiu realmente mal por ter que cancelar conosco, então devolveram o valor na íntegra. Mas não há outros locais de eventos grandes o suficiente e disponíveis tão em cima da hora.
— Então, o que vamos fazer?
— Poderíamos fazer o baile aqui — sugeriu a Dra. Agarwal.
— No ginásio? — Felicity franziu a testa.
— Por que não? É onde fizemos nosso baile quando eu era aluna.
Eu sempre esquecia que a Dra. Agarwal tinha estudado aqui há quase 25 anos.
— Sem ofensas, Dra. Agarwal, mas bailes de formatura no ginásio deixaram de ser legais depois dos anos 1980 — disse Felicity. Eu quase revirei os olhos. Quem ia julgar nosso baile? O "Conselho Nacional de Bailes de Formatura"?
— Bom — disse a diretora, com um sorriso forçado. Aposto que ela não gostou daquela observação sobre os anos 1980. Como se Felicity a estivesse chamando de velha. — Existe outra possibilidade. É por isso que chamei Elena aqui, porque pensei que esta poderia ser uma oportunidade para trabalharmos juntas.
— Trabalharmos juntas em quê? — perguntou Felicity. — Ela odeia o baile.
E aqui estamos, novamente em lados opostos. A trégua durou incríveis três minutos.
— Eu não *odeio* o baile. — Soei como um disco arranhado. Mas, desta vez, percebi que não sentia o mesmo aborrecimento que costumava sentir quando o baile era mencionado. Uau, Caroline deixou alguma peça solta no meu cérebro quando me atacou?
— Então, existe um local grande o suficiente para fazer o baile e que cabe no nosso orçamento. Eu tinha acabado de ligar para eles quando fui

procurar vocês — disse a Dra. Agarwal, e seus olhos se moveram para mim. — O Centro Comunitário de West Pinebrook.
— O quê? — Felicity e eu exclamamos ao mesmo tempo, mas por razões distintas.
Isso significava que doariam todo o valor do local para o centro comunitário? Era muita grana!
— Aquele lugar é meio que uma velha fábrica, não é? — os lábios de Felicity se tornaram uma linha fina.
— Já foi feita uma ótima renovação — falei, comprando a ideia. — O espaço de recreação é enorme, com teto abobadado, e as janelas antigas são originas. Muito retrô.
Felicity pareceu intrigada com a palavra "retrô".
— Acho que poderia funcionar — refletiu Felicity. — Mas eu teria que dar uma olhada no espaço antes, e a gente ia ter que aumentar o orçamento da decoração.
— Acho que isso pode ser feito — disse a Dra. Agarwal e, então, ergueu a mão antes que Felicity pudesse fazer mais exigências. — Com parcimônia. E, Elena, eu estava pensando que talvez você e o Clube da Conscientização pudessem ajudar. Temos menos de um mês para encontrar decorações para um espaço tão grande.
— Não precisamos da ajuda delas — disse Felicity. — Podemos fazer isso sozinhos.
— Tenho certeza que sim, Felicity. E ficaria lindo. Mas acho que devemos aproveitar esta oportunidade para tirar algo positivo de tudo isso. Talvez tentar tornar o novo baile mais ecológico e sustentável — disse a Dra. Agarwal. — Parece algo em que o Clube da Conscientização poderia ajudar, Elena?
Ah, Josie adoraria este projeto. Era bem a praia dela.
— Sim! — respondi com entusiasmo.
Eu conseguia ver Felicity olhando para mim com o canto do olho, mas não me importei. Era uma ótima notícia. Esse dinheiro e o que arrecadaríamos com o show surpresa tinha que ser o suficiente para cobrir as despesas do centro até a votação do orçamento.
Pela primeira vez, eu realmente pensei que conseguiríamos. Realmente pensei que conseguiríamos salvar o centro comunitário.

Vinte e três

Uma vida pode se tornar uma verdadeira montanha-russa de emoções? Depois de falar com a Dra. Agarwal, senti que as coisas pareciam estar se alinhando. O centro comunitário tinha duas novas maneiras de arrecadar de fundos, e, embora eu não estivesse muito feliz com a ideia de trabalhar com Caroline e Felicity no planejamento do baile, isso valeria a pena por causa do salto em nossos esforços de arrecadação de fundos.

E, então, o vídeo do ensaio de dança foi lançado.

Se as pessoas já estavam estranhamente interessadas em mim antes, agora isso beirava a perseguição e o assédio. A gota d'água foi quando duas alunas do primeiro ano me seguiram até o banheiro para me perguntarem se eu poderia pegar um autógrafo de Robbie para elas. *Enquanto* eu fazia xixi!

Depois disso, tentei segurar minha bexiga na escola.

Isso tudo parecia errado, como se fosse uma atenção que eu não merecia. Apareci na tela por, literalmente, dez segundos. Não significava nada. Mas, ainda assim, meu pulso acelerou quando assisti ao vídeo pela primeira vez. Se não me lembrasse de ter participado da filmagem, não teria me reconhecido. Eu parecia tão... no controle. E, quando Robbie beijou minha mão, senti meu rosto corar, embora estivesse sozinha em meu quarto.

Pelo menos a primeira reunião de planejamento do baile foi melhor do que o previsto. Sugeri que nos baseássemos no comentário de Felicity sobre os anos 1980 e adotássemos a temática dos filmes de John Hughes. Surpreendentemente, todos concordaram com a ideia. Felicity até disse, a contragosto, que a temática retrô estava na moda. Mas nada no universo poderia fazer Josie e Caroline Anderson se entenderem.

137

— Aquela garota tá sonhando se acha que vamos ter esculturas de gelo. E como vou arrumar um tecido feito de material reciclado e parecido com seda que custe menos de quinhentos dólares? Quem sequer vai estar prestando atenção nas toalhas de mesa no escuro? — Josie estava espumando de raiva quando chegamos ao centro comunitário bem cedo no sábado para ajudar na organização do show.

Alguém havia colocado grades na frente da entrada, e fiquei chocada ao ver que já tinham pessoas esperando lá fora. Havia um segurança grande e corpulento que reconheci, era o mesmo que me levantara do chão no estúdio de dança. Ele pareceu me reconhecer também, pois ergueu as sobrancelhas para mim ao deixar eu e Josie passarmos.

— E, foi mal, mas por que é *a gente* que precisa ficar resolvendo as coisas do comitê mesmo? — continuou Josie enquanto nos aproximávamos do palco temporário que havia sido montado durante a noite. Havia um banner na parte de trás dele com os dizeres #SalveCentroComunitárioWP seguido do site da arrecadação de fundos.

— Sim, é irritante — murmurei. Não conseguia evitar que meus olhos viajassem pela grande área de recreação. Robbie tinha dito que já eles estariam aqui a essa hora, mas eu não os via em lugar nenhum. Verifiquei meu celular mais uma vez. As últimas três mensagens eram minhas:

> Valeu de novo por fazer isso hoje!
> Já estamos aqui organizando tudo.
> Ei, me manda uma mensagem se precisar de alguma coisa.

Estremeci. Essa última mensagem parecia tão desesperada. Não deveria ter enviado. Na hora, pensei que parecia algo que um anfitrião faria por um convidado. Mas era possível haver um anfitrião em um show surpresa?

— Ele provavelmente já está chegando — disse Josie.

— O quê? — perguntei, enfiando o celular no bolso de trás, como se não fosse super óbvio.

— Aposto que eles ainda tão arrumando seus cabelos maravilhosos ou algo do tipo.

— Sim, provavelmente — falei, dirigindo-me ao corredor dos fundos. Se eles já estivessem aqui, eu deveria checar como estavam, certo? Mas, quando abri a porta, Cora veio correndo e me abraçou.

— Elena, você viu o site da arrecadação de fundos? As pessoas estão doando a semana inteira. Uma loucura!

— É, tá sendo ótimo. — Sorri enquanto tentava ver o corredor atrás dela.

— Então, vamos instalar as estações de água ao longo da parede lateral — informou Cora. — E aquele fofo do Max tem sido incrível arrumando todas as mesas. — Ela apontou para ele, que estava lutando com uma das mesas dobráveis antigas.

Josie suspirou e foi ajudá-lo. Ela afastou a mão dele e montou a mesa sozinha. A perna da mesa se encaixou no lugar. Tentei resistir a olhar meu celular outra vez, mas o peguei para verificar se, acidentalmente, não o tinha colocado no silencioso. E me senti ridícula quando vi que o som estava ativado e que não havia novas mensagens.

Tia se aproximou com a esposa de Cora, Sofie. Ambas estavam usando camisetas com o logotipo do centro, assim como todos os voluntários.

— Isso tá ótimo de verdade — disse Sofie, vindo me dar um abraço. Era dona de um restaurante na cidade. Aparentemente, as duas se conheceram quando Cora estava em um desastroso encontro às cegas.

— Sei que isso significa muito pra Cora. Você realmente se esforçou pelo centro.

Suas palavras me lembraram que eu estava aqui pelo centro comunitário. Não para me preocupar comigo e com Robbie.

— Obrigada, Sofie — falei, e era sério. Eu precisava desse empurrãozinho para colocar minha cabeça no lugar.

Tia se juntou a mim quando comecei a desempacotar um engradado cheio de caixinhas de água (que Josie insistiu em comprar porque eram biodegradáveis).

— Então, não consegui falar com você na quarta — disse Tia.

— Ah, sim. Ando muito ocupada com essa coisa toda do show.

Na verdade, eu estava meio que evitando ter "a conversa" com ela. Sabia que ia me perguntar sobre Robbie, o que se tornaria, inevitavelmente, uma conversa sobre meus sentimentos por ele. Só que eu não fazia ideia de quais eram meus sentimentos agora.

— Parece que nossa atração principal chegou — disse Josie, cutucando-me nas costelas.

As portas de fundo se abriram, e os meninos entraram. Individualmente, estavam lindos, mas, caminhando juntos como um grupo, era como assistir a um MV.

Minhas palmas começaram a suar imediatamente. Por que eu estava nervosa? Tinha visto Robbie no último fim de semana. Havia passado metade do dia com ele. Então por que meu coração estava tão acelerado?

Talvez eu tivesse deixado as provocações de Josie me atingirem depois que o vídeo do ensaio de dança foi postado. Toda vez que alguém o mencionava na escola, Josie fazia caretas exageradas de beijos para mim.

— O galã tá bonito — sussurrou Josie.

— Para com isso — pedi. Quem ainda falava "galã"? Mas, enquanto observava Robbie, tive que concordar. Ele estava incrível. Usava uma simples calça jeans preta e uma camiseta com uma estampa de linhas no meio. Mas, de alguma forma, parecia glamoroso. Como se pudesse estar a caminho de uma sessão de fotos para a edição coreana da *Elle*.

Eu jamais teria sonhado que um garoto que, uma vez, tinha colocado gelatina no meu tênis, estaria andando em minha direção como em uma cena em câmera lenta de um seriado. Só estava faltando aquelas trilhas sonoras instrumentais épicas que tocavam sempre que o interesse amoroso bonitão e herdeiro de um conglomerado era apresentado.

Mas isto não era um dorama, e Robbie não era um interesse amoroso. Ele era Robbie Choi. O garoto que achava que trocadilhos eram o ápice do humor e havia relido meus livros de *Percy Jackson* até as lombadas rasgarem.

Mas ele também era Robbie Choi, *idol* de K-pop e meu primeiro beijo. O garoto capaz de fazer meu coração disparar com seu sorriso de covinhas. Como eu deveria encaixar todas essas peças?

— Ei, Elena! — Minseok me envolveu tão rápido em um abraço que não tive tempo de reagir. Fui esmagada contra seu peito. Ele cheirava a sabonete e rosquinhas.

Quando ele me soltou, Robbie estava ao meu lado. Estávamos mais perto que o normal? Calma aí, qual era a distância normal para se ficar ao lado de alguém? De repente, eu não tinha certeza.

— Oi, Robbie. — Apertei meu celular com as mensagens ignoradas.

— E aí, Elena.

Eu queria perguntar se Robbie tinha estado ocupado esta manhã, mas senti que isso me faria parecer incomodada por ele não ter respondido minhas mensagens.

— Dormiu bem? — perguntei em vez disso, e imediatamente me arrependi. *Que tipo de pergunta é essa?*

Robbie sorriu, bem-humorado.

— Sim. E você?

Tentei sorrir de volta, mas sentia meu rosto rígido.

— Muito bem. Poderia ter sido melhor, mas sou meio chata com isso.

— Eu lembro — disse Robbie.

Os olhos de Minseok se arregalaram, e sua boca se abriu em surpresa.

— Por causa das festas do pijama — expliquei rapidamente. — Quando tínhamos 8 anos. E eu melhorei.
— Ela chutava dormindo — disse Robbie com um sorriso mais largo. Covinha ativada. Pulso acelerado de Elena ativado.
— Não mais — insisti.
Josie deu um passo à frente e entrelaçou um braço no meu.
— Você não vai me apresentar ao seu *melhor amigo*? — perguntou ela através de um sorriso exagerado direcionado diretamente para Jaehyung, que estava logo atrás de Minseok. Max olhou para eles detrás da mesa.
— Ah, claro. Estes são Tia, Josie e Max — falei, feliz com a mudança de assunto.
— Oi, eu sou Moonster — disse Minseok, pegando a mão de Josie e beijando-a de leve, como se fosse um príncipe em vez de uma estrela pop.
Josie soltou uma risadinha, e a encarei com olhos arregalados. Josie *não* era de dar risadinhas. E, pelo olhar surpreso em seu rosto, ela estava tão chocada quanto eu.

Minseok estendeu a mão para Tia e depois para Max, que hesitou até que as boas maneiras o fizeram retribuir o aperto. Mas, quando Minseok flexionou os dedos depois, suspeitei que Max havia apertado sua mão mais forte do que o necessário.

— Como você tá? — perguntou Robbie, colocando o braço em volta dos meus ombros. Fiquei surpresa. Uma coisa era ser girada em seus braços durante uma dança ensaiada, mas isso não era uma dança. E parecia que todos estavam nos observando.

— Tô b-bem — gaguejei, tentando não estremecer com o quanto minha voz soava estranha. — E você?
— Bem. Melhor agora.
O que isso queria dizer? Senti como se borboletas estivessem batendo as asas no meu estômago.

Olhei para Josie, que estava fazendo um sinal não tão sutil de positivo para mim, e ela soltou um *Isso aí!* mudo com a boca.

Antes que eu pudesse pedir para ela se acalmar, a porta dos fundos se abriu novamente, e alguns dos empresários do WDB entraram com Jun e JD. Jun estava carregando uma filmadora em um pau de selfie. JD estava rindo de algo que ele dizia. Levei um minuto para perceber que não estavam sozinhos. Havia uma garota com eles, e eu a reconheci na hora.

Era mais alta do que eu, mas ainda parecia pequena, provavelmente porque era muito magra e esguia. Ela tinha longos cabelos pretos que desciam pelas costas. Um rosto pálido em formato de coração, nariz pequeno e olhos grandes. Eu tinha feito algumas pesquisas sobre K-pop depois que Robbie voltou para a cidade. E era impossível estar por dentro do K-pop hoje em dia e não saber quem era Sooyeon. Ela era a maior *idol* feminina atualmente nos *top charts*.

— Sooyeon-*noona*! — Robbie disparou, correndo em sua direção e envolvendo-a em um abraço de um braço só. A mão dele demorou um pouco em seu quadril. Sooyeon sorriu e o abraçou de volta.

— O que ela tá fazendo aqui? — perguntei, chocada.

— É nossa convidada especial para o show surpresa — disse Minseok enquanto a risada de Sooyeon ecoava pelo ambiente.

Robbie sorriu, abraçou-a novamente e, de repente, não parecia mais tão especial que ele tivesse colocado o braço em volta de mim, não quando ainda estava segurando a cintura de Sooyeon. Senti uma pontada no estômago. Havia algo entre os dois? Ela era considerada a "xodó da nação", fofa e pura. Nunca tinha estado em um escândalo amoroso, nunca tinha feito nada além de ser premiada e estar nos *top charts*. A música dela era do tipo que eu amaria no ensino fundamental. Um pop muito doce e inocente.

— Por que ela ia querer vir para cá? É apenas um pequeno show em um centro comunitário — falei.

— Acho que estava curiosa para conhecer onde Robbie cresceu — explicou Minseok.

Por que ela iria querer ver onde Robbie cresceu? Meu estômago parecia estar repleto de pedras. Esse é o tipo de coisa que você faz por alguém com que está namorando.

Eu deveria estar surpresa que Robbie poderia estar com uma garota como Sooyeon? Mesmo de longe, ela era mais deslumbrante pessoalmente do que na TV. E, pelo jeito que olhava para ele, eu percebia que Sooyeon realmente correspondia aos sentimentos de Robbie. Tentei me convencer de que eu estava feliz por ele. Como sua amiga, é claro que deveria estar. Mas as pedras que preenchiam meu estômago me diziam que isso era uma grande mentira.

WDB (원더별): PERFIL DOS MEMBROS
NOME ARTÍSTICO: Moonster
NOME: Moon Minseok (문민석)
POSIÇÃO NO GRUPO: *subvocal, lead rapper*
ANIVERSÁRIO: 20 de outubro
SIGNO: Libra
ALTURA: 180cm
PESO: 65kg
TIPO SANGUÍNEO: B
LOCAL DE NASCIMENTO: Paris, França
FAMÍLIA: mãe, pai, irmão mais velho (5 anos de diferença)
HOBBIES: assistir filmes
EDUCAÇÃO: Escola de Artes Cênicas de Seul
COR DO LIGHTSTICK: amarelo

FATOS SOBRE MOONSTER:
- ★ Sua comida favorita é qualquer tipo de carne.
- ★ Sua estação favorita é a primavera.
- ★ Sua cor favorita é verde.
- ★ Seu número favorito é o 13.
- ★ Debutou quando tinha 18 anos (19 na idade coreana).
- ★ É amigo de Chani, do SF9; Han, do Stray Kids; Felix, do Stray Kids; Sunwoo, do The Boyz; Yeji, do Itzy, e Shuhua, do (G)I-DLE
- ★ Nasceu em Paris, mas se mudou para a Inglaterra com a família quando tinha apenas 3 anos. E depois para Xangai quando tinha 7. Por fim, mudou-se para a Coreia do Sul quando entrou no ensino fundamental coreano (equivalente ao 8º ano estadunidense).
- ★ Reza a lenda que foi descoberto enquanto estava tocando na rua aos 13 anos (14 na idade coreana) depois da escola (em vez de estar em seu *hagwon*).
- ★ Seu tipo ideal é Bae Suzy.

Vinte e quatro

Uma enxurrada de fãs correu para dentro assim que as portas do centro se abriram. Achei que seriam apenas garotas da minha idade, mas fiquei surpresa ao ver a mistura de faixas etárias. Havia até mães e pais com seus filhos mais novos. E acho que vi alguém carregando um bebê. Um grupo de meninas estava usando camisetas com o logotipo de uma universidade de Michigan. Eu me perguntei se elas realmente viajaram até aqui só para ver o show surpresa.

Mas a pessoa que mais me surpreendeu foi Ethan. Ele se aproximou e disse:

— Duas águas com limão, por favor.

Franzi a testa para ele enquanto lhe estendia duas caixinhas:

— O que você tá fazendo aqui?

— Que foi? Não posso apoiar a minha irmã gêmea?

— Pode, mas é isso mesmo que tá fazendo?

— Elena, você precisa relaxar às vezes — disse em vez de realmente me responder, então saiu com as duas águas. Assisti em choque enquanto ele se juntava a Felicity Fitzgerald e lhe entregava uma das caixinhas.

— Hum, o que tá acontecendo ali? — sussurrou Josie ao meu lado.

— Não faço ideia. — Franzi a testa, tentando não pensar demais nisso. Talvez Ethan e Felicity simplesmente tivessem se esbarrado aleatoriamente.

Eu me disse para deixar isso de lado e me virei para entregar uma caixinha de água e um panfleto do centro para a próxima pessoa.

Dez minutos depois, minhas águas acabaram. Inclinei-me para Max que estava na outra mesa.

— Ei, você ainda tem água? As minhas acabaram.

— Josie foi buscar mais faz uns cinco minutos, mas provavelmente se distraiu com seus novos melhores amigos. — Ele fez uma careta.

144

— Ei, se você estiver indo lá para trás, leve algumas dessas para os meninos — pediu Cora, entregando-me cinco caixinhas bem geladas.

Eu as equilibrei em meus braços enquanto serpenteava pela multidão, dirigindo-me às portas na parte de trás do centro. Elas estavam trancadas, mas Cora havia me dado as chaves extras, que balançavam desajeitadamente nos meus dedos enquanto eu tentava equilibrar o chaveiro e as águas.

Encontrei os garotos na área da cozinha, reunidos em volta da grande mesa. Josie estava lá, dando em cima de Jaehyung. Apesar de ele ser o pior no inglês e ela não saber uma palavra de coreano além de nomes de comida, isso não a impediu de sorrir confiante e de despejar histórias para as quais ele só sorria e balançava a cabeça. Minseok e Jun estavam lá também. E parecia que eles estavam se divertindo com Josie. Minseok até se inclinou e sussurrou algo em seu ouvido, fazendo-a rir.

— Josie, era para você estar ajudando nas mesas. — Eu a lembrei.

— Tô tentando me certificar de que os convidados de honra tenham algum entretenimento antes do show — respondeu ela, pegando duas caixinhas de água dos meus braços antes que caíssem.

— Ela está fazendo um ótimo trabalho — disse Minseok com um sorriso, e, em choque, eu a vi corar. Josie Flores não era de corar. Mas, aparentemente, na frente desses caras, era.

Jaehyung abriu um pacote de amêndoas cristalizadas e começou a comê-las a bocadas. A mesa inteira estava repleta de salgadinhos, uns ainda meio embrulhados em papel de presente colorido. Parecia que alguns embrulhos haviam sido feitos à mão com o logo da banda impresso ou desenhado.

— O que é isso tudo? — questionei.

— *Jogong* — respondeu Jaehyung.

— O quê? — perguntou Josie.

— Presentes dos nossos fãs — esclareceu Minseok. — Eles entregaram para nossos empresários-*hyung*s lá fora.

— Os fãs trouxeram *tudo* isso? — A mesa estava completamente coberta de coisas, e notei uma pilha ainda fechada no canto.

— Tem mais — respondeu Jun.

— Sim, os *hyung*s não conseguiriam carregar tudo. — Minseok agiu como se não fosse grande coisa.

Eu não podia acreditar que tantas pessoas trouxeram presentes para a banda. E alguns deles pareciam caros. Até vi alguns bifes em um recipiente de isopor. Então a vida de Robbie era assim? Receber presentes e ser adorado onde quer que fosse?

— Bem, se vocês precisarem de algo para fazer toda essa comida descer — Entreguei uma caixinha para Minseok enquanto Josie entregava as dela para Jaehyung e Jun.

— Cadê o Robbie? — perguntei, olhando ao redor.

— Acho que ele está dando uma última arrumada no cabelo com a Sooyeon — disse Minseok.

Suas palavras foram como um soco no estômago. Eu ainda não tinha me apresentado a ela. E, quanto mais esperava, mais estranha me sentia.

— Você quer ajuda para encontrar os dois? — perguntou Josie.

— Não, pode deixar que eu procuro — falei e comecei a caminhar pelo corredor em direção às salas de estudo individuais.

Eu os encontrei na grande sala de jogos que transformamos em camarim. Havia maquiagem e spray de cabelo espalhados sobre a mesa dobrável, mas Robbie e Sooyeon eram os únicos ali. Estavam mais perto que o normal? É comum ficar assim com amigos próximos? Ou Robbie estava... se inclinando?

Para com isso, Elena. Não importa o que eles são.

Sooyeon sorriu para Robbie. Ela colocou, de leve, a mão em seu braço. E ele não pareceu se incomodar.

Eu não queria bisbilhotar, mas acabei escutando o final da fala de Sooyeon.

— ... tão feliz que a gente pode se ver. Sinceramente, não sei o que eu faria sem você. — Ela apertou o braço de Robbie, que colocou a mão sobre a dela.

— Claro, *Noona*. Eu tava realmente começando a sentir sua falta — disse Robbie.

Meu coração se encolheu no peito, e meu estômago se embrulhou. Não havia como confundir o afeto na voz dele. Robbie pode ter mudado muito, mas eu ainda sabia quando se importava com alguém.

Saí, apressada, antes que eles pudessem me notar. Não queria que pensassem que eu estava ouvindo uma conversa particular. E definitivamente não queria ver Robbie dando em cima de uma garota com quem eu nunca poderia competir.

E por que eu iria querer competir com ela? Perguntei-me.

Robbie era apenas alguém que eu costumava conhecer e que estava de volta à cidade por alguns dias. E era isso. Sempre seria só isso.

— Ei — disse Josie, correndo para me alcançar. — Você tá bem? Tá tão pálida.

— Só tô com muito calor — respondi, sem me importar se ela acreditaria em mim. Senti como se estivesse prestes a hiperventilar. Então me concentrei em respirar fundo.
— Aconteceu alguma coisa? — perguntou Josie.
— Não. Por quê?
— Bem, porque você meio que esmagou essas caixinhas de água.
— Ela apontou para minhas mãos, e eu olhei para baixo e as vi prontas para explodirem nos meus punhos cerrados.
— Ah. — Foi tudo o que consegui dizer, jogando-as em uma lata de lixo na beirada da minha mesa.
— Ei, você esqueceu as águas? — perguntou Max.
— Max, se quer mais água, por que não deixa de ser tão preguiçoso e pega você mesmo? — disse Josie de maneira brusca.
Normalmente eu diria para ela pegar leve com ele, mas não consegui fazer nada além de me apoiar pesadamente contra a mesa.
— Claro, eu pego, é só que vocês disseram que iam pegar mais — murmurou Max enquanto ia buscar as águas.
Cora se aproximou e colocou uma mão no meu ombro e a outra no de Josie.
— Não é incrível? — Ela sorriu, examinando a sala lotada. — Vou dar um grande abraço em Robbie depois disso.
Meu estômago se embrulhou só de ouvir o nome dele. Então Cora sorriu de novo e disse:
— Gosto muito desse garoto.
Sim, eu também, pensei. *Esse é o problema.*

Vinte e cinco

Mesmo de mau humor, tive que admitir que o show foi incrível. Assim que as luzes diminuíram e a música aumentou, pude sentir a expectativa da multidão enquanto esperava os meninos aparecerem. Isso mudou a forma como me sentia em relação a esse espaço, com o qual eu estava tão familiarizada. Não era mais um lugar onde crianças brincavam ou onde organizávamos nossas noites anuais de filmes de Halloween. Parecia que correntes elétricas estavam viajando pelo ar. E, finalmente, as luzes aumentaram quando os meninos entraram no palco. O barulho da multidão atingiu níveis de decibéis que eu não sabia que eram possíveis. Os gritos ecoaram em meus ouvidos quando a primeira nota tocou, e os meninos começaram a cantar sua faixa-título mais recente.

Eu nunca tinha ido a um show de K-pop, mas já tinha visto apresentações em programas de música coreana. Era uma sensação diferente dos shows de pop ocidentais. Os fãs ficavam muito envolvidos com as apresentações. Quando a música ganhou vida, eles fizeram o mesmo aqui. A melodia de introdução tocou alto, e *lightsticks* balançavam no ritmo da batida. Os *lightsticks* do WDB tinham o formato de estrelas e piscavam em cinco cores diferentes. Então os fãs começaram a entoar: *Lee Jong-dae! Moon Min-seok! Xiao De-jun! Do Jae-hyung! Choi Ji-seok! Sa-rang-hae-yo Won-deo-byul!*

Isso aumentou ainda mais a adrenalina, dando vida a todo o espaço. Eu me juntei involuntariamente ao coro quando ele se repetiu.

Os MVs do WDB eram épicos. Seus vídeos de ensaio de dança eram precisos. Mas, ainda assim, eu não estava preparada para o espetáculo que veio da combinação das luzes, da batida e da música ao vivo. O poder que eles emanavam quando se apresentavam era viciante. Como se não estivessem apenas cantando, mas injetando sua energia em toda a multidão. Não era de se admirar que tivessem se tornado uma sensação em todo o mundo. E parte de mim se sentiu orgulhosa enquanto eu observava Robbie. Orgulhosa de ele ter se tornado esse artista carismático do qual as pessoas não conseguiam tirar os olhos. Do qual *eu* não conseguia tirar os olhos.

Depois que a música acabou, Robbie e os meninos se sentaram em banquinhos para conversar com a multidão.

— Como estão todos hoje? — gritou Minseok, e a multidão explodiu em aplausos. — Ficamos muito felizes em estar aqui. Shows como esse nos lembram das nossas raízes. Quando estreamos, tocávamos onde quer que as pessoas deixassem. Éramos um grupo totalmente novo de uma empresa totalmente nova. Posso arrumar problemas por dizer isso, mas não tínhamos ideia do que estávamos fazendo.

— Ainda não temos — acrescentou Robbie com um sorriso tímido, e a multidão caiu na risada.

— Fale por você — disse Minseok com um sorriso malicioso. Mais risadas.

Uau, eles eram bons.

— Tivemos sorte de os programas musicais terem acabado nos dando uma chance. De termos conseguido tocar nossa música na rádio. Mas, quando estávamos estreando, nossas apresentações favoritas eram onde podíamos fazer shows surpresa, em Myeongdong ou Dongdaemun. Amávamos esses shows porque eles nos ajudavam a conhecer o coração do grupo: nossas Constellations!

Mais aplausos, e até eu tive que admitir que foi muito fofo. E pensar que esses cinco meninos começaram praticamente do nada, sem saber se teriam sucesso. Mas agora eles eram a maior banda de K-pop do mundo. Não tiveram uma gravadora famosa para apoiá-los. Realmente conquistaram tudo através do próprio trabalho duro.

— Também nunca queremos esquecer nossas origens humildes — disse Robbie. — Sempre tivemos sorte de ter um teto sobre nossas cabeças e comida em nossos pratos, mesmo que fosse apenas *ramyun*.

— Quer dizer, eu ainda prefiro *ramyun* — interveio Jun.

— Sério, *Hyung*? O que você escolheria, bife *hanu* ou *shin ramyun*?

— Isso é uma pegadinha! — disse Minseok. — Você sempre escolhe os dois!

Até eu ri disso.

— Bem, gostaríamos de reconhecer que temos muito pelo que agradecer e procuramos uma forma de retribuir — disse Robbie. — Muitos de vocês sabem que passei parte da infância nesta região.

Aplausos e gritos irromperam da multidão.

— Bem, este lugar é muito importante para esta comunidade. Mas, agora, ele acabou perdendo parte do financiamento. Então, vocês podem fazer duas coisas por nós. Podem doar para a arrecadação de fundos e, se morarem aqui, podem ligar para os representantes locais, pedindo que votem pelo financiamento do Centro Comunitário de West Pinebrook! Vocês podem fazer isso por nós, Constellations?

A multidão aplaudiu tão alto que o eco perdurou muito tempo após as palmas cessarem. Era mais do que eu poderia ter imaginado. Não queria admitir isso para ninguém, mas a ansiedade que acompanhava o pensamento de não conseguir salvar o centro comunitário estava me corroendo por dentro nas últimas duas semanas. Eu odiava admitir que até mesmo meu planejamento cuidadoso não seria suficiente para causar uma mudança por si só. Mas, agora, eu tinha esperança de que esse sonho fosse possível. E sabia que devia essa esperança renovada a Robbie.

— Também quero mandar um "alô" para alguém. Ela era minha melhor amiga quando eu morava aqui e foi quem me apresentou a este centro comunitário. Vocês podem reconhecê-la de um certo vídeo. — Robbie fez uma careta cômica e passou a mão pela garganta como se estivesse sendo assassinado. Risos e conversas surgiram na multidão, e algumas das meninas da minha escola se viraram para olhar para mim. Resisti à vontade de me esconder atrás de Cora. — Quero que todos vocês peguem leve com ela. A culpa foi minha por surpreendê-la. Minha Elena não é do tipo que gosta de muita atenção, mas eu não teria sobrevivido a muitas coisas sem ela ao meu lado. Então, vamos todos apoiar Elena e o centro comunitário!

Mais aplausos irromperam, e eu não percebi que minhas lágrimas haviam transbordado até Cora estender um lenço para mim.

— Ele é um garoto especial — comentou Tia, envolvendo-me nos braços. — Acho que, definitivamente, é do tipo para casar.

Tia não fazia ideia de como suas palavras fizeram meu estômago se embrulhar.

— Ele é um bom amigo.

— Só amigo? — perguntou ela, dirigindo-me um olhar questionador.

Olhei para Robbie enquanto Minseok tentava forçá-lo a fazer *aegyo*, uma forma exagerada de agir como criança, que era, de algum jeito, comum entre os *idols*. Robbie tentou desviar do pedido, mas, no final, foi impelido a cantar alguma música infantil exagerada para receber os aplausos da multidão. Ele parecia tão ridículo, mas, ao mesmo tempo, deu a entender que estava se divertindo. Robbie olhou para mim, seu olhar encontrou o meu, e ele me dirigiu um sorriso envergonhado. Eu praticamente podia ouvir a voz dele na minha cabeça: *Está vendo o que eu sou obrigado a aguentar?* Por que tinha que ser tão charmoso e bobão ao mesmo tempo? Era uma combinação injusta.

Então, Robbie falou no microfone novamente.

— Agora temos uma surpresa especial para todos! Deixem-me apresentar a incrivelmente talentosa e adorável Sooyeon!

A multidão começou a gritar de surpresa e entusiasmo, e meu coração ficou pesado como uma pedra.

Sooyeon subiu no palco, e Robbie a envolveu em um grande abraço.

Pois é, ele ainda fazia parte de um mundo completamente diferente do meu. Eu não deveria me permitir esquecer disso porque só me machucaria mais quando ele voltasse para aquela realidade.

Vinte e seis

Tentei me acalmar enquanto caminhava para as salas dos fundos após o show. Só queria agradecer a Robbie por ter feito isso. E, se Sooyeon estivesse lá, eu seria gentil e educada. Afinal, fui bem treinada para mostrar falsa educação toda vez que meus pais recebiam amigos ou quando eu e Ethan éramos arrastados pela nossa *halmoni* para a igreja coreana. Não era tão difícil. Porém, a maioria dos amigos de igreja de *Halmoni* não falavam inglês.

Quando entrei na sala dos fundos, os meninos deviam estar rindo de alguma coisa que Josie disse, porque ela estava no meio de seu pequeno círculo. Max estava mal-humorado no canto, apertando as chaves do carro em uma mão.

Ele me dirigiu um olhar triste de cachorro abandonado.

— Preciso ir. Meus pais conseguiram ingressos para a filarmônica hoje à noite, e vou ficar de babá. Pensei que talvez vocês precisassem de uma carona... — Ele interrompeu sua fala, olhando ansiosamente para Josie outra vez.

— A gente veio com a Josie, então acho que não precisa.

Ele suspirou, e seus ombros caíram com resignação. E o olhar oprimido em seu rosto era uma boa representação de como eu estava me sentindo quando vi Robbie sentado com Sooyeon no sofá gasto. Dei um tapinha no ombro de Max em solidariedade:

— Te vejo segunda na escola.

Ao sair da sala, ele quase atingiu Tia com a porta, murmurou um pedido de desculpas e escapou apressadamente.

— O Max tá bem? — perguntou Tia, juntando-se a mim.

— Sim, só um pouco triste. — Apontei para Josie com a cabeça, que agarrou o ombro de Minseok, rindo tanto que fez um barulho de ronco.

Tia também riu:

— Acho que ele não precisa se preocupar. No final das contas, são os caras firmes e resilientes que tendem a conquistas as garotas.

Eu esperava que ela estivesse certa. Josie nunca pareceu ser alguém impressionável, mas parecia muito envolvida agora.

— El! — chamou Josie, notando minha presença. — Os garotos nos convidaram para jantar. Podemos ir? — Ela me perguntou como uma criança pedindo à mãe para ficar até mais tarde na casa de uma amiga.

— Ah, estava pensando em ajudar mais um pouco na limpeza daqui.

— Não, vai se divertir com seus amigos — disse Tia. — Você já fez o suficiente por hoje. Podemos cuidar do resto da limpeza.

Tentei não deixar meus olhos se desviarem para avaliar a reação de Robbie no sofá. Ele queria que eu fosse? Não gostaria de passar um tempo sozinho com a namorada?

— Vai — insistiu Tia, empurrando-me de leve na direção de Josie.

— Vamos ficar bem.

— Tudo bem — concordei, por fim, e Josie ergueu o punho em triunfo.

— Vamos ter uma conversa na próxima vez que você estiver aqui, certo? — disse Tia. Ela pareceu bem séria.

— Algum problema?

Tia sorriu e balançou a cabeça.

— Não, só quero colocar o papo em dia. Não temos tido tempo ultimamente.

Mesmo que Josie parecesse muito interessada em andar na van de *idol* com os meninos, eu insisti que fôssemos no carro dela. Dessa forma, poderíamos ir embora do restaurante mais cedo, se nos sentíssemos incomodadas ou estranhas.

Saímos do centro comunitário, e eu dei um pulo quando gritos começaram de repente. A princípio, pensei que tivesse acontecido algum tipo de acidente. Então, olhei para a multidão de, pelo menos, uma dúzia de fãs que correram para a frente e só pararam quando a equipe avançou calmamente com os braços estendidos, como uma barreira humana. Eles não pareciam nem um pouco surpresos. E nem os meninos, encaminhando-se para a barricada humana. Os fãs entregavam álbuns, revistas e *photo cards*. Cada um autografou o máximo de coisas que conseguiu. Uma garota passou metade de seu corpo por Hanbin e estendeu seu celular, que JD pegou graciosamente, inclinando-se um pouco para tirar uma selfie com ela.

Observei Robbie rir com um de seus fãs enquanto autografava uma capa de álbum, uma capa de revista e o braço de uma garota rapidamente.

Desse jeito, ele parecia tão inacessível. Como se houvesse uma barreira entre ele e os empresários que mantinham os fãs afastados. Nunca me senti tão distante de Robbie quanto neste momento. Nem mesmo quando estava a milhares de quilômetros de distância. Nem quando estava do outro lado de uma tela de televisão. Agora, a apenas alguns metros de distância, sorrindo para uma foto com uma fã que chorava, ele parecia mais afastado de mim e da minha vida do que nunca.

Fiquei em silêncio durante os primeiros dez minutos de viagem. Josie ou não percebeu, ou estava tentando corajosamente preencher o silêncio falando a mil por hora sobre todas as histórias e piadas que Minseok e Jaehyung haviam lhe contado. Eu soltava alguns barulhos de concordância em intervalos regulares, mas não estava ouvindo. Ir jantar com Robbie e seu grupo estava começando a parecer um grande erro. Quanto mais tempo eu passava com ele, mais me apaixonava. Não seria mais inteligente cortar isso agora antes que fosse longe demais? Quase disse a Josie para dar meia-volta uma dúzia de vezes.

Só quando entramos em uma rodovia que voltei para a realidade.

— Calma aí, aonde estamos indo?

Josie deu de ombros.

— Só estou seguindo o GPS até o endereço que eles nos deram.

Finalmente percebi a localização do restaurante.

— A gente vai entrar na cidade?

Não sei por que eu estava imaginando um jantar tranquilo no restaurante local, como costumávamos fazer depois dos shows da nossa banda do ensino médio. Mas é claro que um grupo como o WDB não iria a um restaurante suburbano qualquer.

Não acabamos em um restaurante, mas em um pequeno hotel boutique elegante. O saguão tinha um pé-direito alto com colunas de mármore. Estava silencioso como um museu. O tipo de silêncio que cheirava a dinheiro. A clientela desse lugar definitivamente esperava um certo nível de serviço que nunca encontraria em hotéis comuns de franquia.

Nossos passos ecoavam alto enquanto caminhávamos em direção ao elevador.

— Com licença? — A voz parecia pretensiosa, beirando o sotaque britânico, mas sem alcançá-lo totalmente. O homem usava um elegante terno preto com gravata de cetim da mesma cor. Seu crachá dizia apenas "Gerente". O balcão de check-in estava entre nós e ele, mas eu ainda sentia vontade de me afastar do homem.

— É com a gente? — perguntei, olhando ao redor.

— Sim, vocês são membros?

— Do hotel?
— Sim, apenas membros ou hóspedes do hotel podem subir.
— Somos convidadas do WDB — disse Josie, sua voz refletindo o tom pretensioso. — Por que você não liga para o quarto 1603 e avisa que Elena e Josie estão aqui?
— Quarto 1603? — perguntou, obviamente surpreso. Eu me perguntei se era algum tipo de suíte VVIP.

Mas, antes que o homem pudesse pegar o telefone, Hanbin apareceu no saguão.
— Meninas, que bom que chegaram. Posso subir com vocês.

Dei um último aceno de cabeça ao gerente, que ainda estava me observando como se eu tivesse espalhado impressões digitais sujas por toda parte.

Hanbin nos levou para o último andar. Precisou passar seu cartão-chave para ter acesso a ele. Chique.

O melhor hotel em que eu já tinha ficado era um que tinha café da manhã continental complementar. E os muffins estavam velhos.

Emergimos em uma área de jantar na cobertura cercada por janelas do chão ao teto, que exibiam as vistas panorâmicas do lago, a leste, e da cidade, a oeste. Embora houvesse duas dúzias de mesas, o espaço estava vazio, exceto pelos garotos e alguns de seus funcionários.

— O restaurante tá fechado? — perguntei.
Hanbin riu:
— Fechado ao público.
Josie se inclinou e sussurrou:
— Elena, este é um restaurante com estrela Michelin. O chef é, tipo, famoso. Meus pais estão morrendo de vontade de comer aqui. A lista de espera é de dois anos!

Meus olhos se arregalaram enquanto eu olhava para o espaço ao redor. Devia haver pelo menos meia dúzia de garçons, todos alinhados ao longo da parede como se estivessem a postos para o menor sinal de que alguém gostaria de ser servido. A mesa central era redonda, grande o suficiente para acomodar dez pessoas. Mas apenas o grupo e Sooyeon estavam sentados lá, os empresários e outros funcionários tendo optado por se sentar nas mesas menores ao redor, como se fossem planetas na órbita do WDB.

Mas também não somos? Pensei. Quando você está perto de pessoas tão brilhantes quanto as do WDB, não consegue deixar de se concentrar nelas.

— Josie! Elena! Vocês vieram. — Minseok acenou para nós com um sorriso brilhante.

Os garotos estavam todos agrupados em um lado da mesa, Sooyeon no centro, entre Robbie e Jongdae. Josie rapidamente sentou-se ao lado de Minseok, o que me deixou no lugar mais distante de todos. Logo em frente a Robbie e Sooyeon.

— Valeu pelo convite — agradeci educadamente, tentando não ficar encarando Robbie.

— Claro! A gente fica sempre tão empolgado depois de um show. Tínhamos que fazer alguma coisa ou provavelmente íamos explodir — explicou Minseok.

— Bem, sou grata de verdade pelo que vocês fizeram hoje. Significa muito para todos no centro comunitário. — Eu não sabia mais o que dizer. Odiava ser o centro das atenções; isso me deixava inquieta. Olhei para Josie, que percebeu meu estranho sinal silencioso.

Ela se voltou para a mesa:

— Então, o que vocês costumam fazer depois de um show?

— Comemos, muito — respondeu Jaehyung.

Olhei em volta, para a decoração chique do restaurante. Parecia um daqueles lugares que serviam porções minúsculas e caras. Quanto eles realmente comeriam aqui?

— Geralmente vamos a algum lugar que consiga lidar com o enorme apetite do Jaehyung — explicou Minseok, como se estivesse lendo minha mente. — Mas o chef daqui nos convidou.

— Ele convidou vocês? — Arqueei minhas sobrancelhas. Não era à toa que fecharam todo o lugar, já que estavam aqui a convite pessoal do chef.

Eu estava dando um gole na minha água lentamente quando o assento ao meu lado se moveu, e Sooyeon se sentou nele. Quase me engasguei com a surpresa, mas consegui engolir.

— Olá — disse Sooyeon com suavidade. Uau, até a voz dela era bonita.

— É. Quer dizer, olá — falei, encolhendo-me por dentro com minha falta de jeito. Ela era ainda mais bonita de perto.

— Eu me sinto tão mal por não termos tido a chance de conversar. Não queria ser tão mal-educada. Fico nervosa antes de shows em lugares novos. — Ela estava mesmo se desculpando comigo, quando eu que a evitara o dia inteiro? Tentei analisar seu rosto para ver se conseguia captar algum sinal de enganação, mas Sooyeon realmente parecia estar sendo sincera. Realmente merecia o título de "xodó da nação".

— Ah, não. Tudo bem. Estávamos todos muito ocupados. — Peguei minha água outra vez, agitando-a nervosamente até tirar toda a condensação das bordas. — A propósito, obrigada pela apresentação de hoje.

— Claro. Quando Robbie me contou sobre isso, achei uma causa incrível. Ficarei feliz em postar sobre o centro comunitário diretamente em minhas SNS também. Basta pedir para Robbie me enviar o link da arrecadação de fundos.

Droga, por que ela tinha que ser tão legal? Por que não poderia ser condescendente ou arrogante?

— Seria incrível — falei, aceitando que eu estava fadada a gostar dessa garota, mesmo que ela tivesse roubado o coração de Robbie.

Fazia sentido. Sooyeon não apenas se encaixava no mundo brilhante em que Robbie vivia; ela era a princesa dele. Muito mais adequada para estar com ele do que alguém que tinha dois pés esquerdos, um estilo de moda questionável com roupas de segunda mão e não conseguia falar em público sem ficar vermelha como um tomate.

— Você fez um ótimo trabalho na organização — disse Sooyeon com um sorriso gentil.

Eu me encolhi, desconfortável com elogios:

— A água acabou bem rápido. E a gente deveria ter feito um sistema melhor para informar às pessoas qual era o site da arrecadação de fundos.

— Você continua uma baita perfeccionista — disse Robbie, puxando a cadeira ao lado de Sooyeon. — Achei que você ia superar isso.

— Querer antecipar as coisas não é perfeccionismo.

Robbie riu.

— Quando você quer antecipar cada coisinha como se realmente tivesse poderes psíquicos, é.

Franzi a testa para isso. Eu não estava com humor para ter meus defeitos expostos na frente da namorada perfeita de Robbie.

— Você tá precisando de alguma coisa? — perguntei, olhando intencionalmente para sua antiga cadeira vazia.

— Só queria ter certeza de que vocês duas não tavam falando de mim.

Balancei a cabeça:

— Nem tudo é sobre você, Robbie.

— Mas a maioria das coisas é. — Ele deu aquele sorriso arrogante de *idol*, e eu queria ficar irritada, mas vi o brilho travesso em seu olhar e ouvi o tom de autodepreciação em sua voz. Agora que eu tinha me acostumado de novo com a cadência dela, era mais fácil de perceber.

Pena que essa familiaridade também me fazia pensar que éramos mais próximos do que realmente éramos.

Decidi que era mais seguro ignorá-lo e focar Sooyeon:

— Então, é a sua primeira vez em Chicago?

— Sim, eu estava muito animada para ver onde ele cresceu nos Estados Unidos. — Sooyeon sorriu largamente para Robbie.

— Você sabe que nunca cresci — disse Robbie, sorrindo em resposta.

Sooyeon riu, e juro que a risada dela era como música.

— Sim, eu sei. Lembra quando você me enterrou durante aquele episódio de *Running Man*, e Yoo Jae-suk me chamou de Ip-Sooyeon? Esse apelido durou o ano inteiro. Não fique achando que eu esqueci. — Ela deu um soquinho em Robbie.

Ele agarrou o próprio braço como se ela o tivesse machucado fatalmente, e senti uma pontada no peito. Eu sabia que Robbie havia construído uma vida completa depois que fora embora, mas acho que pensei que ela fosse cheia de salas de ensaio e shows. Eu tinha esquecido completamente o fato de que ele era um *idol* bonitão que andava com outras celebridades lindas.

— O que significa? — perguntei, sentindo como se estivesse sendo deixada de fora de uma piada.

— Ah, *ip-soo-hada* significa "entrar na água". Ele só estava fazendo um trocadilho. — Robbie e Sooyeon riram, e eu sabia que estavam rindo da piada, mas, estranhamente, parecia que estavam rindo de mim.

Uma fila de garçons saiu da cozinha, cada um carregando um prato. Eles circularam a mesa antes de colocar os pratos na nossa frente, como uma dança ensaiada. Um homem apareceu, vestindo uma roupa de chef. Fiquei surpresa ao ver que era coreano. Ele falou com um leve sotaque sulista e explicou sua filosofia de misturar os sabores da Coreia com outras cozinhas e disse que esperava que apreciássemos o menu degustação que tinha preparado para a noite.

O prato à minha frente parecia com *tteokbokki*, por causa de seus longos túbulos de arroz, mas o molho era leve e cremoso em vez do vermelho picante com que eu estava acostumada. Aparentemente, ele tinha misturado *tteok* com um molho de queijo e trufas. A comida derreteu em minha boca assim que a provei; fechei os olhos e senti como se tivesse ido para o céu.

Devorei o prato inteiro e estava me perguntando se seria rude lambê-lo quando notei que Sooyeon não havia tocado no dela.

— Tá tudo bem? — perguntei a ela.

— Ah, sim. Eu só não posso comer carboidratos ou laticínios — disse Sooyeon.
— *Nunca?* —perguntei, chocada. Certo, talvez ser Sooyeon não fosse tão bom assim. Eu morreria sem pizza e rosquinhas.
— Na maioria das vezes. Mas definitivamente não quando estou promovendo. — Ela suspirou. — Tudo bem. Vou tomar só uma água saborizada.
— E quando sentir que vai desmaiar, coma um pedacinho de queijo — murmurei.
— *O Diabo Veste Prada!* — disse ela com um sorriso.
Uau, agora *eu* queria namorar Sooyeon.
Recebemos mais sete pratos, cada um mais incrível que o outro. Uma fusão de *galbi-jjim*, ou seja, costelas refogadas. *Bibimbap* feito com *poutine* em vez de arroz. *Kimchi* feito com coisas que eu nunca imaginaria, como couve e couve-de-bruxelas; um foi até feito com maçã. *Kimbap*, ou seja, rolinhos de algas, feitos com ovo em vez de arroz. (Este Sooyeon podia comer, embora ela ainda os pegasse com bastante cautela.)
Quando o jantar terminou, recostei-me na cadeira, perguntando-me se seria falta de educação desabotoar a calça. Observei maravilhada enquanto Jaehyung devorava mais porções. Ele se ofereceu para comer os restos de Sooyeon e estava se empanturrando com uma segunda porção de *galbi-jjim*.
— Ele é um buraco negro. — Eu me peguei dizendo.
— Isso não é nada. Fui a um buffet livre com ele uma vez e pensei que o gerente fosse ter um aneurisma com o quanto ele comia — contou Sooyeon com uma risada.
— Bem, estou cheia — anunciou Josie, jogando o guardanapo sobre a mesa. — Qual é a próxima?
— Acho que deveríamos ir — comecei a dizer, mas Minseok me interrompeu.
— Agora, para o *after* do *after* na nossa casa!
Meus olhos se desviaram para Robbie, que estava bebendo o resto de sua Coca Zero.
— Vocês não precisam se sentir na obrigação de convidar a gente — informei lentamente, esperando para ver se ele diria alguma coisa.
Eu não me sentia tão insegura com alguém desde que tive um crush irracional em Luca Mendoza, há três anos. Ele era um veterano do time de lacrosse, e seus olhos eram de um tom estranho de cinza, como os de um lobisomem (não tão no estilo assassino durante a lua cheia). Fiquei na escola depois do horário por duas semanas para encontrar Ethan, só

para poder assistir Luca correr pelo campo de lacrosse. Mas acho que ele nunca soube meu nome.

— Não se deve ir embora com o estômago cheio. É preciso esperar pelo menos trinta minutos — insistiu Minseok.

Franzi a testa:

— Isso é antes de nadar.

— É nisso que eles querem que você acredite. — Minseok me ofereceu sua mão como um pretendente charmoso em um baile de debutantes.

Eu ri, mas peguei a mão dele.

— Tudo bem, vamos ficar mais trinta minutos.

Minseok puxou a cadeira de Josie com todo o drama de um ator de época e nos ofereceu os dois braços, então não tivemos escolha a não ser pegá-los. Ele nos conduziu pelo corredor até o que parecia ser um elevador particular que funcionava através de um cartão-chave. A decoração era feita de mármore e ouro, tão brilhante que eu conseguia ver meu reflexo nas paredes. Apenas metade de nós cabia lá dentro, então Robbie, Sooyeon e Jongdae tiveram que ficar para trás. Meus olhos se demoraram em Robbie enquanto as portas se fechavam, mas ele já havia se virado para Sooyeon e estava murmurando algo no ouvido dela. Ouvi a risada dela quando as portas se fecharam.

Quando o elevador se abriu outra vez, eu estava esperando ver um corredor e fiquei boquiaberta quando a porta deu diretamente para uma suíte de hotel. Outro sinal de que este não era o tipo de lugar em que eu me hospedaria. Era como entrar em um apartamento de luxo, não em um hotel. Não havia sequer uma cama à vista. Apenas uma grande sala de estar com móveis brancos e elegantes. Uma pequena cozinha com balcões de mármore. E um bar de verdade, com garrafas de licor de tamanho normal e copos de cristal.

Josie se jogou no sofá ao lado de Jaehyung, que já havia pegado um recipiente cheio de nozes e estava mastigando alegremente como se não tivesse acabado de devorar dois jantares gourmet.

O elevador chegou novamente, deixando Robbie e os outros no quarto. Tentei não deixar transparecer que estava esperando por ele e peguei um vaso de cristal como se o tivesse estudando. Virando-o, percebi que era um Swarvoski e o coloquei de volta imediatamente, certificando-me de que ele estava firme antes de soltá-lo com cuidado.

— Ei! Vamos jogar mímica! — gritou Josie.

— Por quê? — perguntei.

— Porque não precisamos falar para jogar — respondeu Josie com uma piscadela para Jun e Jaehyung.

— Sua amiga é engraçada — disse Minseok. — Mas ela fala rápido demais para os meninos entenderem.

Eu ri, grata pelas travessuras de Josie para me distrair dos meus nervos.

— Tudo bem, tô dentro.

— Eu também — disse Sooyeon, entrelaçando seu braço no meu. — Fica no meu time, Elena.

Não pude deixar de aceitar que Sooyeon era legal demais para que eu mantivesse minhas barreiras erguidas, então concordei:

— Claro, por que não? Mas fique sabendo que sou muito competitiva.

🐸·✦

Se você tivesse me dito há duas semanas que eu estaria brincando e jogando com um grupo de estrelas pop internacionais, eu teria respondido que você tinha batido a cabeça. Mas, relaxando em sua suíte de hotel e rindo das travessuras uns dos outros, eles não eram tão intimidadores.

Quer dizer, ainda eram lindos, mas também reais. Jaehyung era tímido e doce. Eu gostava de como sempre sorria para mim de forma tranquilizadora. Como se duas almas introvertidas pudessem se reconhecer. Jun era realmente engraçado. Estava sempre dizendo coisas improvisadas que faziam os outros rirem.

Até Jongdae não conseguia resistir e sorria com as tentativas de Josie de encenar títulos de filmes. E ele tinha se levantado para encher o copo de Sooyeon sem dizer uma palavra. Eu me perguntei se Jongdae estava sendo tão legal por causa do relacionamento amoroso dela com Robbie.

— Muito bem, e agora? — perguntou Minseok, esfregando uma mão na outra. — Mais uma rodada?

— Não, se eu tiver que ver o Jun imitar mais uma cena de beijo com as próprias mãos, vou arrancar meus olhos — anunciou Jongdae.

— Você é um estraga-prazeres — disse Minseok.

Robbie riu ao meu lado. Enquanto cada um de nós ia se levantando durante o jogo, nossos assentos foram sendo reorganizados, e acabei ao lado dele no sofá.

Ele segurava um violão que antes estava encostado contra o sofá e o afinava lentamente.

— Toca alguma coisa, Robbie — pediu Josie.

— Sim, toca aquela canção de amor ridícula que você costumava cantar quando a gente era *trainees* — brincou Minseok.

— Que canção de amor? — perguntei.

— Nenhuma. — Robbie encarou Minseok. — Eu nem sei do que ele tá falando.
— Você não lembra? — perguntou Minseok, incrédulo. — Ai, meu Deus. Ela ficou *incrustada* no meu cérebro de tanto que você tocou.
— De quem é? — questionei.
— Não sei — disse Minseok. — Mas ficou grudada na minha cabeça porque o Robbie tocava toda hora. — Ele cantarolou um pouco e, para meu espanto, reconheci a melodia da música que escrevi com Robbie quando éramos crianças.
— É nossa música — virei-me para Robbie, surpresa. — Você continuou trabalhando nela?

Robbie encolheu os ombros:
— Não, ela só não saía da minha cabeça, então eu tocava às vezes.

Fiquei estranhamente satisfeita com a ideia de que, mesmo quando Robbie estava no caminho de se tornar uma grande estrela, guardava algo de seu tempo comigo.

— Por que você não toca?
— Qual é. — Robbie riu. — É só uma melodia básica. Não é nem uma música.

Senti minhas bochechas corarem de vergonha pela rejeição dele. O prazer que eu tinha sentido ao ouvir que ele lembrava da música desapareceu.

— Toca aquela que você coescreveu na primavera passada — disse Sooyeon.
— Pode ser. — Robbie deu de ombros.

Tentei não ficar amargurada por ele estar tão disposto a atender o pedido dela e não o meu.

Ele começou a dedilhar, e uma melodia lenta e doce se fez ouvir. E, mesmo antes de ele começar a cantar, eu sabia que era uma música sobre perda. Sua voz era baixa e cadenciada, tão diferente de como soava no palco.

— É sobre o quê? — Ouvi Josie perguntar.

E os olhos de Robbie se voltaram para Josie enquanto ele fazia uma transição perfeita para a letra em inglês.

Ele cantou sobre um garoto que saiu em busca de seu primeiro amor. Mas ela se foi, e ele não conseguiu encontrá-la novamente. Então, vagou pela costa. O sal do mar misturou-se com suas lágrimas, criando linhas em seu rosto que se transformaram nas rugas do tempo e da idade. E ele nunca a esqueceu.

— A música deveria ser em inglês? — perguntei a Minseok.

Ele riu.

— Não, o Robbie tá só se exibindo. Estava traduzindo a letra na hora? Como! Era tão bonita.

Ele voltou para coreano no próximo refrão, e Sooyeon se juntou a ele. Suas vozes se misturaram bem. Era uma música mais melancólica do que as que ela costumava cantar, mas, de alguma forma, combinava com sua voz. Realçava bem seu tom rouco.

Os olhos de Robbie se voltaram para mim enquanto ele cantava os últimos versos, pronunciando-os lentamente. E, mesmo que estivessem em coreano, eu conseguia entender o significado. *Eu vou esperar por ela. Ela nunca virá. Mas vou esperar por ela noite adentro.*

Quando ele tocou a última nota, todos aplaudiram.

— De onde é? — perguntei.

— Fez parte da trilha sonora original de um drama — disse Robbie.

— Foi lindo — falou Josie, enxugando suas bochechas úmidas.

E percebi que também estava chorando. Era por isso que Robbie estava olhando para mim com tanta atenção? Eu estava fazendo papel de idiota na frente dele de novo?

— Muito bem, vamos melhorar o clima. Toca algo mais animado! — exigiu Minseok.

Robbie pensou por um momento; então, os acordes iniciais da música de estreia deles soaram.

— Aaah! — Minseok pulou com Jaehyung. Eles começaram a cantar juntos.

Meu pulso estava acelerado como se eu tivesse acabado de correr uma maratona. E fiquei preocupada que meu rosto estivesse uma bagunça por causa do choro. Então me espremi para fora do meu lugar no sofá e fui procurar um banheiro.

A suíte era enorme, com três quartos separados. Dois deles eram conectados por um banheiro compartilhado, e me tranquei lá dentro.

Olhei para o meu rosto no espelho. Não estava tão ruim quanto tinha pensado, mas joguei um pouco de água nele. Eu não conseguia parar de pensar em como Robbie olhou para mim enquanto cantava aquela música. Como se ele estivesse tentando me dizer algo. Mas o quê? E por que meu coração ainda batia tão rápido? Pressionei uma mão sobre meu peito, como se, assim, pudesse desacelerar meu pulso.

Esse crush que eu estava desenvolvendo por Robbie tinha que parar. Eu conseguia prever exatamente como isso terminaria, e definitivamente seria em desastre. Tentei me lembrar de todas as coisas ruins que ele já tinha feito comigo desde que voltou.

Ele me envergonhou na frente da escola inteira. *Mas se desculpou por isso,* pensei.

Os paparazzi na frente do centro. *Um mal-entendido.* Fazer com que eu sentisse falta dele mais uma vez. Pronto. Não havia desculpa fácil para isso.

Quando abri a porta do banheiro, Sooyeon estava lá, e dei um pulo para trás, surpresa.

— Você tá bem? — perguntou com uma risada.

— Só um pouquinho assustada — admiti.

— Sim, fico sempre com a adrenalina alta depois de um show. — Ela sorriu, e seu sorriso iluminou seu rosto. Como se isso fosse a razão de tudo, essa sensação radiante depois de uma apresentação.

— Você foi incrível hoje. Adorei sua música.

— Obrigada — disse Sooyeon. — Com certeza é uma das favoritas dos fãs.

— É muito alegre e divertida.

— Essa sou eu. A alegre e divertida Sooyeon. — Ela sorriu, mas o sorriso não alcançou seus olhos.

Eu me lembrei de quão maravilhosamente impressionante sua voz tinha soado enquanto ela cantou com Robbie.

— Você consideraria fazer algo diferente um dia?

— Talvez — disse ela. Então se inclinou em minha direção de forma conspiratória. — Posso te contar um segredo?

— Ah — falei, pega de surpresa. — Claro.

— Tenho uma ideia de um rumo diferente para o meu próximo álbum. Algo que misture soul e folk-pop. Venho dando dicas à minha empresa.

— Ah! — Fiquei surpresa que ela estava me confiando essa informação. Mas, quanto mais eu pensava nisso, mais podia ver que combinava com a voz dela. — Que incrível. Acho que funcionaria muito bem para você.

— Sério? — Ela parecia tão feliz, e eu senti um brilho caloroso por ter sido a pessoa que a fez sorrir. Vi porque Robbie gostava dela. Era alguém que fazia você se sentir feliz quando estava feliz.

— Então, há quanto tempo você e o Robbie se conhecem? — perguntei, decidindo que deveria ser uma boa amiga e, pelo menos, tentar ficar feliz por eles.

— Estreei no mesmo ano do WDB, então, quatro anos? — Sooyeon sorriu melancolicamente. Como se fossem boas lembranças para ela. Lembranças de Robbie.

— Dá para ver que vocês são muito próximos. — Será que minha voz soou tensa?

— Sim — respondeu com outro daqueles sorrisos nostálgicos, e, de repente, meu estômago pareceu ter dado um nó.

— Vou lá pegar uma bebida — falei, precisando de um minuto para me recompor. — Você quer uma?

— Claro.

Sem pressa nenhuma, peguei uma Coca para mim e uma água saborizada para ela. *Recomponha-se, Elena*. Sooyeon era ótima. Se ela não fosse uma celebridade super famosa, acho que poderíamos nos tornar amigas íntimas. Bateria mais uns dez minutos de papo furado; então acharia Josie e inventaria alguma desculpa para que pudéssemos ir embora. Eu ficaria bem. Com as bebidas em mãos, voltei para os sofás, mas não vi Sooyeon. Talvez ela tivesse precisado usar o banheiro. Mas, quando fui lá, também estava vazio. As latas estavam começando a congelar meus dedos, então as coloquei no balcão no momento em que vi um movimento no outro quarto e um murmúrio de vozes.

— Sooyeon? — chamei, passando pelo banheiro e abrindo a porta.

Parei imediatamente quando vi Sooyeon e Jongdae em um abraço que, definitivamente, não poderia ser confundido com um gesto de amizade.

Vinte e sete

— *Elena!* — *disse Sooyeon,* chocada, afastando-se de Jongdae.
— Sinto muito — falei e dei meia-volta, escapando para a sala em que estava anteriormente. Jongdae me alcançou, bloqueando meu caminho enquanto eu tentava fugir. Parecia irritado.
— Acho melhor você não contar para ninguém — avisou, os músculos de sua mandíbula se contraindo.
— *Oppa*, para com isso. — Sooyeon nos alcançou e puxou o braço de Jongdae. JD nem piscou, seus olhos ainda me perfurando. Parecia que estavam queimando buracos a laser no meu crânio. Mas, com um puxão forte, Sooyeon conseguiu fazer com que ele se concentrasse nela. — Me deixa falar com a Elena.
Jongdae parecia estar prestes a protestar, mas Sooyeon cruzou os braços e disse com firmeza:
— Sozinha, *Oppa*.
Ele finalmente cedeu e se virou para sair, mas não antes de me olhar ameaçadoramente e dizer:
— Se isso vazar, vou saber que foi você.
Havia uma pequena sala de estar dentro do quarto, com duas poltronas e uma mesinha de centro, que estavam cobertas de cadernos e papéis. Sooyeon se sentou em uma das cadeiras e, não querendo apenas ficar em pé desajeitadamente, peguei os papéis que cobriam a outra e me sentei também.
— Sinto muito por Jongdae-*oppa* — começou ela.
— Ele tava tão bravo comigo.
— Não, não com você. — Sooyeon me assegurou. — Acho que ele tava bravo consigo mesmo. A gente estava sendo imprudente. Somos inteligentes demais para fazer esse tipo de coisa quando temos companhia. É só que eu não via o *Oppa* há semanas por causa da turnê deles.
— Então, vocês dois tão... — Não terminei a frase, sem ter certeza se deveria falar a palavra.

— Eu amo o Jongdae — disse ela baixinho com um pequeno sorriso curvando seus lábios.

— Se você ama, então por que não pode simplesmente anunciar que estão juntos? Isso ia fazer tão mal à sua imagem? — Eu sabia que os fãs, às vezes, ficavam muito intensos sobre o namoro de seus *idols*. Especialmente uma com a imagem de xodó fofa como a que Sooyeon tinha. Isso significaria um flood de mensagens. Uma criação de hashtags de repúdio. Às vezes, os fãs até alugavam grandes caminhões para estacionar do lado de fora da casa ou da empresa de um *idol* com uma mensagem de desaprovação. Mas realmente valia a pena viver se escondendo?

— Não se trata apenas de imagem. Se fosse só isso, eu contaria ao mundo inteiro amanhã — disse ela, sua voz cheia de paixão. — Mas minha empresa não é tão... relaxada quanto a Bright Star.

A Bright Star era considerada relaxada? Quando os meninos tinham funcionários os seguindo 24 horas por dia, 7 dias por semana?

— Eu era muito jovem quando assinei meu contrato. Queria ser cantora mais do que tudo no mundo e não queria estragar minha chance. Então, não pensei muito sobre todas as cláusulas extras. Mas minha empresa exige que seus artistas não namorem por pelo menos quatro anos após o *debut*.

— Isso está mesmo no contrato? — perguntei, chocada. Parecia um pouco demais. Uma empresa poderia mesmo controlar a sua vida pessoal só porque você era uma celebridade?

Ela assentiu.

— Realmente não pensei que eles levariam isso tão a sério quando eu era apenas uma *trainee*. Havia algumas *unnies* na empresa que tinham namorados secretos. Mas a maioria dos relacionamentos terminou logo depois do *debut*. E então, no ano passado, duas das minhas *sunbaes* foram pegas namorando em segredo. A empresa cancelou seus contratos imediatamente. Sem dar segunda chance. Simples assim.

— Que terrível. Não acredito que eles são tão rigorosos.

— É um setor competitivo. Todo mundo tem sua própria ideia do que está disposto a fazer para ter sucesso. — Ela deu de ombros como se não houvesse nada a ser feito sobre o controle totalitário estrito que a empresa tinha sobre suas vidas.

Hesitei por um momento e, então, perguntei lentamente:

— Se eles são tão rigorosos, então por que...

— Por que estou correndo o risco? — perguntou com uma risada autodepreciativa. E eu me senti mal por trazer isso à tona. Ela parecia tão infeliz. — O ano do *debut* foi mais difícil do que eu esperava. Atendia ligações às 4 da manhã. Nunca chegava em casa antes da meia-noite.

Encaixava os ensaios quando dava. Comia quando dava, mas tinha que ter cuidado com o peso o tempo todo. Era como estar em um campo de treinamento. Campo de treinamento de celebridades. — Sooyeon riu, mas não havia nenhuma alegria em sua risada.

Fiquei surpresa com a honestidade dela comigo. Toda vez que Sooyeon dava uma entrevista sobre seu *debut*, sempre afirmava que tinha sido um sonho. O melhor ano de sua vida. Eu já tinha ouvido falar que ser um *idol* novato era difícil, mas sempre presumi que eles nunca falavam sobre isso. Tipo *Clube da Luta*.

— Os garotos estrearam no mesmo ano que eu. Acabamos no mesmo circuito de shows e eventos, sempre nos encontrando no *Music Bank* ou no *Inkigayo*. Era bom ter amigos com quem compartilhar a dor. No começo, Jongdae-*oppa* era apenas meu amigo. Era meu confidente quando eu estava me sentindo mal e vice-versa. Mas então, no ano passado... — A voz dela ficou baixa, uma pequena linha se formando entre suas sobrancelhas. — Minha mãe ficou doente. E, com minha agenda apertada, não pude ir para casa ficar com ela. Tanto Jongdae quanto Robbie perderam um dos pais quando eram mais jovens. Eles entendiam. Nós nos aproximamos bastante. E as coisas entre mim e Jongdae meio que... evoluíram.

Lembrei-me das pontadas de ciúmes que fiquei sentindo o dia todo por causa da proximidade de Sooyeon e Robbie. E agora, ouvindo a história dela, eu me senti uma completa idiota pelo tanto que minhas preocupações pareciam totalmente superficiais. Estava me permitindo ser consumida por paranoias e agi como uma idiota o dia inteiro sem motivo. Por que não tinha simplesmente perguntado?

Eu sabia a resposta para isso. Porque tinha certeza que a resposta seria a mais dolorosa. Frequentemente era assim para mim.

— Não percebi que estava me apaixonando tanto por ele até que já era tarde demais — confessou Sooyeon. — Tentamos negar e ficar longe um do outro. Mas, quanto mais nos aproximamos do final da minha cláusula, mais forte meu amor por Jongdae fica. E eu só preciso estar perto dele. Para me assegurar de que tudo ainda está do mesmo jeito, de que ainda vamos estar juntos quando estivermos livres.

— Se ele te ama, vai esperar por você — apontei.

— Ele esperaria por mim, com certeza. — Sooyeon sorriu, o tipo de sorriso que eu reconhecia, que aparecia sempre que Sarah estava caidinha por algum novo namorado. — Não é culpa do *Oppa* eu não conseguir tirar minhas mãos dele.

Uau, isso definitivamente não estava de acordo com a imagem de xodó fofa.

— Sei que podemos confiar em você, Elena. O Robbie sempre sabe quando alguém é bom caráter, e ele gosta muito de você — disse ela.

Por alguma razão, suas palavras causaram um nó em minha garganta. Comecei a mexer com os papéis ainda em minhas mãos, a empilhá-los ordenadamente.

— Prometo que não vou contar a ninguém — falei. Deveríamos jurar de mindinho? Ou seria muito infantil para a situação?

Fui salva de ter que decidir quando a porta se abriu, e Robbie entrou.

— Elena, você tá bem? O Jongdae tava dizendo...

— Tá tudo bem — disse Sooyeon, levantando-se para pegar as mãos dele e tranquilizá-lo. — Elena tá bem. Eu tô bem. O Jongdae vai se acalmar em breve também.

— Bom, talvez você tenha mais sorte para lidar com ele. Está em um daqueles *humores*. — Robbie anunciou a palavra com um olhar significativo.

Sooyeon suspirou:

— Onde ele tá?

— Na outra suíte — informou Robbie. — Achei melhor que ele gastasse sua energia em algum lugar mais privado.

Com um aceno de cabeça, Sooyeon foi atrás dele.

— Tem certeza que tá bem? — Robbie me perguntou.

— Sim, tô bem — comecei a assegurá-lo, mas Robbie ficou imóvel de repente. Seus olhos estavam fixos nas minhas mãos, que ainda estavam colocando os papéis sobre a mesa. — Ah, desculpa. São seus?

Pela primeira vez, realmente olhei para eles. Eram partituras com notas e letras rabiscadas sobre as notas. Coreano em uma coluna, inglês em outra. E, antes que pudesse evitar, passei os olhos pela primeira página.

— Não percebi que não tinha guardado — disse ele, começando a estender a mão para pegar os papéis. Mas eu o afastei, ainda lendo.

— Isso é bom — falei enquanto virava para a próxima página e lia mais da letra.

Robbie pigarreou.

— Valeu.

— Não, Robbie, isso é tipo muito, muito bom. — Finalmente olhei para ele.

Não era uma canção de amor ou uma música dançante como de praxe no WDB, mas falava sobre a ansiedade e a depressão que poderiam advir de ser um adolescente diante de adultos que exigem que você se defina. Falava da pressão de conseguir alcançar o que se busca. E de ser bom o suficiente para ser escolhido, ou então correr o risco de cair em uma multidão sem rosto. E, caso isso acontecesse, será que seus pais se arrependeriam das esperanças e sonhos que depositaram em você? Como corresponder a essas expectativas? Era como se Robbie tivesse atingido minha alma e desenterrado todas as minhas inseguranças mais profundas. A letra falava tão honestamente sobre ansiedade e estresse. Abaixei os papéis, e ele finalmente pegou a pilha de mim, guardando-os em uma gaveta.

— Robbie, essa música... — Não concluí a frase, não conseguindo encontrar as palavras certas.

— É apenas experimental — disse, com um gesto desdenhoso. — Só estou me divertindo, não é nada sério.

— Nada sério? — falei, tomando as dores da música. — Robbie, você é talentoso pra caramba, sabia? — Eu estava praticamente gritando agora, mas não conseguia me segurar. — Por que não compartilharia isso com o mundo? Tem ideia do que eu daria para ter metade do seu talento e da sua energia?

Robbie pareceu chocado com minha falta de controle. Para ser honesta, eu também estava.

— Elena, eu não quis dizer isso.

— Então, você vai mostrar isso para sua empresa?

Robbie hesitou antes de responder:

— É complicado. Essa música pode ser diferente demais. A empresa não gosta muito que a gente fale sobre assuntos sérios em nossas músicas.

— Isso é ridículo. — Comecei a andar de um lado para o outro, sentindo uma onda de frustração por não conseguir me expressar tão bem quanto Robbie tinha conseguido em apenas algumas estrofes. E ele queria esconder isso em alguma gaveta? — Você é um baita artista, sabia? Essa música obviamente veio de algum lugar muito pessoal. A empresa seria completamente estúpida, se não enxergasse que essa música é incrível. — Tentei pensar em um jeito de convencê-lo. — Josie sabe organizar petições online, aposto que poderíamos começar uma para fazer com que sua empresa permita que você escreva mais músicas como esta.

Robbie riu e me agarrou pelos pulsos, então fui forçada a parar no meio do caminho.

— Você acha mesmo que ela é boa assim?

Fiz uma pausa, percebendo que ele estava sinceramente pedindo minha opinião.

— Sim. — Virei minhas mãos para poder segurar as suas, esperando que ele pudesse enxergar a verdade em minhas palavras. — Quer dizer, não sou compositora profissional nem nada, mas estou te dizendo que essa música é cheia de significado. Você precisa gravá-la.

Ele entrelaçou seus dedos nos meus, segurando firme:

— Significa muito ouvir isso de você.

As mãos de Robbie eram quentes, e, quanto mais ele segurava as minhas, mais consciente disso eu ficava. Minhas palmas estavam começando a suar? Ele percebeu? Pensei em soltar, mas minha imagem, tentando me livrar de suas mãos enquanto ele olhava boquiaberto para meu surto, cruzou minha mente. E tentei compensar ficando tão imóvel quanto possível.

Tentando fingir que não fui afetada pela quantidade de tempo que estávamos passando de mãos dadas, falei:

— Bem, eu fui coautora da sua primeira música. Então, tenho uma perspectiva única dessa situação toda.

— Você tem mesmo. — Ele sorriu, e nós dois estarmos de pé assim, de mãos dadas, pareceu, de alguma forma, muito íntimo.

Eu deveria me afastar? Perguntei-me. *Estávamos de mãos dadas há muito tempo? Isso daria a impressão errada?*

Mas talvez essa fosse exatamente a impressão que eu queria dar. Talvez devesse lhe dizer que não pensava nele apenas como um amigo. Mas... e se não se sentisse do mesmo jeito? Não, era melhor não arriscar. Eu sabia que funcionaríamos como amigos; já funcionamos assim antes. Por essa estrada, eu sabia muito melhor por onde andava.

— Hoje foi divertido — falei sem jeito.

Robbie assentiu:

— Fico feliz por termos passado um tempo juntos depois do show. Quase não te vi no centro.

Sim, porque eu estava evitando você como uma perdedora patética e enlouquecendo por causa de uma garota que, na verdade, é a namorada secreta do seu primo, pensei.

Mas, em voz alta, falei:

— Sim, eu também.

— Talvez a gente possa passar mais tempo juntos enquanto estou na cidade? — perguntou Robbie.

— Talvez — respondi, tentando não deixar meu coração bater forte demais com a expectativa da ideia.

— Será que talvez você gostaria de passar um tempo comigo no baile? — perguntou Robbie, tão hesitante que teria sido fofo, só que a palavra "baile" me atingiu como um balde de água fria na cara.

Agora me afastei, e Robbie me soltou, como se já estivesse esperando por isso.

Uma grande parte de mim queria dizer "sim". Muitos dos meus motivos para não ir ao baile não existiam mais. A arrecadação de fundos do centro estava indo bem. Tecnicamente, agora eu estava no comitê de planejamento do evento. E era Robbie quem estava me convidando. O que eu sempre quis. Então, por que me sentia tão relutante?

— Por que isso é tão importante para você? — perguntei, juntando minhas mãos e torcendo-as com nervosismo. Por alguma razão, parecia que alguma coisa estava faltando aqui. Uma peça do quebra-cabeça que me ajudaria a entender o quadro geral.

— É importante. — Robbie fez uma pausa para pensar. — Porque eu *preciso* ir ao baile com você — finalizou.

Fiquei tão surpresa com a resposta que deixei escapar uma risada curta.

— Você não acredita em mim? — Robbie franziu a testa.

— Claro que não — falei, ainda dando umas risadinhas.

— É a verdade.

— Então é uma verdade que parece mentira. — Dei de ombros.

— Tudo bem, mas você ainda tem que responder a minha pergunta. Você vai ao baile comigo ou não?

Ele estava me observando atentamente, esperando minha resposta.

No final das contas, tínhamos feito uma promessa. E essa promessa fora a única coisa a me fazer rir no dia em que foi feita. Todo o resto tinha sido tão triste, e ela tinha me dado esperanças de que nos veríamos outra vez. Então, eu conseguia entender por que a promessa era importante para ele. Era importante para mim também.

— Tudo bem — falei.

E um sorriso gigante e cheio de dentes se espalhou pelo rosto dele. Seu sorriso de verdade. Aquele que fazia seus olhos se apertarem como se estivéssemos compartilhando um segredo.

— Mas como amigos, certo? — Eu me peguei dizendo, como se tivesse que dizer isso primeiro. Porque se fosse eu quem dissesse, doeria menos.

— Sim — disse Robbie. Seu sorriso pareceu diminuir? Eu estraguei o clima? Bem, agora era tarde demais. "Claro que vamos como amigos.

— Robbie pegou minha mão novamente. — Bons amigos que cumprem suas promessas."

Vinte e oito

Robbie estava sentado em sua cama, folheando a partitura que havia escondido na gaveta. Continuava voltando para a música que Elena tinha lido. As palavras dela ecoavam como uma memória calorosa, e ele se viu sorrindo enquanto lia a letra.

— Ei — disse Jongdae, parado na porta que ligava seu quarto de hotel ao de Robbie. — Você tá bem?

— Sim, por quê? — perguntou Robbie, enfiando a partitura na gaveta da mesa de cabeceira.

— Sinto muito por ter tratado a Elena daquele jeito — disse Jongdae, deitando-se de costas ao pé da cama de Robbie.

— Sooyeon te disse para falar isso?

— Não. Eu realmente sinto muito.

— Então você devia estar dizendo isso para Elena.

— É. — Jongdae passou as mãos pelo rosto como se carregasse o peso do mundo todo sobre os ombros. Às vezes, parecia que carregava mesmo. Robbie não queria estar no lugar dele, que tinha a posição de líder do WDB e o dobro de compromissos comparado ao resto dos garotos. Ele era o rosto do grupo, e sua carga de trabalho deixava isso bem claro.

— A Elena é leal, *Hyung*. Ela nunca contaria a ninguém sobre você e Sooyeon.

— Quer dizer, se você confia nela, então eu também confio — disse Jongdae, sentando-se. — Arruinei sua chance de convidar a Elena para o baile de novo?

— O que te faz pensar que eu a convidaria de novo? — perguntou Robbie, seu estômago dando um nó como se ele tivesse comido algo que não caiu bem.

— Ouvi Hanbin-*hyung* te dizendo que era a chance perfeita depois que arrasamos naquele show para o centro comunitário dela.

173

Robbie odiava como aquilo fazia tudo parecer tão calculista, e sua sensação de enjoo se intensificou. Uma sensação que agora conseguia identificar como culpa.

— Convidei.

Jongdae endireitou sua postura, seu olhar se tornando afiado:

— O que ela disse desta vez?

— Ela disse "sim".

— Ela disse "sim"? — gritou Jongdae, um sorriso se espalhando por seu rosto. — Que ótimo, Robi-*ya*!

— É — disse Robbie, mas isso não parecia mais tão bom assim.

— Qual é! Significa que a primeira etapa está concluída. Agora que ela disse "sim", vamos poder ver como o público reage a alguém do grupo namorando.

— Sim, sobre isso... — disse Robbie lentamente.

— O quê? — Jongdae franziu a testa, a confusão evidente em seu rosto. — É um bom plano.

— Mas eu não tô namorando a Elena de verdade. Ela disse que íamos apenas como amigos.

— Tudo bem — falou Jongdae. — A gente só precisa fazer parecer, nas redes sociais, que você tá namorando.

— Para mim, isso parece mentira — disse Robbie, franzindo a testa.

— Não é. Não vamos afirmar que você tá namorando. Vamos negar tudo oficialmente em algumas semanas, assim que voltarmos para Seul, quando as coisas voltarem ao normal.

Robbie não gostou de como Jongdae parecia tão casual. Como se pensasse que ele estava sendo dramático demais.

— Só não quero correr o risco de machucar a Elena. Ela é minha amiga. — Mas, por alguma razão, a palavra "amiga" não parecia suficiente para definir seus sentimentos. Não mais.

— Eu sei. É por isso que é um bom paralelo, certo? Os fãs já sabem que Sooyeon e eu éramos amigos desde o *debut*. Portanto, Hanbin deu um bom argumento quando disse que essa é a comparação mais próxima. Além disso, você consegue imaginar algum dos outros caras tentando fingir namorar alguém? Eles provavelmente se apaixonariam de verdade. — Jongdae riu.

— Sim, seria ridículo, não é? — murmurou Robbie. Agora o mal-estar havia se transformado em náusea. — É só que, quando Hanbin explicou tudo, ele fez parecer que seria uma troca justa. Eu ajudaria a testar o terreno do WDB no assunto de namoro, e ele pressionaria a empresa para o meu *debut* solo na próxima reunião de desenvolvimento.

— É o seu sonho, Robi-*ya*. E suas músicas são boas. Você merece isso — Jongdae deu um tapinha em seu ombro.
— Então por que eu tenho que passar por tantos obstáculos para conseguir? — perguntou Robbie, frustrado. *Por que eu tenho que, potencialmente, machucar alguém de que gosto para conseguir?*
— Achei que você tivesse gostado da ideia — falou Jongdae. — Foi você quem trouxe o assunto da Elena à tona, lembra?
— Quando eu pedi um dia de folga para visitá-la — respondeu Robbie.

Agora, tudo isso parecia ter acontecido há muito tempo. Quando ele viu que o grupo estaria na área de Chicago por algumas semanas antes do KFest, pensou que era obra do destino. Que poderia vir para Pinebrook e rever sua velha amiga. Robbie sempre se perguntava como a vida dela estaria agora.

Hanbin tinha sido totalmente contra no início, falando sobre escândalos de namoro e a imagem de Robbie.

Então, um paparazzo tirou uma foto granulada de Jongdae e Sooyeon saindo juntos de uma loja de conveniência. Era vago o suficiente para que a Bright Star conseguisse encerrar qualquer especulação ao explicar que Jongdae e Sooyeon eram apenas bons amigos que se encontraram por acaso perto de uma estação de transmissão. Mas fci por pouco.

No dia seguinte, Robbie foi chamado para uma reunião com Hanbin e Jongdae. Eles apresentaram a ideia de que Robbie poderia visitar Elena para testar como os fãs reagiriam a um membro do grupo saindo com uma garota. Seria mais fácil testar o terreno com um relacionamento que eles pudessem negar totalmente. E isso lhes daria a chance de ver se conseguiriam controlar a narrativa de relacionamento quando a cláusula de namoro de Sooyeon expirasse. Eles precisavam pensar adiante, explicou Hanbin-*hyung*. Precisavam controlar a história para proteger o WDB e Sooyeon.

Parecia inocente, então Robbie concordou, pensando que seria o caso de só tirar uma foto rápida para o Instagram.

Então, tudo acabou virando uma bola de neve. Jongdae mencionou a antiga promessa de Robbie sobre o baile de formatura. E Hanbin começou a fazer aquele seu olhar de que estava tramando algo. E tudo se transformou em um plano para levar Elena ao baile, passar um tempo significativo com ela e deixar a imprensa descobrir. E, então, avaliar se as Constellations estavam prontas para ver um dos garotos em um potencial relacionamento.

No começo, Robbie disse "não". Era demais. Só queria ver sua velha amiga. Visitar seu antigo bairro. Então Hanbin utilizou a cartada do álbum solo. E não apenas um álbum solo, mas um em que Robbie escreveria e produziria as próprias músicas sem o microgerenciamento da empresa. Em que ele poderia usar as músicas que estava guardando. Não é que não gostasse das canções de amor e faixas dançantes pelas quais o WDB era reconhecido. E Robbie entendia o motivo de a empresa escolher esse tipo de música. Elas se encaixavam na fórmula de sucesso que a Bright Star achava que deveria seguir, já que não tinha nenhuma outra influência na indústria quando o WDB estreou.

Mas, às vezes, Robbie queria dizer algo mais com sua música. Falar sobre a realidade de ser adolescente enquanto ainda era um.

Além disso, saúde mental ainda era considerado um assunto tabu na Coreia, mas Robbie tinha a vantagem de ter morado no exterior e ter visto que nem sempre precisava assim. Ele queria que sua música o ajudasse a abrir as portas para isso, especialmente depois de ter lidado com a depressão após a morte de seu pai. Na época, a música tinha sido uma das únicas maneiras pelas quais Robbie pôde expressar isso. E demorou um pouco para que ele tivesse vontade de compartilhar isso com o mundo. Mas já estava pronto há algum tempo. Se ao menos a empresa lhe desse uma chance.

— Você não acha que as coisas ficaram complicadas demais? — perguntou Robbie. — Parecia mais simples quando Hanbin-*hyung* explicou.

— Estamos fazendo isso pelo grupo. E por Sooyeon — respondeu Jongdae. — Não vai machucar Elena da mesma maneira. Ela não tem uma carreira com que se preocupar.

— Mas ainda é uma pessoa com sentimentos — disse Robbie, afundando-se em seus travesseiros e pensando se, talvez, não poderia apenas se enterrar neles para acabar com essa conversa.

Jongdae deu de ombros.

— A Elena não precisa descobrir nada. De qualquer forma, ela sabe que você não veio para ficar.

— Sim... — Robbie não continuou a frase. Por que o fato de Jongdae ter pontuado isso o deixou tão chateado?

— Se você não se sente confortável com isso, não precisa fazer. — Mas Jongdae já parecia decepcionado.

— Eu sei.

E ele sabia. Jongdae sempre o protegeu e o apoiou. Foi quem disse a Hanbin que, se quisessem que Robbie fizesse parte desse plano, ele precisava receber algo em troca. Robbie não teria nem esperanças de apresentar suas músicas à empresa se não fosse por Jongdae. Ele ficou tão grato que concordaria até em raspar as sobrancelhas. Porém, não estava em uma sala de conferências em Seul agora. Estava em Pinebrook e ainda podia sentir o calor da mão de Elena na sua.

Mas ela não estaria mais em sua vida dentro de duas semanas, Robbie se lembrou. Jongdae e Sooyeon estariam. Eram sua família. E ele queria protegê-los se pudesse. Sabia como era fácil o público se voltar contra eles apenas por tentarem levar uma vida normal. *Idols* não podiam ser normais. Tinham que ser melhores, mais brilhantes, mais limpos. Sexys, mas ainda puros. O equilíbrio perfeito entre a ilusão e a acessibilidade. E ninguém era melhor nisso do que Jongdae, até ele se apaixonar. E agora JD faria qualquer coisa para proteger Sooyeon. Inclusive pedir ao primo que deixasse os fãs acreditarem que estava namorando alguém que não estava.

— Temos sorte de a Bright Star estar disposta a nos apoiar. Mas eles só farão isso se provarmos que os fãs continuarão com a gente depois de anunciarmos meu relacionamento — disse Jongdae.

— Você não pode pedir apoio ao seu pai? — perguntou Robbie, embora já soubesse a resposta.

— Ele seria ainda mais duro conosco, porque não quer que a gente receba tratamento preferencial, Robi-*ya*. Você sabe disso.

— Eu sei. — Robbie suspirou.

— Quer desistir? — perguntou Jongdae. — Posso falar com Hanbin que não vamos fazer isso.

Ele estava observando o primo com um olhar cauteloso. E Robbie sabia que, se fosse ao contrário, Jongdae o ajudaria sem pensar duas vezes.

Robbie olhou para sua partitura, que segurava, amassada, nos punhos cerrados. Ele a alisou cuidadosamente e suspirou:

— Eu não vou falar para Elena nada que seja uma mentira descarada.

— Eu nunca ia esperar isso de você — disse Jongdae, o alívio evidente em sua voz quando concordou rapidamente.

— E faremos todo o possível para proteger Elena, se a internet se voltar contra ela — falou Robbie.

— Esse sempre foi o plano.

Robbie suspirou.

— Tudo bem, vamos seguir em frente.

— Obrigado, Robi-*ya*. — Jongdae se inclinou e deu um beijo molhado na testa de Robbie.

— Eca! — reclamou Robbie, empurrando-o para fora da cama.

Seu primo riu e se levantou de repente.

— Vou ligar para Sooyeon — disse, entrando em seu quarto e fechando a porta.

E Robbie foi deixado sozinho com seus pensamentos conflitantes e a certeza de que não importava o quanto Jongdae e Hanbin garantissem que Elena ficaria bem, ele sabia que não seria bem assim. Elena gostava de estar no controle das situações, de antecipar cada movimento. Mas, com Robbie escondendo isso, não havia como ela se preparar, caso as coisas dessem errado. O que significava que ele tinha que estar preparado pelos dois. Devia isso à sua amiga.

Ele se lembrou da noite em que seu pai lhe disse que iriam se mudar. Robbie gritou com seus pais pela primeira vez em toda a vida. Sua mãe ficou chocada, seu pai, resignadamente desapontado. Mas Robbie estava muito chateado, porque ele havia passado uma semana escrevendo a letra perfeita para a música que tinha composto com Elena. A música que planejava usar para confessar seus sentimentos por ela. Mas tudo estava arruinado.

Ainda assim, naquela noite, Robbie reuniu toda a sua coragem e a beijou. Aquilo era tudo o que ele conseguiria fazer, e foi esse pensamento que lhe deu coragem para agir.

Durante os últimos sete anos, de tempos em tempos, ainda pensava naquele beijo. E no que poderia ter acontecido entre eles, caso tivesse ficado.

E agora Robbie seria capaz de viver esse "e se". Só que era tudo uma mentira. Uma fachada criada para obter reações nas redes sociais. Assim como tudo em sua vida nos dias de hoje.

É uma verdade que parece mentira, ela havia dito.

Robbie não havia previsto como seria estar de volta aqui e ser forçado a esconder as coisas de Elena.

Seu celular acendeu com uma nova mensagem, e seu coração balançou quando viu que era dela. Metade de Robbie se sentiu feliz por Elena ter lhe enviado uma mensagem tão rapidamente depois de vê-lo. Mas a outra metade sentiu a culpa aumentar tanto que ameaçava sufocá-lo.

Ainda assim, ele não pôde deixar de se torturar ao ler a mensagem: *Então, quer dizer que devo comprar para você aquela flor de lapela de Lego?*

Os dedos de Robbie pairaram sobre a tela. Uma dúzia de respostas diferentes passaram por sua cabeça. Algumas delas eram piadas, outras, uma forma de flerte, e ainda havia as que eram algo entre as duas. Mas a verdadeira mensagem que queria enviar — aquela que confessava a verdade — era a única que não poderia digitar. Então ele ativou o modo "não perturbe" de seu celular e o colocou virado com a tela para baixo na mesa de cabeceira.

Robbie nunca havia escondido nada de Elena quando eram crianças. Ela era a única que sabia tudo sobre ele. Até mesmo coisas que seus pais não sabiam. Por exemplo, como ele odiou morar nos Estados Unidos durante o primeiro ano. O ano que tinha passado ali antes de conhecê-la.

Depois que Elena se tornou sua vizinha, ele conseguiu imaginar um futuro nos Estados Unidos. E sempre quis que esse futuro fosse com ela ao seu lado. Sua melhor amiga. Sua pessoa favorita.

E agora estava mentindo para Elena. E, se ela descobrisse, nunca o perdoaria.

# Vinte e nove

Nunca pensei que seria necessário um show para minha mãe reconhecer a importância do centro comunitário. Mas, quando ela nos arrastou para mais um almoço de família na casa de *Halmoni* e *Haraboji*, ficou se gabando de todo o trabalho comunitário que eu tinha feito lá como se tivesse me voluntariado por ideia dela.

— Nossa Elena tem uma alma tão generosa — disse enquanto colocava o *galbi-jjim* em uma travessa.

As costelas refogadas foram cozidas com perfeição e me deram água na boca. Observei uma castanha macia mergulhar no molho. Eu me perguntei se não poderia provar antes de ser servido.

— Uau, Elena, não acredito que você realmente conseguiu fazer o WDB se apresentar — disse *Como*.

Minha mãe ajeitou a postura com o que eu só poderia chamar de orgulho e disse:

— A Elena é tão gentil por usar suas conexões para uma causa tão boa.

— Ela aprendeu direitinho — disse *Halmoni* com uma voz rouca.

Sorri involuntariamente. Sabia que era, principalmente, porque elas estavam impressionadas com minha conexão com Robbie, mas era raro eu receber uma atenção tão positiva durante uma reunião familiar. Geralmente só perguntavam por que eu não tenho namorado, por que não pratico esportes como Ethan e me importunavam para seguir os passos de sucesso das minhas irmãs. Desta vez, eu estava finalmente sendo reconhecida por algo que era completamente meu. Mesmo que o que era meu — minha relação com Robbie — fosse passageiro.

— Você devia vir passar o verão comigo em Seul — disse *Como*.

— Não vai desde que era uma garotinha.

— Pois é — falei devagar, meus olhos desviando dela na direção da minha mãe. Eu não queria pressionar, mas a ideia de ir para a Coreia no verão, de não ter que dizer adeus a Robbie para sempre depois do baile, era, com certeza, atrativa. Eu conseguiria ver tudo com clareza, passaríamos um tempo realmente conhecendo um ao outro outra vez. Talvez deixaríamos nossos sentimentos se desenvolverem de maneira natural. Talvez Robbie abrisse as portas para algo a mais, de forma que eu pudesse ter certeza de que ele sentia o mesmo antes que arriscasse me envergonhar com confissões indesejadas.

Mas minha mãe balançou a cabeça com firmeza.

— Não vejo por que Elena não pode esperar para ir na mesma época que suas irmãs foram.

Suspirei e fiz contato visual com *Como*, que deu de ombros de forma bem-humorada. Pelo menos ela tentou.

— Não seja tão rigorosa, Hyunjoo-*yah* — repreendeu *Halmoni*.

Pela primeira vez no dia inteiro, minha mãe fechou a cara. Não, eu não podia deixá-la ficar de mau humor. Era a primeira vez em um longo tempo que estava me tratando bem. Eu não queria perder o brilho temporário da aprovação da minha mãe, então, antes que pudesse me conter, deixei escapar:

— Mãe, posso marcar um horário no seu salão de beleza?

— Sério? — Ela me olhou, surpresa. — Por quê?

— Bem... — Hesitei, perguntando-me se tinha sido um erro, mas não havia como voltar atrás agora, com *Como* e *Halmoni* me encarando. — Eu vou ao baile. Com o Robbie.

— O quê? — Minha mãe praticamente gritou. — Por que você não disse isso antes?

Seus olhos se arregalaram de alegria, como se ela tivesse ganhado na loteria. E imagino que se sentiu como se tivesse ganhado na loteria de mães coreanas.

Esther costumava dizer que nossos pais cresceram em uma geração e cultura diferentes. Na cultura coreana, gabar-se de si mesmo não é visto com bons olhos. Então, os pais compensam se gabando dos filhos sempre que têm a chance. Seria bom se eles não nos pressionassem constantemente para conseguir mais e mais realizações.

— Ouviu isso, *Unnie*? Ela vai ao baile com Robbie Choi — disse minha mãe, radiante.

— Sim, ouvi, Hyunjoo. Isso é ótimo, Elena. Qual vestido você vai usar?

— Ah, ela vai usar algo incrível. Talvez a gente possa fazer compras hoje à tarde. Só vou ter que reagendar algumas coisas.

Deixei minha mãe divagar. Ela parecia tão feliz, e, pela primeira vez em muito tempo, era por causa de algo que eu tinha feito. Mesmo que eu só tivesse aceitado ir ao baile.

Se esta fosse a única vez em que eu seria o motivo do orgulho da minha mãe, poderia aceitar. Afinal, quando Robbie voltasse para a Coreia, eu perderia a única coisa que me tornava interessante, até para os meus próprios pais.

Ajudei a levar a comida para a mesa e fiquei surpresa quando minha mãe disse para Ethan trocar de lugar comigo. Ela não ia me fazer sentar no banquinho rejeitado?

Ethan franziu a testa enquanto se sentava no assento vacilante, e eu assumia o lugar ao lado da minha mãe, que me passou o *galbi-jjim* primeiro. Sim, eu definitivamente ia tirar vantagem de ser a garota de ouro do dia, pensei enquanto pegava uma porção gigante de carne.

Trinta

Apesar da minha missão de vida (deixar de ser invisível), nunca tive o objetivo de realmente me tornar popular. Só queria encontrar um meio-termo entre ser vista como a gêmea esquecível de Ethan e ficar famosa na internet. Mas, como sempre, a vida não deu a mínima para o que eu queria.

Claro, o boato de que eu iria ao baile com Robbie se espalhou pela minha turma como um incêndio no palheiro. Agora estava sendo presenteada com *high fives* e tapinhas nas costas onde quer que fosse.

— Ótimo show, Elena — disse Diana Walker enquanto eu passava por ela em direção à minha mesa.

— Ahn, é, valeu — balbuciei.

— Ora, ora, ora, veja como o jogo virou! — declarou Josie, sentando-se em seu lugar, e Diana abaixou a cabeça ao lhe chamarem a atenção pela mudança drástica de atitude.

Eu me sentia tão estranha com toda aquela atenção. Não estava acostumada e fiquei só esperando pelo pior. Esperando toda a minha turma lançar a piada final de um jeito épico no nível da cena do sangue de porco de *Carrie, a Estranha*.

Tentei me dizer que estava sendo ridícula. Isso não era do nada. As pessoas gostaram do show que eu tinha ajudado a organizar. Deveria apenas aceitar isso e parar de me preocupar demais com tudo. Mas, mesmo assim, uma pequena voz dentro da minha cabeça dizia que a atenção era apenas por causa de Robbie. Sem ele, eu continuaria sendo uma fracassada. Ninguém se importava com quem a verdadeira Elena era.

Eu pensei em enviar uma mensagem para Robbie uma dúzia de vezes nos últimos dias. Mas ele ainda não tinha respondido à minha piada sobre a lapela de Lego. Eu estava adotando uma postura casual e presumindo que as coisas ainda estavam leves e divertidas entre nós. Mas acho que ele não retribuiu. E agora eu precisava de toda a minha força de vontade para me impedir de ficar analisando demais e criando paranoias sobre isso.

Na quarta-feira, Robbie ainda não havia respondido, e eu estava começando a pensar que algo poderia estar errado. Eu me disse que ele provavelmente só estava ocupado. Que tinha muito o que fazer na preparação para o KFest, ou precisava dar entrevistas, ou fazer seja lá o que os *idols* faziam.

Mas nem mesmo ir ao centro comunitário melhorou meu humor.

Nem quando Jackson gritou de alegria e correu até mim.

— Ganhamos! — exclamou, estendendo os braços para mim.

— Ganhamos! Ganhamos!

— Ganhamos o quê? — perguntei, pegando-o no colo.

— Elena! — disse Tia, também correndo e fazendo um paralelo engraçado com Jackson. — Conseguimos!

Ela envolveu nós dois em um abraço, pulando para cima e para baixo. Jackson soltou uma risadinha e levantou os braços de alegria.

— Conseguimos o quê? Ganhamos o quê? — perguntei.

— Não posso falar. Cora quer que você escute da boca dela — disse Tia, soltando-me. — Cora, a Elena chegou!

Ela veio caminhando pelo corredor, um sorriso gigante em seu rosto.

— Sua garota incrível e maravilhosa. — Cora envolveu todos nós em um abraço, e minha confusão lentamente se transformou em esperança.

— Conseguimos? — Olhei de Cora para Tia. — Arrecadamos dinheiro suficiente?

— Não só isso — disse Cora. — Mas estive no telefone o dia todo. Parece que as pessoas estão congestionando as linhas telefônicas de nossos representantes, exigindo que aprovem nosso financiamento. Praticamente tenho uma promessa verbal de que nosso orçamento será aprovado em junho!

— Ai, meu Deus. — Agora era eu quem estava pulando de emoção.

E, enquanto dançávamos, comemorando, a única coisa em que eu conseguia pensar era que queria contar a Robbie.

E foi assim que fui parar do lado de fora do hotel dele.

Era uma péssima ideia, eu me lembrei pela centésima vez. Não conseguia fazer meus pés se moverem. Estava presa embaixo da entrada coberta ornamentada, ao lado do estande do manobrista.

— Elena?

Eu me virei aliviada e encontrei Robbie e Jaehyung saindo de uma van de cor escura. Comecei a sorrir, mas Robbie não parecia feliz em me ver. Na verdade, parecia um pouco irritado. Isso me fez querer dar meia-volta e fugir. Mas eu sabia que essa seria uma saída covarde.

Então, voltei-me para Jaehyung enquanto a van se dirigia para o estacionamento. Ele estava segurando uma braçada de salgadinhos. Sério, esse cara era um poço sem fundo. Toda vez que eu o via, ou estava comendo ou falando de comida.
— Foi comprar um lanchinho para o grupo?
— O quê? — Jaehyung pareceu confuso por um momento antes de um sorriso de compreensão surgir em seu rosto. — Ah, não. São todos meus.
Eu ri:
— Não acredito que você nunca ganha peso.
Ele assentiu.
— Tenho um bom... — Ele não finalizou a frase, então perguntou algo a Robbie em um coreano sussurrado.
— Metabolismo. — Robbie preencheu a lacuna.
— Ah — falei, tentando sorrir para Robbie, que ainda se recusava a olhar para mim.
A expectativa inebriante que eu estava sentindo com a perspectiva de vê-lo desapareceu.
Eu me vi olhando para minhas mãos, cutucando minhas cutículas até que ficassem vermelhas. Será que estava começando a se arrepender de me convidar para o baile? Será que estava percebendo que não queria mais ir? Talvez ele estivesse tentando descobrir como me decepcionar com delicadeza, e minha presença aqui estava arruinando tudo.
Minha ansiedade rapidamente se transformou em raiva. Se não queria ir ao baile comigo, então deveria me dizer diretamente. Foi *ele* quem quis ir. Foi *ele* quem ficou me importunando com isso. Eu nem gostava de bailes. Se ele não queria ir, não me importava.
— Beeeem. — Jaehyung esticou a palavra enquanto seus olhos se alternavam entre mim e Robbie. — Vou subindo. — Ele fez uma reverência para mim, quase deixando cair um saco de batatinhas, que apertou contra o peito, e me deu um sorriso gentil antes de entrar.
Eu meio que esperava que Robbie escapasse com ele, mas não escapou.
— O que você tá fazendo aqui? — perguntou, baixinho.
— Só queria te contar que o centro comunitário arrecadou dinheiro suficiente para permanecer aberto. — Eu tinha esperanças de que a notícia melhorasse seu humor.
Mas ele apenas assentiu:
— Ótimo.
Um silêncio constrangedor pairou entre nós. Perguntei-me se eu deveria simplesmente ir embora. Dizer que tinha vindo aqui só para lhe

contar sobre o centro e que tinha outra coisa para fazer. Qualquer empolgação que tivesse sentido ao compartilhar a boa notícia desapareceu.

Eu estava tentando pensar em como me despedir graciosamente quando ele soltou:

— Você quer ir a algum lugar?

— O quê? — Eu não conseguia entender seu humor; agora parecia quase frenético. Com se não conseguisse ficar parado.

— Você tá com seu carro, certo? — perguntou depressa, virando-se para ir na frente até o estacionamento.

— É, sim — falei, seguindo-o.

— Vamos. Eu dirijo. — Ele estendeu a mão com tanta autoridade que entreguei minhas chaves sem nem pensar.

Comecei a me perguntar se Robbie podia, de fato, dirigir legalmente aqui quando ele agarrou meu braço e se abaixou atrás de um grande SUV.

— O que...

Robbie me interrompeu colocando a mão em concha sobre minha boca. Estreitei meus olhos para ele e pensei em lamber a palma de sua mão em protesto. Mas decidi não fazer esse gesto infantil. Por enquanto.

Ele obviamente queria se esconder de alguém. Então, quando me liberou, espiei cautelosamente ao redor e vi Hanbin e outro empresário caminhando em direção ao hotel.

— Estamos indo por debaixo dos panos?

Robbie franziu a testa.

— Que pano?

— Você está saindo escondido? — esclareci.

Ele balançou a cabeça:

— Só não estou indo direto para o meu quarto.

Decidi não entrar em uma discussão semântica enquanto chegávamos no meu carro.

Eu rapidamente afivelei meu cinto de segurança, pois não estava muito confiante de que Robbie fosse um bom motorista. Afinal, ele passava a maior parte do tempo sendo conduzido por seus empresários.

— Você sempre tem que fazer isso quando quer sair? — Mantive meu tom de voz o mais casual possível.

— Fazer o quê? — perguntou Robbie sem sequer olhar para mim.

— Sair escondido.

Robbie se mexeu no banco e tossiu um pouco.

— Sim, meio que sim.

— Que horrível — falei, pensando em como seria frustrante se eu nunca tivesse permissão para sair sozinha.

Robbie deu de ombros. Seus olhos ainda fixos na estrada.

— Nem sempre foi assim. Quando começamos, a gente não era ninguém. Assim, todos podíamos sair, e ninguém nos reconhecia. Mas, algumas semanas depois de nossa aparição no VMA, Jongdae foi perseguido por uma multidão de fãs. Ele ficou todo arranhado e torceu o pulso. Então, agora, a empresa se preocupa tanto com nossa segurança quando estamos em público que não podemos ir a lugar nenhum sozinhos.

— Nem mesmo ao supermercado?

— Acho que não. — Robbie ainda não olhava para mim.

— Que horas você precisa voltar? — Olhei para o meu relógio.

— Seus empresários ficarão bravos se ficar fora por muito tempo?

— Nem todo minuto precisa ser planejado, Elena. Dá para simplesmente fazer algo sem tentar adivinhar a reação de todos.

Ele pareceu tão irritado, e me encostei de volta no meu assento, magoada com seu tom ríspido. Será que Robbie achava que eu era controladora demais? Bem, eu estava deixando que ele me levasse para um local desconhecido, não estava?

Bati meu pé ansiosamente, sentindo, de repente, que o carro era muito pequeno e claustrofóbico com toda a tensão zumbindo ao nosso redor. Meu crush recente em Robbie não estava ajudando. Percebi que estava remoendo suas palavras. Será que isso significava que Robbie não gostava de passar tempo comigo? Porque ele achava que era controladora demais? Eu odiava que a sua opinião fosse muito mais importante para mim do que a minha era para ele.

Eu não deveria ter agido como se tudo fossem flores entre nós só porque iríamos ao baile juntos. Só porque estávamos cumprindo uma antiga promessa de infância, não significava que tudo tinha voltado a ser como antes. Eu tinha feito muitas suposições e agora já estava sentindo a dor da rejeição antes mesmo de ela acontecer. Não é como se eu nunca tivesse feito isso antes.

— Sinto muito por ter aparecido de surpresa no hotel — comecei, tentando evitar ainda mais constrangimento ao admitir que havia me precipitado primeiro. — Eu devia ter te ligado.

— Não, desculpa por estar com um humor tão estranho — disse Robbie. — Tô feliz que veio. Passei a semana toda querendo falar com você.

— Sério? — perguntei. Não pude evitar.

— Sim, eu só... não queria que parecesse que tava te pressionando — disse, ainda sem tirar os olhos da estrada. — Eu sei que as coisas foram muito intensas no sábado, com o show e Jongdae. Fiquei preocupado que você precisasse de tempo para processar tudo.

— Eu tô bem — assegurei, grata pela tensão no ar estar diminuindo.
— Consigo me virar. Já sou grandinha.
— Eu sei. — Robbie sorriu. — Acredite, sei que você cresceu. — E percebi que as pontas de suas orelhas ficaram vermelhas. Ele estava corando?
De repente, senti um friozinho na barriga. Uma estranha e nova tensão pairou entre nós. Do tipo que fazia minha pele coçar.
— Então, o que você queria me dizer?
— O quê? — perguntou, sua voz meio aguda de repente.
— Hum, você disse que queria falar comigo — expliquei, confusa com suas estranhas oscilações de humor. — Sobre o que era?
— Ah. — Ele relaxou outra vez. — Nada, eu só queria ouvir sua voz.
Comecei a corar e virei meu rosto para a janela a fim de escondê-lo. Robbie havia nos levado para fora da cidade, percebi enquanto entrávamos na reserva natural. Eu já havia passado por ela antes, mas nunca tinha entrado. As pessoas gostavam de vir aqui para ver a vida selvagem e fazer caminhadas. Duas coisas que realmente não me atraíam.
— O que estamos fazendo aqui? — questionei.
— Quero te levar para um lugar. — Ele estacionou o carro.
— Tudo bem — falei, olhando para os meus sapatos Keds. Não eram exatamente tênis de caminhada. — Mas, se tentar me matar e desovar meu corpo no lago, vou ficar muito brava com você.
Robbie riu:
— Droga, lá se vai todo o meu plano. Agora vou ter que pensar em outra coisa para fazer.
Sorri, satisfeita que agora ele estava relaxado o suficiente para fazer brincadeiras. Enquanto o seguia, finalmente me permiti relaxar também.
— Então, *aonde* estamos indo? — perguntei, olhando para as árvores altas ao nosso redor. Dei um tapa no meu ombro onde pensei ter sentido um inseto.
— Estamos quase lá — disse Robbie com um sorriso malicioso que me lembrava de quando ele estava prestes a fazer alguma gracinha. Isso me deixou com o pé atrás enquanto ele me conduzia ao longo do caminho arborizado. Ouvi o som de água e me perguntei se estava me levando até um lago para poder me jogar nele.
Não era um lago. Era um riacho que corria sob uma ponte coberta, construída a partir de galhos e gravetos, o tipo de construção que definitivamente era mal-assombrada. E me perguntei se, pelo menos, ela era estável, mas, com a mão quente de Robbie segurando a minha, eu me sentia mais disposta a ser conduzida para uma ponte vacilante.

Depois de alguns passos, fiquei um pouco mais confiante de que ela aguentaria nosso peso e segui Robbie até o meio da estrutura. Ele se encostou no corrimão, observando a água fluir abaixo de nós.

— Quando o período de chuvas chega, o riacho fica mais parecido com um rio — explicou Robbie. — Meu *appa* me trouxe aqui algumas vezes.

— É doloroso? — perguntei baixinho, olhando para ele em vez de para a água. — Estar de volta onde existem memórias dele?

— Um pouco. — Ele deu de ombros, e o gesto foi espasmódico e defensivo. Tive vontade de abraçá-lo, mas Robbie ainda segurava minha mão com força na dele. — Eu me pergunto se estaria orgulhoso de mim. Do que estou fazendo agora com a minha vida.

— Tenho certeza de que estaria — falei de forma tranquilizadora, apesar de eu nunca ter chegado a conhecer o pai de Robbie muito bem. Ele era como o meu, vivia trabalhando.

— Ele costumava dizer que só queria que eu fosse para uma boa faculdade. Acho que não teria me deixado entrar tão jovem como *trainee* na Bright Star. — Robbie suspirou e finalmente soltou minha mão. Ela estava um pouco dormente por causa da privação de sangue, então eu a sacudi levemente.

— Nossos pais querem que a gente frequente uma boa faculdade porque isso vai nos ajudar a conseguir um bom emprego no futuro. Mas você já é bem-sucedido. Seu pai iria querer isso para você.

— Acho que nunca vamos saber — murmurou Robbie como se estivesse falando mais consigo mesmo do que comigo.

Eu queria confortá-lo, mas não sabia como fazer isso, então tentei:

— Foi por sua causa que o centro comunitário foi salvo. Você conseguiu em um dia o que não consegui em um mês.

Robbie franziu a testa.

— Por que você faz isso? Por que fica se comparando comigo? Você faz isso com todo mundo?

— O quê? — Fui pega de surpresa. Ele parecia irritado comigo. — Não, só tô dizendo que você é uma boa pessoa. Seu pai ficaria orgulhoso.

Seus olhos arderam, e, por algum motivo, ele parecia ainda mais irritado. O que eu disse dessa vez?

— Você é uma pessoa muito melhor do que eu — falou.

— Quem está se comparando com o outro agora? — perguntei com um sorriso hesitante.

Ele sorriu de volta, mas seus olhos ainda pareciam preocupados e distantes.

— Justo.
Ele ficou quieto por um momento, observando o fluxo de água abaixo de nós. Eu estava tentando pensar no que dizer, ou se sequer deveria dizer alguma coisa, quando Robbie perguntou:

— Você sacrificaria qualquer coisa para realizar seu sonho?

Ele perguntou com tanta seriedade que tentei pensar em uma boa resposta. Mas o problema era que eu não sabia como era ter um sonho.

— Não tenho certeza — admiti. — Depende do que eu tivesse que sacrificar.

Esperei que Robbie continuasse, que esclarecesse do que estava falando. Quando ele não disse mais nada, perguntei:

— Tem a ver com sua música?

Robbie franziu a testa, encarando a água.

— Eu menti para você.

Eu enrijeci, com medo do que ele estava prestes a me confessar.

— Quando eu disse que estava apenas me divertindo com aquela música que você encontrou. É algo em que venho trabalhando há anos. Fiz algumas delas antes mesmo de a gente estrear.

— Por que não mostrou para sua empresa?

— Porque eu sei o que vão dizer — respondeu. — Eles gostam de promover a *ideia* de eu ser cantor e compositor, mas querem controlar o tipo de música. O estilo que quero escrever não condiz com a imagem que construíram para mim. Mas, se eles só me dessem uma chance, eu sei que conseguiria. Só precisam acreditar em mim o suficiente para me permitir fazer isso. Tudo isso tem que valer a pena.

— Tenho certeza que vai. — Estendi a mão e apertei a sua. Ele apertou de volta, com força.

— Já esperei tanto tempo e tenho tantas ideias na cabeça, só quero torná-las reais. Eu preciso torná-las reais.

A paixão na voz dele era tão densa. Não sei se já tinha conversado com alguém que tinha tanta certeza do que queria da vida quanto Robbie tinha agora. Fiquei triste por não sentir nem um terço dessa paixão por nada.

— Você recebeu um dom — murmurei. — Poder amar algo tanto quanto ama sua música.

— Só é um dom se eu puder fazer acontecer. Escrever meu próprio álbum no meu próprio estilo sempre foi um sonho meu. — A voz de Robbie tornou-se um sussurro tenso, como se ele estivesse confessando um segredo profundo e obscuro. — Algo que eu possa fazer sem me preocupar se vai chegar aos *top charts* ou condizer com uma imagem. Algo honesto, vindo apenas de mim.

— É ótimo que você saiba qual é o seu sonho. Muitos de nós não sabem. Ele soltou minha mão quase violentamente. Como se estivesse jogando-a fora.
— Não é tão simples assim. Nada é simples nesta indústria. É sempre "você é jovem demais", "você é novato demais", "o som é diferente demais do que seus fãs esperam". Tudo é controlado com tanta firmeza para formar o combo perfeito. Até que você percebe que nada mais lhe pertence.

Dei um passo na direção dele:
— Não seja tão duro consigo mesmo, Robbie. Você vai ter sua chance. Eu sei que vai.

Então deixei escapar um som de surpresa quando, sem aviso prévio, ele se virou e me envolveu nos braços. Robbie me abraçou com tanta força que eu mal conseguia respirar.

— Você precisa entender: é o meu sonho — disse ele em meu cabelo.
— Eu entendo — falei, dando um tapinha desajeitado nas costas dele.

Robbie deixou sua bochecha descansar contra a minha, e senti um aperto no coração. Sua pele era tão macia e suave. Suas mãos agarraram a parte de trás da minha camisa. Então o apertei para lhe garantir que eu não iria a lugar nenhum.

E então ele sussurrou:
— Não importa o que aconteça, preciso que saiba o quanto me importo com você.

Robbie parecia tão triste, como se estivesse prestes a chorar. Tentei me afastar para olhar seu rosto, mas ele estava me apertando com muita força. Então, apenas sussurrei:
— Eu sei.
— Nunca deixei de me importar com você — disse, e senti minhas bochechas queimarem. Estava grata por ele não poder me ver; tinha certeza de que meu rosto estava da cor de um caminhão de bombeiros.
— Eu realmente senti sua falta, Lani.
— Também senti sua falta, Robbie. — Eu me permiti dizer. E sabia que havia feito o que prometi que não faria. Tinha me apaixonado perdidamente por Robbie Choi.

WDB (원더별): PERFIL DOS MEMBROS
NOME ARTÍSTICO: Jaehyung
NOME: Do Jaehyung (도재형)
POSIÇÃO NO GRUPO: *lead vocal*
ANIVERSÁRIO: 24 de fevereiro
SIGNO: Peixes
ALTURA: 174cm
PESO: 59kg
TIPO SANGUÍNEO: AB
LOCAL DE NASCIMENTO: Daegu, Coreia do Sul
FAMÍLIA: mãe, pai
HOBBIES: tirar fotos, fazer longas caminhadas
EDUCAÇÃO: Escola de Artes Cênicas de Seul
COR DO LIGHTSTICK: azul

FATOS SOBRE JAEHYUNG:
- É chamado de *mong-do*, porque sempre parece confuso.
- Debutou quando tinha 15 anos (16 na idade coreana).
- Foi *trainee* por 3 anos.
- Sua cor favorita é branco.
- Seu número favorito é o 3.
- É conhecido como o único introvertido e quieto do grupo.
- É amigo de Doyoung, do Treasure; e de Yuna, do Itzy.
- Suas comidas favoritas são geleia, chocolate, pêssego, *strawberry milk*, salgadinho sabor manteiga e mel, Pepero de Oreo, *tteokbokki*, frango frito, *ramen*, salgadinho de camarão e Flamin' Hot Cheetos.
- Toca violino e piano.
- Ganhou uma competição de canto quando tinha apenas 5 anos.
- Costumava cantar no coral da igreja.
- Adora tirar fotos.
- Seu tipo ideal é uma garota que come bem.

 # Trinta e um

Na sexta-feira, meu celular começou a vibrar sem parar no meio da aula de pré-cálculo, a ponto de a Sra. Hewitt (possivelmente a professora mais tranquila quando se trata de celulares na aula) começar a me dirigir olhares penetrantes. Tentei expressar minhas profundas e sinceras desculpas com os olhos antes de apertar o botão de desligar.

Eu esperava que talvez um bando de operadores de telemarketing tivesse conseguido meu número de alguma forma, e que não fosse mais uma situação relacionada à internet.

Eu realmente deveria ter sido mais esperta.

Quando religuei meu celular no horário de almoço, as notificações do meu Instagram explodiram na tela.

Chequei minhas DMs. Havia um monte de perfis aleatórios me enviando solicitações de mensagens. Eu não abri nenhuma. Mas havia algumas do pessoal da escola. Todas elas me marcando na mesma postagem.

Estava no perfil de Robbie, uma foto do dia do show.

Ele e eu estávamos sentados lado a lado no sofá da suíte do hotel. Ele estava com o violão no colo. A legenda dizia *performance pós-show*. Dava para ver Minseok e Jaehyung no fundo, mas nós dois éramos o foco da foto. Meu corpo estava virado em direção a Robbie, então não dava para ver minha expressão, mas eu me lembrava do momento. Fiquei encantada com sua forma de tocar violão. Adorei ver seus dedos se moverem pelas cordas.

Por que ele postaria algo assim? Os fãs tinham acabado de superar o *promposal* desastroso. Robbie estava tão mal-humorado e estranho ontem. E agora estava postando uma foto nossa para seus milhões de seguidores verem e julgarem? Qual era o problema dele? Por que estava sendo tão instável? Mandei uma mensagem para ele.

ELENA: Ei, qual é a daquela foto no Instagram?

193

ROBBIE: Foi mal, é meu empresário que cuida das minhas redes sociais. Não gostou? Achei que você tava bonita.

Achou que eu estava bonita? Não, eu não podia deixar que ele me distraísse. Então as borboletas voltaram a dançar por alguns instantes enquanto ele digitava: *Posso pedir para eles apagarem, se você quiser...*

Agora, de repente, eu me senti como a vilã. Estava sendo exigente demais pedindo para ele apagar a postagem? Lembrei-me de seus comentários naquele dia sobre eu ser muito controladora. Tentei me convencer de que poderia deixar isso para lá. Mesmo que alguns comentários sarcásticos dissessem que eu não merecia Robbie. Na verdade, a maioria deles era legal. Alguns até diziam que éramos um modelo de amizade. Um deles falava que Robbie parecia tão relaxado depois de passar um tempo com sua melhor amiga de infância.

Ele realmente parecia mais relaxado? Bem, acho que parecia estar à vontade enquanto dedilhava o violão. Não, eu não seria influenciada. Deveria aceitar sua oferta de apagar a foto, mas... tanta gente já tinha visto. Será que as pessoas não tirariam conclusões precipitadas, caso ele apagasse?

Isso era tão complicado. Se *eu* me sentia assim sendo apenas amiga de Robbie, não fazia ideia de como era para ele no dia a dia. Devia ficar se perguntando se poderia postar uma foto ou não. Como os fãs a receberiam. Como a julgariam ou o julgariam por ela.

Decidi não dificultar mais as coisas para ele.

ELENA: Não, tudo bem. Mas, da próxima vez, posta meu lado bom.
ROBBIE: Então, a parte de trás da sua cabeça?
ELENA: Ei! Retiro o que eu disse! Você NÃO TEM mais os privilégios de postar fotos..
ROBBIE: ;) <3

Josie se sentou ao meu lado com uma fatia enorme e oleosa de pizza na mão.

— Então, viu sua sessão de fotos?

— Nem me fala. Me dá um pedaço. — Peguei a pizza e dei uma mordida gigante.

— Ei! — protestou Josie, mas não me importei. Eu merecia queijo derretido e carboidratos.

Trinta e dois

Eu ainda estava me sentindo meio esquisita com a foto, especialmente quando percebi olhares estranhos do pessoal da escola. Ouvi alguém dizer "Não entendo. Ela nem é tão especial" enquanto eu estava passando. E, quando olhei, estavam me encarando. Nem tiveram a decência de desviar o olhar ou ficar com vergonha ao serem pegos fofocando. Tentei me convencer de que estava sendo paranoica. Mas tinha a sensação de que algumas pessoas da escola estavam ficando cansadas da minha nova fama por associação. E, para ser sincera, eu também estava. No horário de almoço, quando passei por Ethan e seus amigos no pátio, Tim disse em voz alta "Ei, Ethan, como é ser parente de uma influenciadora digital?"

Curvei meus ombros contra seu tom sarcástico e passei apressada, sem querer ouvir suas provocações.

Decidi mergulhar de cabeça no planejamento do baile. A decoração havia sido entregue no centro comunitário, e tivemos que organizar tudo e começar os projetos faça-você-mesmo. Até agora, Josie e Caroline só haviam brigado uma vez. Então considerei que estava tendo um bom dia. Apesar de que, talvez, a preocupação com uma briga delas me ajudasse a me distrair.

Ótimo, agora eu estava ansiando por uma briga só para não ter que me estressar com comentários aleatórios que poderiam estar surgindo naquela foto.

Meu celular acendeu. Eu o havia colocado no silencioso, mas esqueci de desabilitar as notificações de mensagens. Estava prestes a enfiá-lo na mochila quando vi o nome de Robbie na tela.

ROBBIE: vem aqui fora
ELENA: fora onde?
ROBBIE: só abre a porta.

Fiquei curiosa o suficiente para abrir a porta e enfiar a cabeça para fora.

— Ei!

Quase gritei, dando um pulo para trás. A porta teria batido na minha cara, se Robbie não a tivesse segurado.

— Que diabos! — Dei um soco no braço dele. — Não me assusta assim.

— Eu te disse que estava aqui fora.

— Você disse "vem aqui fora" todo enigmático. Como eu ia saber o que estava aqui fora?

Robbie riu, mas eu não estava com humor para as piadas dele, não quando ainda me sentia toda confusa com a história da postagem.

— Elena, você já tá descansando? — disse Caroline, aproximando-se irritada. Então o rosto dela fez aquela coisa estranha de simplesmente congelar. Sua boca se abrindo, e seus olhos se arregalando quase como os de um inseto.

— Ah, sim. Acho que vocês nunca se conheceram — falei, meio sem jeito. — Robbie, esta é...

— Caroline Anderson. Sou uma grande fã! — gritou ela, correndo para pegar a mão de Robbie. — Você veio sozinho?

Ela olhou por cima do ombro de Robbie, vendo que Hanbin estava esperando na porta. A princípio, eu não tinha percebido que ele estava lá. Mas acho que ia onde quer que seus meninos fossem.

— Caroline, deixa o menino respirar — disse Josie, balançando a cabeça. — Sinto muito, algumas pessoas simplesmente não conseguem agir normalmente perto de celebridades.

Quase dei risada de tão ridícula que essa situação era.

— Oi, Robbie — disse Felicity com um sorrisinho.

Robbie semicerrou os olhos para Caroline e Felicity, e, com um sobressalto, percebi que ele provavelmente se lembrava delas daquela situação humilhante no shopping.

Ele segurou minha mão.

— Eu só queria roubar a Elena um pouquinho. — Enquanto ele encarava as meninas, seus olhos ficaram tão escuros e sérios quanto os de Jongdae.

Caroline estava olhando para nossas mãos dadas com um misto de horror e inveja.

— Claro — disse Josie, alegre. — Eu sei que você provavelmente gostaria de ter o máximo de tempo possível com a Elena para planejar seu encontro no baile de formatura.

Caroline inflou as bochechas com a confirmação não tão sutil de que os boatos sobre nossa ida ao baile eram verdadeiros. E, apesar do fato de que eu deveria estar me divertindo com o desconforto dela, a atenção só me deixou desconfortável, então puxei a mão de Robbie.

— Vamos, podemos conversar ali — falei, levando-o para o corredor lateral que dava acesso aos banheiros.

— Não precisava ser tão maldoso com elas — censurei.

— Não fui maldoso. Mas não preciso ser educado com quem comete bullying com meus amigos — disse ele.

Quase estremeci com a palavra "amigos". O que era ridículo. Era isso o que nós éramos. Mesmo que uma parte de mim desejasse que fôssemos algo mais.

— Então, o que você tá fazendo aqui? — perguntei, tentando mudar de assunto.

— Queria me desculpar. — Ele enfiou as mãos nos bolsos.

— Pelo quê?

— Eu devia ter perguntado antes de postar a foto — respondeu.

— Não estava pensando. Estava apenas me lembrando daquela noite e de como nos divertimos. E de como estou feliz por ter você de volta na minha vida.

De volta na minha vida. O jeito como ele disse isso, como se fosse uma coisa permanente.

Não, Elena, você não pode pensar assim. É temporário, lembrei-me.

— Ah — falei, tentando pensar em como responder quando eu já tinha insistido que estava tudo bem com a questão da foto. — Tenho que admitir que não estou acostumada a ligar para curtidas nas redes sociais. Mas entendo que faz parte do seu trabalho.

Robbie franziu a testa. Porcaria, eu falei a coisa errada?

— Bem — disse ele —, sinto que continuo tendo motivos por que me desculpar, então queria te compensar. E isso não vai contar como um desejo. É um evento bônus gratuito.

Eu ri de sua expressão animada. A mesma que tinha sempre que me dava um presente.

— Recebi permissão especial do Hanbin-*hyung* para tirar a noite de folga. Achei que talvez a gente pudesse ir a todos os nossos antigos lugares favoritos. Já pedi para Hanbin ligar para o antigo Pinebrook Crossing Cinema para alugar o cinema para a gente.

— O cinema inteiro?

— Sim. — Robbie esfregou a nuca timidamente. — É o único jeito de a gente ir sem sermos assediados por uma multidão.

— Ah — falei, sobrecarregada com a ideia de alugar um cinema inteiro só por diversão. E então meu estômago deu um nó. — Ah, não. Hoje eu não posso.

— Por que não? — perguntou, e eu podia sentir a decepção emanando dele.

— Preciso ficar por aqui — respondi.

— Você não pode reagendar?

Franzi a testa para sua suposição de que seria tão fácil para mim largar tudo só porque ele queria sair.

— *Você* não pode reagendar?

— Claro que não. Sabe como sou ocupado.

— Bem, posso não ser uma celebridade chique que consegue alugar cinemas inteiros — falei, sentindo-me na defensiva. — Mas tenho compromissos e não posso simplesmente fugir deles.

— Não foi isso que eu quis dizer — disse ele com um tom de voz arrependido. — Acho que só tô decepcionado.

Suspirei. Talvez eu estivesse exagerando. Estar perto de Robbie era como estar em uma constante montanha-russa emocional.

— Tá tudo bem. Eu só preciso ajudar com a decoração do baile. A Felicity e a Caroline estão insistindo em fazer com que não se pareça com um ginásio, e já estamos com pouco tempo.

— Ah. — Robbie assentiu, a decepção ainda evidente em sua voz.

— Preciso ir — falei, ansiosa para escapar. — A Caroline pode me colocar no "caderninho do mal" dela ou algo do tipo. — Comecei a andar em direção aos outros.

— Você precisa de ajuda? — perguntou Robbie, alcançando-me.

— Não, consigo lidar com a Caroline.

— Não, eu quis dizer com as decorações.

Parei imediatamente.

— Você quer fazer decorações para o baile?

— Claro, seria divertido.

— Mas e o seu filme particular?

Robbie riu.

— Tirei a noite de folga para ficar com você, não para assistir a um filme aleatório que posso ver a qualquer momento.

Droga, por que ele tinha que ser tão charmoso? Eu conseguia sentir o efeito desse magnetismo em mim.

Fiz um esforço para deixar minha voz calma e casual:

— Só estamos cortando estrelas de papelão e pintando de dourado.

— Parece uma boa! — disse ele, pegando minha mão. Meu coração começou a sapatear contra minhas costelas enquanto Robbie me puxava para perto dos outros.

Josie estava ocupada cortando as estrelas e colocando-as em uma pilha para Felicity pintar. Caroline estava de pé próxima a elas, segurando uma prancheta em suas mãos imaculadas e bem-cuidadas.

— Robbie vai ajudar. — Eu me sentei no chão ao lado de Josie e peguei uma tesoura, recusando-me a olhar para os outros.

Ele se sentou ao meu lado.

— Posso pintar? — perguntou, como quem pede para lamber o glacê de uma colher.

— Claro — disse Josie com uma risada, entregando-lhe um pincel.

Pude perceber que Caroline não havia se movido um centímetro desde que Robbie chegou. Ela estava congelada no lugar, pairando sobre nós.

— Caroline, se você continuar na minha cola, eu vou fazer besteira — disse Felicity sem sequer olhar para cima.

Irritada, ela saiu de seu torpor e foi até as caixas distantes para separar as borlas de prata. Nunca pensei que um dia ficaria grata pela língua afiada de Felicity.

Robbie pegou um frasco de tinta dourada, abriu a tampa e começou a derramar no meio de sua estrela.

— Robbie, não... — Tentei avisar, mas era tarde demais, a tinta esguichou do frasco, derramando na calça dele.

Tentei segurar a risada.

— Não era para você apertar com tanta força assim. E também não era simplesmente para jogar a tinta na estrela desse jeito, senão vai empelotar. Colocamos a tinta em pedaços de papelão e espalhamos com um pincel. — Apontei para Felicity, que estava fazendo exatamente isso.

— Ah. — Robbie corou.

Na verdade, era bem fofo como ele não sabia nada sobre algo que parecia tão básico para mim. Isso me lembrava das celebridades nos doramas tentando aprender a cozinhar e limpar pela primeira vez.

— Uau, Hanbin deve estar arrependido de não ter chamado os paparazzi para tirar uma foto disso. Robbie Choi tentando ser um garoto comum. Isso daria uma boa história publicitária. — Eu ri. E não percebi que Robbie não estava rindo comigo. Na verdade, parecia irritado.

— Nem tudo que faço é por publicidade — disse ele.

— Não foi isso que eu quis dizer — falei.

Mas Robbie se levantou, tentando limpar a tinta de seus jeans.

— Vou tentar passar uma água nisso.
— Acho que você feriu os sentimentos dele, El — sussurrou Josie.
— Não foi a intenção. — Só estava brincando. — Fui mesmo longe demais?
— Bem, mesmo que não tenha sido a intenção, não significa que não tenha machucado — disse Felicity.
— Como assim? — perguntei. Por que ela estava se metendo?
— É como quando você deixou de ser minha amiga.
— O quê? — Eu praticamente gritei. — Foi *você* quem deixou de ser minha amiga.
— Sim, *depois* de você deixar claro que não me achava inteligente o suficiente para ser sua amiga.

Minha boca estava tão aberta que eu poderia pegar moscas com ela. Felicity estava vivendo em algum tipo de realidade alternativa onde tudo estava ao contrário?

— Eu nunca pensei que você não era inteligente o suficiente. Você que se tornou uma líder de torcida popular e me largou. Que me disse que eu não podia mais sentar na sua mesa durante o almoço na frente de metade da turma do primeiro ano.

Felicity bufou de forma soberba.

— Muito bem, fiz isso mesmo, mas eu estava irritada de verdade. Durante aquela semana inteira de testes você deixou claro que achava que ser líder de torcida era para cabeças de vento em busca de popularidade.
— Isso não é justo. Foi *você* quem me disse que todas as meninas legais eram líderes de torcida.
— Foi porque estava tentando convencer você a tentar também. Eu achava que era uma boa maneira de fazer amizades.
— Eu não queria novas amizades. Já tinha *você*. — Cruzei os braços.
— Você simplesmente não entende, Elena. Você queria que a gente continuasse sendo exatamente as mesmas pessoas do fundamental. Mas eu, não. O ensino médio era a minha chance de virar uma nova pessoa. E foi sendo líder de torcida que minha mãe fez amigos em Pinebrook. Eu sempre quis ser uma líder de torcida dos Vikings como ela.

Ah, sim. Isso era verdade, eu me lembrei. Felicity idolatrava a mãe.

— Quando entrei para o time, você disse que eu estava me vendendo por popularidade, e acho que perdi a paciência. Te disse para parar de sentar conosco naquele dia. Mas pensei que você voltaria, e nunca voltou. — Felicity fez um gesto indiferente. — Realmente não imaginei que você seria tão teimosa.

Eu estava chocada. Lembrava ter dito todas essas coisas, mas tinha sido um terrível mecanismo de defesa. Tinha medo de ser deixada de lado, caso Felicity se desse bem com os alunos populares. Sabia que, uma vez que ela se integrasse naquele mundo, eu não teria como manter sua amizade. Que a perderia assim como perdi Robbie. E então isso aconteceu mesmo. Mas nunca parei para pensar que fora eu quem tinha feito acontecer.

— Olha, não estou te dizendo isso porque quero que a gente se abrace e faça as pazes. Estou te falando porque você tá fazendo a mesma coisa com o Robbie. É como se, no momento em que ele faz algo que não se encaixa na sua ideia de "Plano de Vida da Elena", você começa a provocá-lo. Mas nem todo mundo quer as mesmas coisas que você, Elena.

— Felicity terminou seu discurso com um dar de ombros e voltou a pintar sua estrela.

Olhei para Josie, que parecia igualmente chocada. Eu queria perguntar se ela concordava com Felicity, mas tinha medo da resposta.

Eu havia passado tanto tempo da minha vida me sentindo invisível que nunca parei para pensar que minhas palavras podiam machucar outra pessoa. Especialmente alguém que sempre foi tão confiante quanto Felicity.

— Vou atrás do Robbie — falei, ficando de pé.

— Vai que é teu — disse Josie, levantando o punho em solidariedade.

Até Felicity acenou a cabeça para mim, em encorajamento.

O mundo realmente havia virado de cabeça para baixo, se era Felicity Fitzgerald quem estava me dando conselhos amorosos.

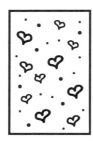

Trinta e três

Esperei Robbie do lado de fora do banheiro e o abordei assim que saiu.
— Sinto muito — falei rapidamente antes que ele pudesse dizer qualquer coisa.

Robbie cruzou os braços, e percebi que estava esperando que eu continuasse.
— Não pensei antes de dizer aquelas coisas sobre paparazzi e publicidade. Não sei por que eu disse aquilo.

Robbie levantou uma sobrancelha. As palavras de Felicity ecoaram na minha cabeça, como um lembrete incômodo de que eu não estava falando toda a verdade.
— Tudo bem, eu sei o porquê — admiti. — Estou com... medo.
— Por quê? — falou Robbie finalmente.

Aliviada por ele, pelo menos, estar falando comigo, respondi:
— Porque as coisas estão muito diferentes entre a gente agora. E é tão difícil descobrir o que é certo no seu novo mundo brilhante. Eu tô, constantemente, com medo de fazer besteira e envergonhar você na frente de todos os seus fãs e amigos famosos.

Robbie balançou a cabeça.
— Eu não me importo com o que os fãs pensam sobre você e eu, Elena. Eu só me importo com o que a gente pensa.

Senti um aperto no coração. *Você e eu.*
— Eu só queria não ter que ficar sempre me perguntando se vão filmar ou tirar uma foto de seja lá o que eu esteja fazendo para um bando de pessoas sem rosto escondidas atrás de um teclado examinarem.
— Acredite, eu sei exatamente como você se sente — disse Robbie com uma risada irônica. — Só porque sou um *idol* não significa que eu só posto nas redes sociais para receber curtidas ou opiniões de fãs. Ou... pelo menos, não é isso o que quero. — Ele parecia tão frustrado que tive vontade de abraçá-lo, mas não tinha certeza se ele ia querer isso de mim

agora. — Às vezes, eu queria ir para algum lugar muito alto, acima do resto do mundo, onde ninguém pudesse opinar sobre o que faço.
— Sério? — perguntei. — Você quer ir agora?
— Calma aí, o quê? — Robbie parecia preocupado, do jeito que ficava sempre que eu tinha alguma ideia maluca quando éramos crianças.
E, desta vez, peguei a mão dele.
— Vamos lá.
— Aonde estamos indo?
— Você vai ver. Espero que não tenha mais medo de altura.

💜•✧

— A gente pode mesmo subir aqui? — perguntou Robbie enquanto eu pisava no telhado do centro comunitário. Ele olhou para a borda com nervosismo.
— Bem, ninguém está nos impedindo. — Dei de ombros.
— E isso significa que você definitivamente devia se impedir — disse Robbie, e percebi que ele não estava saindo de perto da porta.
— Robbie Choi, você *ainda* tem medo de altura — constatei com uma risada.
— Sim, claro que tenho. A gravidade ainda funciona do mesmo jeito que quando tínhamos 10 anos, e não quero que esteja escrito no meu obituário: *Robbie Choi poderia ter evitado a morte, mas era estúpido demais para ter qualquer senso de autopreservação*.

Eu ri e dei um passo em direção à borda, olhando por cima do meu ombro e sorrindo quando vi Robbie me encarando com os olhos arregalados.
— Elena, para com isso — pediu, sua voz um pouco trêmula.
Isso só me fez querer ir mais longe.
— Às vezes, eu venho aqui à noite. É muito bonito.
Havia uma pequena mureta de uns sessenta centímetros de altura. Definitivamente não era alta o suficiente para impedir alguém de cair. Então, tomei cuidado ao esticar o pescoço para ver o chão lá embaixo.
Deixei escapar um assobio.
— Acho que essa altura não seria letal. Mas seria, com certeza, incapacitante — falei em tom reflexivo.
— Elena, tô falando sério. Volta aqui — chamou Robbie. Ele havia entrado totalmente no telhado, mas estava imóvel no meio dele.
— Qual é. Você nem consegue ver nada daí — gritei para Robbie.
Ele balançou a cabeça, e sua expressão teimosa me fez rir. Eu meio que queria me inclinar mais para ver como Robbie reagiria. Mas,

enquanto eu pensava nisso, o vento aumentou um pouco atrás de mim, e, involuntariamente, inclinei-me para a frente. Deixei escapar um som de surpresa, meus braços girando tentando retomar o equilíbrio.

— Toma cuidado — disse Robbie, e, para minha surpresa, sua voz estava bem perto de mim. Ele me puxou para trás, seu braço me envolvendo com segurança.

Eu ri.

— Meu herói.

Mas, quando olhei para cima, meu sorriso desapareceu. Estávamos tão próximos que nossos narizes praticamente se tocavam. Ele olhou para mim. Sua expressão parecia propositalmente neutra. E, por um momento, eu me perguntei qual de nós piscaria primeiro.

— Você tem razão. É uma bela vista — sussurrou, mas seus olhos ainda estavam em mim. Isso me lembrou daqueles momentos clichês nos doramas em que o garoto finge que está achando a vista bonita, mas, na verdade, está falando da garota. Mas isso não era um dorama. Era Robbie e Elena.

Só que tudo na minha vida parecia dez vezes mais dramático desde que Robbie voltou. Tudo parecia ter sido intensificado dez vezes. Como minha pulsação. Como meus sentimentos por Robbie. Como esse desejo estranho de me inclinar para a frente e simplesmente beijá-lo. E, antes que eu pudesse pensar demais ou pensar em todos os resultados possíveis, fiquei na ponta dos pés, meus olhos fixos em seus lábios.

Robbie se afastou e virou o rosto, soltando-me. Quase caí para trás, o vento batendo no meu cabelo.

Ai, meu Deus. Que vergonha. No único momento em que me deixei levar sem pensar demais, fui rejeitada. Girei em direção à saída quando Robbie me pegou pela mão.

— Sinto muito — disse ele.

— Não, eu que sinto muito — falei, incapaz de olhar para ele. — Não devia ter presumido. Quer dizer, não pensei... — Não continuei a frase por medo de que, se dissesse mais alguma coisa, faria um papel de idiota ainda maior.

— Eu me importo com você. Muito.

Fechei meus olhos. Pude ouvir o "mas" silencioso no final de sua frase. *Eu me importo com você,* mas *apenas como uma amiga.*

Pare de desejar mais, Elena, pensei. *Ou você vai se machucar ainda mais.*

Trinta e quatro

Robbie ficou em silêncio durante a maior parte do caminho até o hotel. Ele continuava repassando o mesmo momento repetidamente em sua cabeça. Elena estava em seus braços. Seu cabelo tinha cheiro de lavanda. Ela o olhou como se ele fosse a única pessoa em todo o mundo. E então se inclinou na direção dele. Tudo o que Robbie queria fazer era ir ao encontro dela e beijá-la. Mas não podia, não com sua mentira pairando sobre eles.

E, quando ele se afastou, ela pareceu tão magoada. Robbie sabia que não poderia mais fazer isso.

— Você não pode ficar tirando tanta folga — alertou Hanbin do banco da frente. — Eu te dei essas deixas por causa do que está fazendo por Jongdae. Mas, na próxima semana, vamos começar os ensaios completos para o KFest.

— Eu sei — disse Robbie, afundando-se em seu assento. Ele não queria falar sobre Elena com Hanbin. Toda vez que fazia isso, parecia que os sentimentos agradáveis que sentia por ter estado com ela eram sugados até ele não poder mais sentir a presença de Elena.

— A reação à postagem do Instagram foi positiva, no geral. É um bom sinal — contou Hanbin. Robbie meio que esperou que seu empresário pegasse sua lista e marcasse a tarefa como feita. Mas Hanbin não anotaria isso. Se alguém visse, seriam expostos, e não teria como voltar atrás dessa mentira.

E Robbie não sabia quem ele mais temia que descobrisse: os fãs ou Elena.

— Seria bom se pudéssemos postar outra foto com ela, talvez uma selfie desta vez? — sugeriu Hanbin.

— Não — respondeu Robbie, para a própria surpresa.

— O quê? — Hanbin franziu a testa para o espelho retrovisor.

205

— Chega de postagens — falou Robbie, com mais ênfase. — Chega de testar o terreno. Chega de mentiras. Ela é uma pessoa real com sentimentos reais.

— Achei que tínhamos conversado sobre isso. Não estamos mentindo. Estamos apenas deixando os fãs acreditarem no que quiserem e vendo o que acontece.

— Não quero mais ser sua cobaia. Eu nem devia ter concordado com isso para início de conversa. Só quero poder passar um tempo com minha amiga antes de ter que deixá-la de novo.

— E se eu te dissesse que, se você desistir desse acordo, não vou mais apresentar sua música para a empresa?

Robbie sentiu um aperto no coração. Ele havia esperado anos pela chance de ter sua música ouvida. Mas realizar seu sonho às custas de Elena iria arruiná-lo para sempre.

— Então vou encarar as consequências.

Trinta e cinco

Não falei com Robbie o fim de semana inteiro. Eu só soube que eles tinham deixado Chicago quando vi a apresentação do WDB na Times Square no *Good Morning America*. Talvez fosse melhor assim, eu me disse. Deveríamos voltar às nossas vidas separadas agora para que não fosse um choque quando ele voltasse para Seul. Era um plano inteligente. Então, por que eu ficava decepcionada sempre que mais um dia se passava sem uma mensagem dele?

Faltando menos de duas semanas para o baile, estávamos indo ao centro comunitário todos os dias depois da escola. Na terça-feira, Caroline declarou que precisava de um dia de descanso. Como se estivesse criando um mundo inteiro, não pendurando enfeites metálicos. Mas ninguém protestou. E, para ser sincera, preferia quando ficávamos apenas eu, Josie e Felicity. Estranhamente, as coisas entre mim e Felicity se estabilizaram. Era como se, no momento em que tivemos nosso pequeno confronto, a animosidade entre nós tivesse se dissipado, virado pó, de forma que nenhuma de nós se importava o suficiente para insistir no assunto.

O lado bom da ausência de Caroline era que Felicity e Josie não se importavam se as crianças do centro ajudassem a pintar. E, se elas sujassem tudo, era para isso que o pano embaixo das estrelas servia.

— Ainda bem que as crianças podem usar essa tinta — disse Josie enquanto observava Jackson se sujar todo de prateado.

Eu ri e decidi que ele já havia se divertido o suficiente com as tintas por hoje. Se deixássemos Jackson continuar, Tia encontraria uma criança completamente prateada quando voltasse. Eu o peguei no colo, ignorando seus protestos enquanto o levava até o banheiro para lavá-lo.

Quando voltei, congelei ao ver Robbie sentado com Josie e Felicity, desembaraçando pisca-piscas.

207

Contraí meus punhos imediatamente. O que ele estava fazendo aqui? Achei que Robbie fosse querer um pouco de espaço depois daquele momento desastroso no telhado. Mas aqui estava ele, sem aviso prévio.

— Ei! Recrutamos dois voluntários. — Josie apontou para Robbie e seu empresário (não era Hanbin desta vez), que haviam sido encarregados de pendurar guirlandas prateadas.

Forcei minhas mãos a se abrirem e esfreguei as palmas suadas contra meu jeans. Tentei dizer alguma coisa, mas minha boca estava seca demais para emitir qualquer som.

Robbie resolveu o problema ao se aproximar. Parou a cerca de um metro de distância, como se sentisse que eu precisava de espaço. E ele tinha razão. Sentia-me como um gigante nervo exposto. Eu estava com medo de que o menor toque me desestabilizasse.

— Oi — disse Robbie.

— Ah, oi — falei, ainda incapaz de erguer meus olhos para ele. Gostaria de não ter uma plateia para seja lá o que isso fosse. Especialmente se ele tivesse vindo para cancelar oficialmente nosso encontro no baile.

— Desculpa ter estado tão ocupado nos últimos dias.

Por fim, olhei para cima e vi Robbie morder seu lábio inferior. Ele também estava nervoso? Vendo isso, relaxei um pouco.

— Tudo bem. Mas não precisa mesmo ajudar com a decoração — falei.

— Vale a pena, se eu puder passar um tempo com você — disse Robbie com um sorriso hesitante que fez suas covinhas aparecerem levemente.

Não pude lutar contra o pequeno sorriso que se formou no canto dos meus lábios. Agora que eu finalmente o estava analisando, algo parecia diferente nele. Robbie parecia mais solto, mais relaxado. Como se um peso gigante e desconhecido tivesse sido tirado de suas costas. Eu me perguntei se sua viagem a Nova York tinha ajudado nisso de alguma forma.

— Então, por que você veio? — perguntei.

O sorriso de Robbie se tornou divertido.

— O quê? Não acredita que tive uma vontade profunda e repentina de pintar estrelas de papelão?

Não consegui evitar minha risada de resposta:

— Quer dizer, claro, essa é a coisa mais legal para fazer hoje em dia. Mas achei que seria educado perguntar se tinha mais algum motivo.

— Eu queria te convidar para um lugar.

— Hoje? — perguntei, olhando para a enorme bagunça de artesanato à nossa volta. — Acho que não posso sair agora.

— Ah, não. Eu nunca ia tirar você da sua... arte — disse Robbie com uma risada bem-humorada. — Mas tá ocupada neste fim de semana?
— Hum, *você* não tá ocupado? — respondi. — Não é o fim de semana do KFest?
— Sim, e eu queria que você viesse. Se estiver livre.
Eu não sabia o que dizer. Sabia que os ingressos tinham esgotado há meses, poucas horas depois de terem sido colocados à venda. O pessoal da escola estava morrendo de vontade de ir. Eu até ouvi Karla dizer que implorou para seus pais lhe darem quinhentos dólares para comprar os ingressos que estavam sendo revendidos online.
— Sério? Você quer que eu vá? — perguntei, um pouco insegura.
— Não quero atrapalhar.
— Atrapalhar? Agora você é nosso amuleto da sorte não oficial. Aquele vídeo do ensaio de dança é o mais assistido do nosso canal. Minseok disse que vamos falhar miseravelmente se você não for.
Eu ri.
— Bem, não posso decepcionar o Minseok.
— Vamos lá, menos conversa e mais pintura! Não tô pagando vocês para desperdiçarem tempo de trabalho com fofocas — interrompeu Josie, fingindo tocar em um relógio de pulso invisível.
— Sim, falando nisso — falei, sentando ao lado dela. — O que você acha de dar um aumento agora que estamos contratando terceirizados?
— Quais são suas exigências? — Josie estreitou os olhos quando Robbie se sentou ao meu lado.
— Que tal três vezes o valor atual? — perguntou Robbie.
— Bem, três vezes zero é zero. Então, negócio fechado. Agora, mãos à obra — disse Josie, estendendo um pincel.
Enquanto eu amarrava flores metálicas umas nas outras para formar uma guirlanda que serviria de fundo fotográfico, meus olhos continuavam se desviando em direção a Robbie. Definitivamente havia algo diferente nele. Ele parecia... mais radiante. Eu não conseguia desviar o olhar. Agora, Robbie estava muito concentrado ao pintar de dourado metálico as estrelas de papelão. Tentando passar o pincel nas pequenas fendas da borda, sua concentração era tão profunda que ele estava fazendo aquela coisa de morder levemente a língua no canto da boca. Quando éramos crianças, eu costumava dizer que, se alguém o surpreendesse, ele poderia acabar arrancando a ponta da língua com uma mordida, mas Robbie dizia que não conseguia evitar, e acho que acabou nunca perdendo o costume.

Estendi a mão e cutuquei sua bochecha, e ele ergueu a cabeça, meio surpreso.

— Para que isso?

— Você tava fazendo aquela sua cara de bobão com a língua para fora. Não queria que você mordesse a língua por acidente. — Eu ri.

Ele franziu a testa.

— Valeu, Hanbin-*hyung* também odeia quando faço essa cara.

— Eu não odeio. Na verdade, acho meio fofo.

Ele arqueou uma sobrancelha para mim.

— Sério? Você costumava pegar no meu pé por causa disso.

— Sim, é. Você sabe o que dizem sobre o jeito que as criancinhas flertam — falei.

— Flertam? — perguntou Robbie.

Por que fui dizer isso? Eu estava tão à vontade que escapou.

— Sim, quer dizer, você sabe: essas coisas bobas que fazemos quando somos crianças — falei, apenas juntando palavras sem sentido esperando que ele deixasse para lá. Abaixei a cabeça, decidindo que eu precisava me concentrar muito para enfiar o barbante em mais flores metálicas.

— Quando foi que você flertou comigo quando a gente era pequeno? — perguntou Robbie, aproximando seu rosto de forma que eu não pudesse evitar seu olhar.

Desisti e larguei minha guirlanda.

— Qual é, não é possível que você não sabia que era meu crush.

— O quê? — perguntou. — Quando?

— Por um tempinho na terceira série, achei que você era meio que fofo. — Mantive meu tom leve, com cuidado para ter certeza de usar todos os verbos no passado.

— Para de gracinha. Isso não é verdade. — Robbie balançou a cabeça.

— Estou te falando que é. — Eu ri. — Mas desisti, porque você não percebeu, e odeio esperar.

— Então você devia ter me dito — murmurou, voltando a girar o pincel na tinta que estava começando a secar.

— Bem, acho que agora nunca vamos saber o que teria sido do nosso grande amor de terceira série — brinquei.

Robbie franziu a testa e pegou o frasco de tinta para esguichar mais em seu recipiente. Mas, depois de sacudi-lo por um minuto inteiro, ele olhou para cima.

— Acabou.

— Vou pegar mais. — Prontifiquei-me.

De qualquer forma, eu precisava esticar minhas pernas. Estavam começando a ficar dormentes, e bati meus punhos contra elas enquanto caminhava até o depósito. Ele estava cheio, armazenando todos os equipamentos esportivos do centro, mas Cora havia nos dado uma prateleira alta para colocarmos todas as tintas necessárias para a decoração do baile.

Ouvi a porta abrir e meio que esperei que fosse Josie vindo fofocar sobre Robbie, mas era o próprio.

— Eu te disse que ia pegar a tinta — falei, dando um passo para trás enquanto ele se espremia no quartinho apertado.

— Eu sei — disse Robbie quando a porta se fechou atrás dele. O depósito era iluminado apenas por uma lâmpada fraca, que lançava tudo na penumbra. Desse jeito, era impossível eu ler sua expressão.

— Entãããão — arrastei a palavra nervosamente, uma centena de borboletas batendo as asas no meu estômago —, pode voltar lá para fora com os outros.

— Você realmente tinha um crush em mim? — perguntou, seus olhos escuros me prendendo no lugar.

— Quer dizer, foi há muito tempo. — Minha voz soou fraca, e o ar de repente pareceu muito denso.

— Não faz tanto tempo, se você ainda tá trazendo isso à tona. — Ele arqueou uma sobrancelha.

— Que seja. — Eu ri e o empurrei, mas Robbie não se mexeu. — O que deu em você? Tá agindo tão estranho hoje.

— Nada. Só tô sendo eu mesmo — murmurou, inclinando-se para mais perto. — Mais eu mesmo do que tenho sido há algum tempo.

— Que... bom — gaguejei, sentindo que, de repente, o espaço era pequeno demais para duas pessoas.

— Sabe, eu também tinha um crush em você. — Ele se aproximou ainda mais. Tentei recuar, mas a prateleira pressionou minhas costas.

— Quando? — sussurrei.

Robbie se inclinou até nossos olhos ficarem alinhados.

— Quando você gostava de mim? — perguntei outra vez, e eu podia ouvir meu sangue pulsando tão alto quanto as Cataratas do Niágara.

— Adivinha.

Eu queria dizer *agora*, porque queria tanto que fosse verdade, mas apenas dei de ombros, com muito medo de responder. Tinha aprendido a lição semana passada no telhado.

Robbie se aproximou ainda mais, e eu fechei meus olhos com força, esperando pelo que viria a seguir. Mas ele apenas ficou na ponta dos pés e estendeu a mão por trás de mim para pegar um frasco de tinta dourada.

— Não foi para isso que você veio aqui?

— Hein? — falei enquanto Robbie colocava o frasco em minhas mãos, fechando-as com as dele. Ficamos assim, com as mãos em concha por uns dez segundos intermináveis. Então, ele deu um passo para trás e abriu a porta. Cambaleei para a frente, como se meu corpo fosse magneticamente atraído pelo dele.

— Te vejo lá fora — falou com um sorriso.

A porta se fechou atrás dele, e eu apertei a tinta contra meu coração ainda acelerado. O que tinha acabado de acontecer? Estava tão confusa. Mas de uma coisa eu sabia: precisaria ficar aqui por alguns segundos para me recompor antes de sair outra vez.

Trinta e seis

Não sou o tipo de pessoa que se importa muito com o que veste. Apenas coloco algo limpo e confortável (e "limpo" é negociável). Mas, enquanto me via diante de cada peça que possuía neste mundo, percebi que, pela primeira vez na vida, estava tendo problemas com roupas. Não era o baile que me preocupava. Eu já havia dado um jeito nisso. Comprei um vestido usado muito legal em um brechó na Main Street. Era azul elétrico com uma silhueta retrô de linha A, as mangas um pouco bufantes, mas não a ponto de parecer ridículo. Até mandei fazerem a bainha logo acima dos joelhos para deixá-lo mais moderno. O visual era perfeito para o tema dos anos 80 e me custou menos de 35 dólares no total.

Era o KFest que me preocupava. Havia vlogs inteiros de YouTubers dedicados a como deram tudo de si na escolha de suas roupas para o evento. E este show abriria o evento. Eu não podia parecer desleixada.

Além disso, Robbie havia me dito que me conseguiu um passe VIP para que eu possa ter acesso aos bastidores. O que significava que estaria no mesmo ambiente de dezenas de *idols*. E não conseguia tirar da cabeça alguns comentários maldosos do vídeo do *promposal*. Como os que diziam que eu parecia uma *soccer mom*.

Peguei mais uma camisa e considerei usá-la. Era a única que tinha algum tipo de brilho. Apesar de as lantejoulas se parecerem mais com algo saído dos anos 2000 do que com alguma tendência de moda atual. Tentei me lembrar se eu tinha herdado isso de Sarah e, honestamente, não consegui me recordar.

Tirei uma foto e enviei para Josie. E, antes que eu pudesse mudar de ideia, enviei para Sooyeon também. Ela havia me dado seu número e dito que eu poderia enviar uma mensagem, se precisasse de alguma coisa. E eu definitivamente precisava da ajuda de alguém que entendesse de moda para esse tipo de situação.

213

Quando Josie e Sooyeon responderam, recebi a confirmação de que a camisa era boa para a escola, mas não para um grande show.

— Ei, Elena? — Ethan bateu na minha porta aberta e, então, congelou na entrada. Olhei à minha volta; acho que realmente parecia que uma bomba tinha sido detonada no meu armário.

— Ethan, estou ferrada — falei, desabando na pilha de roupas. Pelo menos, davam uma boa almofada. Mas, sinceramente, só serviam para isso.

— O que você tá fazendo? — perguntou com um ar risonho. Estreitei meus olhos, e ele, sabiamente, endireitou os lábios.

— Tô tentando encontrar uma roupa para usar no fim de semana, mas não tenho nada que não pareça... usado.

— Isso que acontece quando você não compra nada novo por três anos. — Ethan entrou e pegou um par de leggings. Enrolou-a nas mãos, em uma tentativa meia-boca de dobrá-la.

— Ser amiga de Josie me deixa ciente demais da crise ambiental do *fast fashion*. Você *sabe* quantos quilos de roupas são jogados fora a cada ano?

Ethan riu.

— Honestamente, não sei e acho que não quero saber. Na verdade, queria falar com você sobre o baile.

— Ai, senhor, por favor, não. Chega de problemas com o baile. O que foi agora? Uma petição para fazer mais arcos de balões ou algo do tipo?

— Vão ter arcos de balões? — perguntou Ethan. — Por quê?

Balancei a cabeça. Já podia sentir a dor de cabeça de estresse chegando:

— A esta altura, eu nem sei mais.

Ethan suspirou, torcendo a legging com mais força. Eu queria lhe dizer que, se continuasse fazendo isso, ele iria esgarçá-las, mas, antes que pudesse falar alguma coisa, ele disse:

— Então, pensei que talvez devesse te contar com quem vou ao baile.

Ethan estava me contando sobre sua vida amorosa? Por acaso o sol havia começado a se pôr no leste?

— Vou com a Felicity.

Agora eu me sentei.

— Felicity? Fitzgerald?

— É — disse Ethan lentamente, olhando para mim como se estivesse observando um gato selvagem prestes a atacar.

Uma dúzia de reações passou por mim. Mas as mais fortes foram confusão e aborrecimento. É claro que Ethan convidaria Felicity para o baile. Sem nem pensar no fato de que Felicity havia me atormentado regular e publicamente nos últimos três anos.

Mas você não estava achando que está se dando bem com ela agora? Disse uma voz na minha cabeça. Uma voz que, suspeitamente, parecia a da minha mãe.

Seria mais fácil só deixar isso para lá. Era o que esperavam de mim. Mas fiquei pensando sobre todas as vezes em que os amigos de Ethan me provocaram impiedosamente nas últimas duas semanas, e ele não me defendera. Desta vez, nu não queria só deixar para lá. Isso fazia parte de um padrão em que o príncipe Ethan fazia o que bem queria sem se importar comigo.

— Não sei por que você tá me contando isso quando sei que nada do que eu disser vai mudar alguma coisa.

Ethan franziu a testa:

— Não tô te contando porque quero sua opinião. Só tô te alertando porque sei que você surtaria se eu não falasse nada.

Meu sangue ferveu com suas palavras.

— Não é surtar. É ficar irritada por você não se importar o suficiente com meus sentimentos e convidar a única pessoa que eu poderia, com razão, considerar minha arqui-inimiga.

— Você tá sendo muito dramática. — Ethan ergueu os olhos para o teto, o que me deixou ainda mais irritada.

— Tá bom, faz o que quiser. Você nunca se importa com o que acontece na minha vida. Então por que eu deveria me importar com o que tá acontecendo na sua?

Agora Ethan parecia irritado:

— Isso é muito injusto! Só é assim porque *você* quer!

— O quê? — Ele não estava fazendo nenhum sentido.

— A gente só fica fora da vida um do outro porque *você* quer.

— Ethan torceu a legging com tanta força que ela começou a ficar transparente nas costuras.

Tentei pegá-la, mas ele se afastou.

— Você tá esgarçando a calça! — falei. Mas ele ergueu os braços acima da cabeça com ela. — Ethan, para com isso! — Pulei, mas ainda não consegui alcançá-la.

— O que tá acontecendo aí em cima? — A voz da minha mãe veio do andar de baixo. — Elena, não grita com seu irmão!

Ah, claro. *Só eu que gritei.* Eu estava praticamente soltando fumaça.

Ethan finalmente abaixou o braço, e peguei a legging de volta.

— Só me deixa em paz — sussurrei para que minha mãe não conseguisse ouvir com sua superaudição.

— Tá bom. Eu nem deveria ter me dado ao trabalho de te contar.

— Ele saiu furioso e entrou em seu quarto, batendo a porta atrás de si.

— Elena! — gritou minha mãe.

Segurei um grito enquanto fechava minha porta, jogando a legging no chão em frustração. Ela estava definitivamente esgarçada.

Trinta e sete

Eu não tinha mais energia para continuar procurando roupa depois da minha briga com Ethan.

Quase mandei uma mensagem para Josie reclamando de toda a situação, mas senti que não era algo que se compartilhava. Para ser honesta, Ethan nunca havia ficado bravo comigo assim. Sempre presumi que era porque ele nunca tinha se importado o suficiente com qualquer coisa que eu tivesse feito para chegar a ficar bravo.

Comecei a pegar minhas roupas, pensando que era melhor arrumar tudo antes que minha mãe subisse e tivesse um aneurisma, mas meu corpo não queria se mover da posição atual, jogado na cama.

Meu celular vibrou, e quase o ignorei, mas sabia que, se fosse Josie, ela continuaria mandando mensagens. Eu me sentei, surpresa, quando vi o nome de Robbie.

ROBBIE: Abre a porta.

E a campainha tocou.

Uma adrenalina percorreu meu corpo e, esquecendo minha exaustão anterior, desci as escadas correndo. Por um momento fugaz, pensei que ter um namorado deveria ser assim. Ficar tão animada para vê-lo que você não consegue chegar à porta rápido o suficiente.

Eu a abri e só fiquei parada lá, deixando a eletricidade do momento soltar faíscas entre nós dois. Desde seu comportamento estranho no depósito, era como se houvesse um elástico esticado entre nós, e eu sentia que o primeiro a se mover iria arrebentá-lo.

— Você tá bem? — perguntou Robbie, um sorriso hesitante iluminando seu rosto.

— Ah, sim. Tô bem — falei, saindo do meu devaneio. — Calma aí. *Como assim* você tá aqui? Achei que estivesse com a agenda cheia de ensaios até o KFest!

— Dei uma escapada. — Ele sorriu e ergueu uma bolsa de viagem.

— O que é isso? — Estava indo viajar?

— É surpresa.

— Ah, bem. É uma... bolsa bonita — falei, embora fosse bastante normal. E usada.

Robbie riu.

— A bolsa não é a surpresa. — Ele entrou e tirou os sapatos. — Abre.

Olhei para o corredor em direção à cozinha, perguntando-me se minha mãe colocaria a cabeça para fora.

— Certo, mas vamos subir primeiro.

Quando entramos no meu quarto, só me lembrei do estado dele quando já era tarde demais. Comecei a dar meia-volta para bloquear a visão de Robbie. Mas ele entrou e soltou um assobio baixo.

— Lani, não queria te dizer isso, mas... acho que você foi roubada.

— Não tira sarro de mim. Tô tendo um surto de guarda-roupa.

— Bom, é para isso que serve o seu presente.

— Sério? — perguntei confusa. — É um organizador de roupa ou algo do tipo?

Robbie riu enquanto abria o zíper da bolsa. Ele tirou de dentro um vestido vermelho de lantejoulas. Era de um ombro só com uma bainha assimétrica. Eu não entendia nada de moda, mas sabia que esse vestido era lindo.

Ai, meu Deus. Eu estava vivendo um momento no estilo de *Uma Linda Mulher*? Robbie era meu Richard Gere?

— Como você soube? — perguntei, aproximando-me e tirando as roupas de dentro da bolsa, uma mais linda que a outra.

— São da Sooyeon. De seu guarda-roupa de turnê. Ela não precisa de nenhuma dessas roupas para o KFest. Então me disse que você poderia escolher uma para vestir no sábado.

Não era um momento no estilo de *Uma Linda Mulher*. Era um momento no estilo de *Cinderela*. E Sooyeon era minha fada madrinha.

— Quer provar alguma? — perguntou Robbie.

— Não — falei, pegando com cuidado a preciosa bolsa e colocando-a delicadamente na cadeira da minha escrivaninha. — Quero fazer uma surpresa para você.

Robbie riu.

— Mas você não me enviou uma selfie com seu vestido do baile?

— É só o baile. — Dei de ombros.
— Você é estranha, Elena Soo.
— É por isso que você me adora — falei com uma piscadela de brincadeira. Eu estava me sentindo inebriada pelo presente.
— Claro — disse Robbie, aproximando-se da minha cômoda e pegando um velho porta-joias.
— O que você tá fazendo? — perguntei, estranhamente autoconsciente de como ele estava inspecionando o espaço.
— Faz sete anos que não venho aqui. Não mudou muito.
— Mudou, sim.
Ele me lançou um olhar cético.
— Eu tenho novos... — Olhei em volta. — Lençóis.
Robbie riu enquanto puxava um caderno da prateleira.
— É da minha fase de poesia — falei, arrancando-o de sua mão. Não queria que ele visse meus poemas ruins quando era um compositor tão talentoso.
Robbie pegou um caderno de desenhos amassado.
— Minha fase artística. — Também o puxei de sua mão.
Ele riu e pegou mais três cadernos, erguendo-os.
— Escrita criativa. Jornalismo. *Bullet Journal*. — Agarrei cada um deles enquanto listava meus hobbies abandonados, segurando agora uma pilha de meus fracassos.
— Que legal — disse ele enquanto eu colocava os cadernos de volta na prateleira.
— Que sou um fracasso em tudo que tento? — zombei.
— Que você continua tentando — disse ele. — Na nossa idade, a gente ainda não precisa saber quem é, Lani.
— Você sabe — apontei.
Robbie me dirigiu um olhar estranho, sua cabeça inclinada:
— Por que isso é tão importante para você?
— Hein? — falei, sem entender o que estava realmente perguntando.
— Que diferença faz você saber, agora, pelo que é apaixonada?
— É que... — Fiz uma pausa. — Eu sou como um livro vazio. Ninguém tem interesse em ler uma página em branco.
Robbie franziu a testa e colocou as mãos nos meus ombros.
— Elena, a gente pode descobrir carreiras, hobbies e sonhos a qualquer momento. O que te torna interessante não é uma única coisa só. Você é composta de tantas coisas bonitas. Sabe disso, não é?

Tive que piscar com força porque, de repente, meus olhos estavam ardendo. Era a primeira vez que alguém dizia que eu era boa o suficiente do jeito que eu era desde... bem, desde Robbie, quando criança.

— Ahn, vai falar isso para os orientadores da minha escola.

Ele riu e deixou suas mãos caírem dos meus braços, pegando coisas aleatórias da minha cômoda bagunçada. Robbie pegou uma edição bem gasta de *Para Todos os Garotos que Já Amei*, expondo uma cópia novinha em folha do último álbum do WDB. Tentei agarrá-lo, mas ele foi muito rápido.

— Ora, ora, ora. Você é uma Constellation secreta, Elena?

— Não — falei, arrancando o álbum de sua mão. — Só estou apoiando meu amigo. Cada venda conta, sabe.

— Tem razão. Eu não devia te provocar. Agradecemos o apoio — disse ele com uma reverência.

Ri enquanto colocava o álbum entre Simon e Starr na minha estante lotada.

— Sabe — refleti. — Eu meio que *curtia* o WDB quando a empresa lançou seus *teasers* de pré-*debut*.

— O quê? Não curtia, não — disse Robbie, olhando-me com desconfiança.

— Curtia, sim — insisti, sorrindo para seu olhar cético. — Eu sabia tudo da biografia do JD e do Minseok.

Robbie franziu a testa.

— O que foi? — perguntei, gostando de sua óbvia irritação.

— Por que eles?

— Bem, o Minseok é hilário. Qualquer um podia ver isso, mesmo naquela época. E JD... — Eu apenas suspirei. E contive uma risada quando a carranca de Robbie se intensificou tanto que ficou parecendo a de Jackson quando fazia birra.

— Você...? — Ele não continuou a frase.

— O quê? — Cutuquei Robbie, contendo um sorriso. Era quase fácil demais provocá-lo agora que eu sabia onde atingi-lo.

— Você já teve um *crush* nele?

— Talvez — admiti. — É que ele era tão legal.

— Você *ainda* gosta dele? — Era difícil manter uma cara séria ao ver sua expressão grave.

— Claro que não. — Eu finalmente ri. — Ah, qual é, não faz birra. Eu te *disse* que tinha um *crush* em você na terceira série. É tudo igual.

— Não, não é. As coisas nunca são iguais entre você e eu. — Robbie estava me olhando de um jeito engraçado. — Isso fez minhas entranhas se contorcerem e meu coração apertar.

— Claro que são — falei baixinho, tentando ignorar minha pulsação acelerada. — Por que não seriam?

— Você realmente não sabe? — perguntou. — Que eu teria feito qualquer coisa por você?

— Sério? Roubaria um carro por mim? — Tentei desesperadamente escapar dessa situação com uma brincadeira, porque nunca tinham me olhado do jeito que Robbie estava me olhando. Eu não conseguia pensar. Se ele ao menos piscasse ou desse um passo para trás, talvez eu fosse capaz de recuperar meu fôlego.

— Tô falando sério — disse ele. — Você foi meu primeiro amor, Lani.

Eu tentei sorrir, mas o sorriso parecia vacilante no meu rosto.

— Qual é, "primeiro amor" é coisa de filmes e doramas.

— Por quê? — Robbie inclinou a cabeça. — Você foi minha primeira crush. Meu primeiro beijo. A primeira pessoa para quem tive vontade de dizer "eu te amo" fora da minha família.

— Quando você teve vontade de dizer isso? — Por que eu estava soando tão sem fôlego? Robbie conseguia perceber isso na minha voz?

— Naquela noite em que eu te contei que a gente ia se mudar — respondeu ele sem hesitar. — Eu tinha planejado tudo: ia tocar nossa música e confessar que te amava.

— Isso é ridículo. — Forcei uma risada, mas tudo que saiu foi um som de nervosismo. Eu me disse que Robbie estava falando do passado. Isso não significava que ele ainda sentia o mesmo. Mas estava me olhando tão atentamente que estava confundindo o meu cérebro. — Por que você se esforçaria tanto?

— Porque você vale a pena. — Tentei procurar por um sorriso, por uma piada. Mas ele parecia muito sério.

— Mas você não está aqui para ficar — apontei. — Vai voltar para Seul em breve e estará do outro lado do mundo outra vez. — Por que eu estava questionando tudo o que Robbie estava dizendo? Por que eu sentia que tinha que rejeitá-lo antes que ele pudesse me rejeitar?

— Você tem razão — admitiu, e deixei meus ombros caírem por ele ter concordado tão facilmente.

Então Robbie deu um passo em minha direção.

— Meu *appa* costumava dizer que, para começar a mudar as coisas, você só precisa dar um único passo.

Prendi a respiração, esperando o que ele diria a seguir.

— Então, você acha que pode tentar? Apenas um passo. Eu não conseguia recuperar o fôlego para dizer alguma coisa, mas dei um passo à frente. E Robbie sorriu, segurando meu rosto com as mãos, a sensação quente de suas palmas contra minhas bochechas.

— Você não fala como nenhum garoto do ensino médio que eu conheço — falei quando finalmente encontrei minha voz. — Faz sentido você escrever músicas.

Robbie riu, um som baixo, mais parecido com um zumbido.

— É por causa de todos os doramas que eu vejo — disse. E abaixou um pouco a cabeça, seus olhos fixos nos meus. Robbie arqueou as sobrancelhas, e eu percebi que ele estava me fazendo uma pergunta.

Você topa?

Em resposta, fiquei na ponta dos pés e diminuí o espaço entre nós. Foi a segunda vez que beijei Robbie Choi. E foi infinitamente melhor que a primeira.

WDB (원더별): PERFIL DOS MEMBROS

NOME ARTÍSTICO: Jun
NOME: Xiao Dejun (소데준/萧德钧)
POSIÇÃO NO GRUPO: subvocal, main dancer
ANIVERSÁRIO: 5 de dezembro
SIGNO: Sagitário
ALTURA: 182cm
PESO: 65kg
TIPO SANGUÍNEO: A
LOCAL DE NASCIMENTO: Distrito de Haidian, Pequim, China
FAMÍLIA: mãe, pai, duas irmãs (mais novas)
HOBBIES: futebol
EDUCAÇÃO: ele se formou na Escola de Ensino Fundamental Beijing Shida e frequentou o internato
COR DO LIGHTSTICK: vermelho

FATOS SOBRE JUN:

★ Antes de entrar para o grupo, era jogador de futebol. Ele ainda adora jogar.
★ Fez o teste para uma grande agência de entretenimento quando tinha 15 anos e foi para Seul treinar.
★ Acabou deixando a agência e se juntando à Bright Star quando tinha 16 anos.
★ Debutou quando tinha 17 anos (18 na idade coreana).
★ Suas comidas favoritas são qualquer coisa que contenha pão ou seja feita disso (pizza, sanduíches etc.).
★ Gosta do número 7.
★ Sua cor favorita é preto.
★ Sabe tocar guitarra.
★ É amigo de Sungchan, do NCT; Chenle, do NCT; e Kuanlin, do Wanna One.
★ Seu comediante favorito é Yoo Jae-suk.
★ É o melhor cozinheiro do grupo. Sempre cozinha para todos quando estão em casa.
★ Seu tipo ideal é Kim Tae-hee.

# Trinta e oito

Na quinta-feira anterior ao KFest, voltei ao centro comunitário para ajudar na decoração, mas, na verdade, estava esperando por Tia. Eu precisava conversar com ela sobre o que estava acontecendo entre mim e Robbie. Eu tinha tantos pensamentos girando perigosamente na minha cabeça. O que éramos um para o outro? O que significava o fato de termos nos beijado agora? Era algo que só duraria até o baile? E o que eu faria quando ele tivesse que ir embora?

Ouvi o grito de alegria de Jackson atrás de mim e me virei para pegá-lo no meio de um pulo.

— Elena-lena-lena! — cantou, praticamente vibrando em meus braços.

— E aí, Jack-Jack?

— Vamos ter uma casa nova! — gritou ele, jogando os braços para o ar no momento em que Tia chegou apressada.

— O quê? — Sorri para Tia, surpresa. — Como assim?

Eu estava confusa. Tia odiava seu apartamento (que tinha problemas de fiação e uma torneira pingando), mas, toda vez que eu sugeria que ela se mudasse, dizia que era o único lugar que podia pagar.

— Jackson, vai procurar a senhorita Cora — pediu Tia, pegando-o dos meus braços. Ele foi imediatamente, chamando por Cora e gritando sobre sua nova casa.

— Você conseguiu a promoção? — perguntei, meu sorriso se alargando.

— Sim, mas...

Envolvi Tia em um abraço.

— Isso é ótimo! Tô tão feliz por você.

— Sério? — perguntou Tia. — Isso é ótimo, porque tô querendo conversar sobre esse assunto há um tempo.

Eu ri:

— Não precisava disso tudo. Podia só ter me contado. — Por que Tia estava me olhando com esse olhar estranho e cauteloso? Era uma boa notícia.

— Hum, não é sobre a promoção. É sobre o lugar para onde estou sendo promovida.

— O quê? Não é na mesma loja? — Seu tom hesitante estava fazendo o medo se instalar em meu estômago.

— Não — disse Tia. — Mas a promoção não é apenas para gerente de piso. É para gerente assistente. Em Ann Arbor.

— Ann Arbor? — Franzi a testa, ainda sem conseguir processar totalmente. — Em Michigan?

Não, isso não poderia estar certo. Tia e Jackson moravam em Illinois. Foi aqui que ela tinha estudado. Tia era parte vital do centro. Da minha vida. Ela não poderia estar indo embora.

— É sobre isso que eu queria conversar. Queria ter certeza de que estava... tudo bem — disse ela lentamente, observando-me com cautela.

— Mas por que eles não podem simplesmente manter você na mesma loja? E quanto ao cargo de gerente de piso?

— É um bom emprego, Elena, mas, com o aumento que receberia como gerente assistente, eu poderia comprar um carro novo. E pagar atividades extracurriculares para o Jackson.

— Ele tem atividades extracurriculares aqui — insisti, quase estremecendo com meu tom irritado. Eu podia sentir o início de uma crise. Tia estava me deixando. Assim como Esther, Allie e Sarah. Estava seguindo em frente com sua vida, e eu não fazia mais parte disso. Ela iria embora e prometeria manter contato, mas logo ficaria "tão ocupada" que as ligações diminuiriam até cessarem por completo. E ela simplesmente seguiria em frente. E eu ficaria sozinha. Esquecida.

— Tudo bem — falei, minha voz rígida. Eu não queria arriscar dizer mais nada. Sabia que esta era uma ótima oportunidade para Tia. Que ela merecia isso. Sabia que, se deixasse as lágrimas que queimavam em meus olhos caírem, então eu pareceria uma grande pirralha.

— Elena, não quero que você fique chateada.

— O quê? — Tentei soltar uma risada, mas saiu entrecortada por um soluço. — Não tô chateada. Só muito ocupada. Tenho que terminar essas decorações e fazer o dever de casa que estou enrolando para começar. Então, parabéns, eu acho, e me envia umas fotos da casa nova quando chegar lá. — Eu me voltei para a caixa de luzes cintilantes que estava desembaraçando, fechando os olhos com força para conter as lágrimas.

Ouvi Tia arrastar os pés atrás de mim. Como se estivesse refletindo se deveria continuar a conversa ou não. Então, por fim, ela disse:

— Te ligo mais tarde. — E foi embora.

Finalmente deixei as lágrimas espessas caírem, enxugando-as inutilmente com a manga da camisa. Eu já tinha ouvido essas palavras tantas vezes antes. Mas ninguém nunca ligava.

 # Trinta e nove

No dia do KFest, eu sabia que precisava de uma distração. Ethan estava me evitando a todo custo em casa. E agora o centro não parecia um lugar para onde eu pudesse fugir, já que corria o risco de encontrar Tia e Jackson e começar a chorar. Então, a ideia de ir para a cidade pareceu uma boa mudança de ares.

Quando eu era mais nova, achava que todos os dias em Chicago eram como em *Curtindo a Vida Adoidado*, porque esse era o filme favorito de Esther, e ela assistia repetidamente. Mas, depois que fiz 13 anos, percebi que ninguém era tão sortudo ou ousado na vida real quanto o protagonista. E, se fossem, eu teria muito medo de andar com eles.

Por outro lado, eu estava fazendo muitas coisas que teria medo de fazer quatro anos atrás. Como usar a roupa que estava usando. Escolhi algo com um short, pensando que seria mais modesto, embora fosse uns cinco centímetros mais curto do que os que costumo escolher. Coloquei botas compridas de camurça que chegavam até meus joelhos. A princípio, pensei que havia calçado errado, mas, depois de enviar uma mensagem para Sooyeon, ela me garantiu que esse era o estilo. Minha blusa era ligeiramente curta, mas não a ponto de mostrar toda a minha barriga (ao contrário de algumas das outras opções). Era rosa bebê e de um tecido elástico, o que era necessário levando em consideração que Sooyeon vestia um tamanho menor que o meu. Alguns babados decoravam as laterais e as mangas da blusa, cobrindo um pouco mais a pele. Infelizmente, meus ombros estavam descobertos.

Até desenterrei minha miserável coleção de maquiagem e passei rímel e batom. A maioria era coisas que Josie tinha me forçado a comprar, mas tive que admitir que caíram bem em mim. Quando eu estava pronta, enviei uma foto minha para Josie, e ela respondeu com um monte de emojis de olhos de coração.

Nessa roupa, eu me sentia quase outra pessoa. Finalmente entendi porque algumas garotas diziam que usavam roupas e maquiagem como uma armadura de batalha. Vestida assim, senti que poderia ser mais corajosa. Mais ousada. Que talvez... talvez conseguisse dizer a Robbie que queria ver se poderíamos ficar juntos depois do baile. A ideia de ter que me despedir dele machucava demais agora. Tinha que haver outro jeito, certo? E talvez meu erro da última vez que Robbie foi embora tenha sido desistir ao primeiro sinal de dificuldade. Talvez, se eu lutasse por nós, ele também tivesse vontade de lutar.

Eu tinha tudo planejado. Diria a ele que deveríamos manter contato pelo resto do semestre. E, enquanto isso, eu convenceria minha mãe a me deixar passar o verão com *Como*.

Até comecei a espalhar pistas e perguntar à minha mãe coisas aleatórias sobre crescer em Seul. Depois de cada história, eu dizia "Uau, queria poder ir logo". Não era tão sutil, mas achei que precisava pelo menos tentar.

Se eu passasse o verão com Robbie, sabia que poderíamos fazer dar certo. E ter um plano me ajudava a criar coragem e admitir que não queria que isso fosse apenas uma coisa temporária. Parecia que meu coração ia explodir só de pensar nisso. Mas explodir de um jeito bom. Ou... você sabe o que quero dizer.

Meu Nissan pipocou enquanto eu entrava no estacionamento do Soldier Field, onde o KFest estava acontecendo. O carro havia feito sons muito patéticos no caminho, e rezei a todos os deuses para que não quebrasse.

Robbie disse que havia deixado um passe especial para eu entrar quando quisesse. Na esperança de evitar a multidão, cheguei cedo. Não serviu de nada. Haviam filas enormes do lado de fora, todos esperando pela abertura dos portões.

O estádio tinha enormes faixas penduradas do lado de fora, colocando cada membro em destaque. E a maior de todas era uma enorme foto do grupo. Robbie e seus companheiros me olhavam de cima quando me juntei à multidão. Sempre que alguém virava na minha direção, eu abaixava o rosto, esperando que ninguém me reconhecesse.

Na minha vez, murmurei meu nome para a mulher que cuidava da cabine.

— Seu nome não consta aqui — disse ela com um carregado sotaque de South Side.

— O quê? — perguntei, pegando meu celular para enviar uma mensagem para Robbie. — Ele disse que deixaria aqui. Talvez esteja no nome de Robbie Choi?
— Robbie? — disse a garota atrás de mim na fila. — Você disse que Robbie Choi deixou ingressos para você?
— O quê? Não, eu... — Parei enquanto observava o reconhecimento iluminar seus olhos.
— Ai, meu Deus. É a garota do baile do Robbie!
Cabeças se viraram com o grito da garota, e tentei recuar, mas a multidão me cercou.
Balancei a cabeça, pensando que eu talvez ainda pudesse negar. Mas outra pessoa gritou:
— Com certeza. Lembro dela do vídeo do ensaio de dança!
Mãos se estenderam para apertar meu ombro, e celulares foram empurrados na minha cara. As pessoas gritavam uma dúzia de coisas ininteligíveis para mim. Alguém até estendeu uma pelúcia do WDB de Robbie e perguntou se eu poderia autografá-la.
— Eu não... eu não... sinto muito, mas... — gaguejei, incapaz de responder aos gritos conflitantes.
Uma mão forte me puxou para trás, e soltei um gritinho, quase perdendo o equilíbrio. Se eu caísse, seria pisoteada? Ou pior, viraria mais um meme da internet?
Mas, quando me virei, encontrei Hanbin e deixei escapar um meio soluço de alívio.
— Vamos — disse ele, puxando-me atrás dele até começarmos a correr para longe da multidão de fãs. Hanbin me conduziu rapidamente por uma barreira de segurança, e os guardas fecharam as fileiras para impedir que alguém nos seguisse.
Enquanto entrávamos no estádio, finalmente respirei fundo.
— Sinto muito — disse Hanbin, ainda me puxando atrás dele por corredores sinuosos que me lembravam aquelas cenas dos bastidores de filmes sobre bandas de rock. Pessoas passavam carregando cabos e suportes de microfone. Funcionários corriam de um lado para o outro com os braços cheios de trajes com lantejoulas. E parecia que todos precisavam estar em dez lugares ao mesmo tempo.
— Houve uma confusão, e eles não conseguiram mandar seu passe para a cabine. Com tudo que está acontecendo, Robbie não conseguiu enviar uma mensagem para você. Os meninos sempre têm agendas muito cheias nos dias de show. — Ele estendeu um passe, e eu passei o cordão em volta do meu pescoço.

— Ah, sem problemas — falei, esticando o pescoço. Aqueles eram os meninos do EXO? Eu os amava quando estava no ensino fundamental.
— Prontinho — disse Hanbin, abrindo uma porta que tinha uma placa de papel escrita "WDB".
A sala de espera era um oásis tranquilo em comparação com o corredor movimentado. As prateleiras estavam cobertas de produtos para penteados e maquiagem. E havia um membro da equipe conferindo uma lista enquanto examinava um cabide cheio de roupas.
Minseok estava sentado em um canto fazendo sua maquiagem. Jun estava ao lado dele, com fones de ouvido. Parecia que estava dormindo enquanto o cabeleireiro passava um pente em seu cabelo.
Jaehyung se levantou de um pequeno sofá.
— Elena — disse ele, me abraçando com um braço só. Estava com um tipo de toalha de papel protegendo seu colarinho, então achei que não deveria abraçá-lo muito forte. Eu não queria estragar sua maquiagem.
— Este lugar é insano — falei.
Minseok riu.
— Sim, é sempre assim antes de um show, mas você se acostuma.
Ri. Do jeito que ele falou, parecia que eu estaria em mais situações desse tipo no futuro. Ele realmente achava isso ou só estava sendo educado?
Olhei em volta:
— Onde estão Jongdae e Robbie?
— Jongdae sumiu assim que chegamos aqui. Acho que Robbie foi encurralado em algum lugar para uma entrevista.
— Ah — falei. Fiquei um pouco decepcionada por ele não estar aqui para me receber. Mas eu sabia que os meninos não estavam aqui para se divertir; estavam trabalhando.
— Nunca dão Flamin' Hot Cheetos suficientes — suspirou Jaehyung, remexendo uma cesta de salgadinhos. — Será que tem algum no balcão de lanches?
Minseok riu:
— Bem, duvido que consiga ir até lá sem ser assediado por uma multidão. Você sabe que os empresários-*hyungs* vão te matar se os fãs rasgarem sua camisa... de novo.
— Eu posso ir — ofereci.
— Você não precisa fazer isso — disse Jaehyung, mas ele parecia esperançoso o suficiente para me fazer rir.
— Não ligo — falei. — De qualquer forma, já ia pegar um lanche para mim. — E queria encontrar Robbie. Eu me sentia estranha aqui sem ele.

Tive que perguntar a dois técnicos diferentes para que lado ficavam os balcões de lanche. E, depois de me perder pela terceira vez, estava prestes a desistir quando vi um rosto familiar.

— Sooyeon! — Levantei minha mão, acenando.

Ela ainda estava de moletom, mas já com a maquiagem completa de palco, que brilhava toda vez que ela movia a cabeça.

— Elena! Você tá maravilhosa. Eu sabia que essa roupa cairia bem em você.

— Obrigada. Sinto quase como se estivesse fazendo um cosplay.

— Eu ri, e Sooyeon abriu um sorriso, mas ela parecia distraída. — Tá tudo bem?

— Sim, claro — respondeu e sorriu novamente, mas, desta vez, consegui perceber que era forçado.

— Tem certeza? — perguntei. — Se você precisar conversar...

— Lembra quando eu te contei que estava tentando fazer com que minha empresa me deixasse escolher o conceito do meu próximo álbum? — disse ela. — Eles rejeitaram. Disseram que os fãs não iriam gostar se eu tentasse ir por um caminho mais maduro.

— Eles nem fingiram pensar no assunto? — perguntei, irritada por ela. — Você está entre os maiores *idols* da Coreia agora!

— Essa é a questão. Quando você está no topo, sempre pode cair. Minha empresa está apenas cuidando de mim. — Ela deu de ombros, mas não parecia convencida.

— Você devia tentar falar com eles de novo. Não disse que tinha uma empresária-*unnie* de quem era próxima?

Sooyeon balançou a cabeça:

— Não vale a pena. Não quero que pensem que tô sendo difícil. Vou só fazer o que eles acham melhor. São especialistas nisso, não é?

— Acho que sim — respondi. Não pude deixar de me lembrar do rosto de Robbie na ponte. De como ele queria que sua empresa levasse seu novo estilo musical a sério. Eu lhe disse que tinha certeza de que daria certo, mas talvez estivesse errada. Se Sooyeon não conseguiu convencer sua empresa, será que Robbie conseguiria? Comecei a ficar preocupada, será que incentivá-lo tinha sido um erro?

— Sooyeon para a passagem de som!

— Preciso ir. Te vejo mais tarde — disse ela.

— Claro. — Observei-a correr em direção ao técnico, que verificou seu microfone.

Pensei em perguntar a mais um funcionário sobre o balcão de lanches quando ouvi alguém me chamar.

— Elena!

Eu me virei e vi Robbie correndo pelo corredor, e foi mais um daqueles momentos em câmera lenta de doramas que continuavam acontecendo comigo nos últimos dias. Ele estava incrível. Vestia jeans e uma camiseta larga, mas fizeram algo em seu cabelo para mantê-lo para trás. E, em vez de rosa, a raiz dos fios estava mais escura, enquanto as pontas estavam em um azul elétrico. Eu sorri, lembrando de Jackson exigindo que essa fosse sua próxima cor.

Um sorriso gigante se espalhou no rosto de Robbie, suas covinhas aparecendo enquanto seus olhos me olhavam de cima a baixo:

— Uau, você tá... uau.

Não pude deixar de sorrir ainda mais, exibindo-me sob seu olhar apreciativo.

— Você achou? Não tô parecendo uma criança brincando de se fantasiar?

— Não — disse ele, pegando minhas mãos e abrindo meus braços como se quisesse dar uma olhada melhor. — Você tá perfeita. Mas tem um problema.

Seu rosto e tom de voz se tornaram tão sombrios que a ansiedade tomou conta de mim. Ah, não. Será que eu estava usando alguma peça da roupa do jeito errado? As alças estranhas com babados eram tão confusas. Mas Sooyeon não tinha dito nada.

— Não sei como vou conseguir me concentrar na minha performance sabendo que você tá me assistindo vestida assim.

Ri e empurrei Robbie. Ele sorriu e pegou minha mão antes que eu pudesse me afastar novamente:

— Você terá o melhor assento de todo o estádio, logo ao lado do palco.

Deixei meus dedos se entrelaçarem com os dele.

— Então, você vai poder me ver enquanto estiver se apresentando?

— Sim — disse Robbie. — E cada música que eu cantar será para você.

— Que meloso! — Eu ri. — Uma de suas músicas não é sobre colocar fogo nas coisas?

— É sobre *arder* de paixão. — Ele mexeu as sobrancelhas de brincadeira.

— *Sunbae*! — Um grupo de garotas glamorosas em minivestidos brilhantes combinando se aproximou, e eu puxei rapidamente minha mão da dele. Cada uma delas tinha pelo menos 1,80, se não mais. Reconheci vagamente o nome do grupo delas, e todas fizeram uma reverência para Robbie.

Não podíamos dar dez passos sem encontrar alguém que ele conhecia. E todos eram tão lindos e arrumados que, mesmo com minha roupa nova, eu me sentia invisível. Só que, toda vez, Robbie fazia questão de me puxar para mais perto dele e me apresentar. Na maioria das vezes, falava em inglês, mas eu andei praticando meu coreano desde que ele voltara e conseguia acompanhar as conversas, mesmo que minha pronúncia ainda não fosse boa. Ainda assim, percebi que, sempre que Robbie falava coreano, pronunciava devagar para tornar mais fácil que eu acompanhasse a conversa. Era bom perceber que estava fazendo isso por mim. Que se importava o suficiente comigo para impedir que eu me sentisse excluída. Era bom perceber que, sem perguntar, Robbie sabia do que eu precisava. E eu mal podia esperar pelo fim do show para poder chamá-lo de lado e dizer o quanto ele significava para mim.

— Robi-*ya*! — chamou alguém, e quase desmaiei. Era D.E.T., uma das maiores estrelas do rap coreano da última década. Eu o *amava* no ensino fundamental. Na verdade, tinha até um pôster dele, de sua turnê de comemoração de cinco anos. E agora D.E.T. estava bem na minha frente.

— Quando você vai compartilhar aquelas músicas comigo? — perguntou, fazendo aquele gesto casual de apertar a mão e puxar para um abraço.

Robbie riu.

— Quando estiverem prontas.

— Cara, nada nunca está pronto. Você só devia desapegar. Tô trabalhando em um projeto que ainda não anunciaram e adoraria conversar sobre trazer você a bordo para escrever e produzir algumas músicas. A gente devia marcar um horário para se encontrar.

— Produzir? É sério? — perguntou Robbie, sua voz aguda com a surpresa. Sua mão apertou a minha com tanta força que meus dedos latejaram. Acho que nem percebeu que estava fazendo isso. — Eu teria que perguntar ao meu CEO. Não sei se ele aprovaria.

— Não se preocupe. Eu cuido disso. — D.E.T. fez um gesto com a mão, dispensando a preocupação de Robbie.

— Seria tão legal — falei. — Você vai pelo menos ouvir a proposta, certo?

— Isso aí, escute sua garota — disse D.E.T., sorrindo para mim, e eu quase evaporei. — Desculpe pela falta de educação. Eu sou...

— Você é o rei All-Kill da última década, a máquina de dança da BT Entertainment, o líder do M-Battle — soltei, e me senti como se tivesse 12 anos de novo.

— Ah, uma fã — D.E.T. sorriu. — Você tem um bom gosto para garotas, Robi-*ya*.

— Não sabia que era fã dele, Elena — disse Robbie, finalmente soltando minha mão agora latejante.

— Eu te disse que acompanhava K-pop quando você debutou, Robbie. E o M-Battle era meu favorito — falei, incapaz de olhar nos olhos de D.E.T.

D.E.T. riu.

— Bem, você deveria dar uma passada no meu camarim. Vou te dar um álbum autografado e te apresentar ao resto dos caras.

— Uau, sério? — perguntei, sem ar.

D.E.T. piscou para mim.

— Preciso voltar, mas, Robbie, pensa no que eu te disse.

Quando ele foi embora, virei-me para Robbie, que parecia perdido em pensamentos. Eu o cutuquei nas costelas, e ele deu um pulinho.

— Você vai, não é? Participar da reunião?

— Eu teria que perguntar à minha empresa primeiro... — Ele não terminou a frase, uma pequena ruga se formando entre suas sobrancelhas.

— Tudo bem, mas não descarta a ideia antes disso. Sua música é boa!

— Isso era promissor e ajudou a eliminar o desconforto que eu estava sentindo depois de ter falado com Sooyeon. Se alguém tão grande quanto D.E.T. queria que Robbie escrevesse com ele, então tinha que ser um bom sinal.

— Acho que não faz mal ouvir o que ele tem a dizer. — Finalmente pude ver um sorriso começar a se formar em seu rosto. — Sua empresa seria boba de não te deixar trabalhar com D.E.T. Ele é um dos maiores *idols* da década.

Os olhos de Robbie se estreitaram:

— Não acredito que você é fã dele e não minha.

— Eu *sou* sua fã — falei, segurando um sorriso. — Mas você era apenas um bebê que tinha acabado de estrear quando eu curtia K-pop. O M-Battle é um grupo lendário. Eles estão por aí há mais de dez anos.

Robbie franziu a testa, e eu finalmente ri, cutucando-o nas costelas outra vez.

— Você não tá mesmo com ciúmes, não é? — Sorri. Saber que Robbie ligava tanto para eu ser sua fã me agradava. Mostrava que ele se importava com a minha opinião, assim como eu me importava com a dele.

— Não tô com ciúmes — respondeu, mas sua voz saiu baixa e amuada.

Eu ri e abracei sua cintura. Ele ergueu o queixo, recusando-se a olhar para mim.

— Ah, qual é. Você sabe que, se eu pudesse escolher entre você e os artistas mais legais aqui hoje, sempre escolheria você.
— Não — disse Robbie, fungando orgulhosamente. — Não sei, não.
— O que eu posso fazer para te compensar? — perguntei, piscando meus cílios para ele, incapaz de conter meu sorriso.
Ele baixou os olhos para mim.
— Bem, tem uma coisa.
— O quê? — perguntei. — Eu faço qualquer coisa.
— Qualquer coisa? — perguntou, um sorriso malicioso se espalhando por seu rosto, e então se inclinou para que nossos olhos ficassem alinhados.
Meu coração deu um salto. E eu olhei ao redor; embora o corredor estivesse vazio agora, qualquer um poderia passar. Comecei a soltá-lo, mas seus braços me envolveram, segurando-me próxima a ele.
— Nada disso, você prometeu — falou, inclinando-se mais para perto.
— Tudo bem. — Desisti de tentar me livrar dele. — O que você quer?
Então ele se aproximou e sussurrou:
— Isto.
E pressionou seus lábios nos meus.
Por um breve momento, eu me perguntei se alguém estava olhando. E então não consegui pensar em mais nada, porque os lábios de Robbie se moviam nos meus, e eram tão macios. Fizeram cada pensamento voar para fora do meu cérebro enquanto eu levantava meus braços para abraçá-lo.
Eu poderia beijar Robbie Choi o dia inteiro. Eu poderia beijá-lo o ano inteiro. Se não tivesse que respirar, eu só iria querer beijá-lo para sempre.
Ele se afastou cedo demais. E suspirei de decepção.
— Sua dívida está oficialmente paga — informou ele.
— Acho que gostei dessa nova moeda de troca — murmurei. Robbie riu e me estendeu a mão novamente. E, pegando-a, deixei que ele me guiasse.

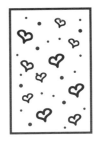 *Quarenta*

Robbie tinha razão: meu lugar durante o show era o melhor da casa, logo ao lado do palco. Quando chegou a vez do WDB, o telão no palco piscou na escuridão. O vídeo de introdução começou. Ele destacava cada garoto em um cenário especial. A multidão vibrou por cada membro, e podem falar que sou suspeita, mas definitivamente parecia que os gritos mais altos foram para Robbie. Então, todos os garotos se juntaram, caminhando por um deserto plano e vazio. O vídeo piscou, e eles passaram para algum tipo de complexo industrial. Aconteceu mais uma vez, e passaram para as montanhas. E, por fim, viraram apenas silhuetas, e os garotos reais foram erguidos ao palco por uma plataforma. E a multidão realmente foi à loucura.

Eles abriram o show com seu grande sucesso do ano passado. Aquele que fez com que se tornassem estrelas globais. Era uma mistura de música eletrônica e instrumentos coreanos tradicionais. Eu me lembrei de ter ouvido JD falar sobre isso em uma entrevista. Sobre como queria homenagear sua herança coreana nas músicas. As luzes do palco se expandiram para mostrar uma dúzia de bateristas coreanos vestidos com *hanboks* preto e branco, seus movimentos coordenados enquanto tocavam tambores de ampulheta. Então, do outro lado do palco, meia dúzia de instrumentistas de *yanggeum* foram iluminados. Os *yanggeums* estavam dispostos como mesas baixas diante deles. Eram placas planas de madeira com dezenas de cordas atravessadas em que eles batiam com finas varas de bambu em movimentos tão precisos que pareciam uma dança. E notei, pela primeira vez, que os movimentos de dança do WDB eram espelhos dos movimentos usados para tocar cada instrumento.

Nunca pensei muito sobre minha herança coreana. Acho que tive sorte, nunca tendo que pensar demais nisso ou me estressar com isso. Mas também nunca pensei que assistiria à apresentação de uma música tão profundamente enraizada na cultura coreana na maior casa de shows de Chicago. Acho que é esse tipo de orgulho que as mulheres do salão coreano sentiam sempre que um artista coreano fazia sucesso.

Quando o WDB terminou a música, eles imediatamente começaram seu *debut single*.

Eu não conseguia tirar os olhos de Robbie, que se separou do grupo para fazer seu rap. Então seu olhar se desviou, e ele olhou para mim. E foi como se, por apenas um segundo, estivesse cantando só para mim. Uma adrenalina percorreu meu corpo tão rapidamente que quase estremeci.

Este *idol* brilhante e reluzente que milhares, não, milhões, adoravam era minha pessoa. Já era antes de os fãs gritarem seu nome em um estádio lotado.

Era o Robbie de quem eu me lembrava, com sorrisos lentos e piadas idiotas. Aquele que sempre insistia para eu me sentar ao seu lado no ônibus para que ele não tivesse que se sentar sozinho. Mas também era alguém novo, uma pessoa diferente com a qual eu também me importava. Um garoto apaixonado por escrever músicas. Um garoto que se importava tanto com seus companheiros de banda que faria qualquer coisa para defendê-los. E um garoto que se esforçou para voltar e cumprir uma promessa que tinha feito há sete anos. Era de se admirar que eu tivesse me apaixonado por ele? Por todas as partes dele.

A música acabou, e os garotos ficaram imóveis em suas poses finais, respirando forte o suficiente para que pudéssemos ouvi-los ofegar depois que os aplausos cessaram na multidão.

Eles foram para a parte da frente do palco.

— Como vocês estão, Chicago? — gritou Minseok, e os gritos aumentaram. — Estamos muito felizes por estarmos aqui para o primeiro KFest Chicago!

— A próxima música é nosso *single* mais recente — disse Robbie, e a multidão foi à loucura. — É uma música que gostamos muito de tocar.

— Bem, acho que o Robbie gostou de filmar o vídeo do ensaio de dança um pouquinho mais que os outros — brincou Minseok.

A multidão gritou e senti alguns olhos ao meu redor se virarem para mim. Tentei ignorá-los, concentrando toda a minha atenção em Robbie.

— *Hyung* — disse ele, meio indignado.

— Que foi? — disse Minseok. — É verdade, não é, Jun-*ie*?

— Acho que é nosso único *single* que o vídeo do ensaio tem tantas visualizações quanto o MV — brincou Jun. Traidor.

— Vocês gostaram do vídeo? — perguntou Minseok, e foi como se todo o estádio gritasse "Sim!" em resposta.

— Sabe, sinto que devemos algo especial ao público — disse Minseok.
— Não, *Hyung* — disse Robbie, rindo. — Para de brincadeiras.
— O quê? Tô apenas tentando tornar as coisas interessantes — disse Minseok. — Vocês querem ver o Robbie recriar aquele vídeo?

A multidão gritou.

— Olha, vou escolher alguém da plateia hoje — disse Minseok.

Robbie suspirou:

— Tá bem.

Mas Minseok não foi para a frente do palco. Em vez disso, foi para o lado. Bem na *minha* direção. E senti todo o sangue do meu rosto se drenar.

— O que me diz, Elena? — perguntou, estendendo-me a mão. — Vamos dar às pessoas o que elas querem?

Comecei a balançar a cabeça, mas senti minha mão se erguer e pegar a dele. O que eu estava fazendo? Minseok me puxou para o palco. As luzes eram mais ofuscantes dali. Eu nem conseguia ver a multidão, apenas pontos de luz brilhantes e flashes de câmeras.

— Parece que temos uma convidada especial — disse Minseok em seu microfone enquanto me puxava para o centro do palco. Pareceu que demorou uma eternidade para chegar lá, de tão grande que era o palco. Jaehyung e Jun me deram sorrisos encorajadores. Até Jongdae estava rindo e balançando a cabeça. Apenas Robbie estava sério. Ele se aproximou, abaixando o microfone para que sua voz não fosse captada.

— Elena, você não precisa fazer isso, se não quiser.

— Por que não? — falei, minha voz tremendo um pouquinho. — É dar às pessoas o que elas querem, certo?

— Que garota — disse Minseok, dando um tapinha nas minhas costas, então continuou em seu microfone: — Temos a adorável Elena aqui para recriar seu papel no vídeo. Uma salva de palmas!

Quase tropecei para trás com os aplausos que ressoaram. Eles ecoaram estrondosamente, intensificados pela acústica do palco.

— Podemos preparar a parte do Robbie? — gritou Minseok.

Robbie se aproximou de mim e baixou a voz.

— Certo, é igual ao vídeo do ensaio de dança, só que no palco.

— E com milhares de pessoas assistindo, caso eu caia de bunda — falei.

Robbie sorriu e apertou minha mão.

— Vou estar aqui com você o tempo todo.

— Ótimo, porque se eu cair, levo você comigo — avisei.

— Música! — pediu Minseok.

A música começou, tocando a parte logo antes do rap de Robbie. JD e Jaehyung harmonizaram juntos, afastando-se para o lado enquanto Robbie me dava um aceno final e erguia o microfone para começar seu rap. E eu respirei fundo e comecei a atravessar o palco.

Robbie dançava ao meu lado, e não sei se foram as luzes, a roupa, ou apenas a adrenalina de estar neste palco gigante, mas apenas me soltei. Acrescentei um pouco de atitude aos meus passos. Revirei os olhos quando Robbie cantou a frase "Se ela só me desse uma chance, eu provaria que a melhor escolha sou eu". E então adicionei uma pequena jogada de cabelo que fez a multidão aplaudir ruidosamente. Robbie sorriu, dando-me um aceno de aprovação quando chegamos à parte em que pegava minha mão. Eu o deixei me girar em sua direção. Ele estava um pouco suado por causa da dança, mas não me importei e deixei meus braços envolverem seu pescoço. E então, em vez de me soltar, Robbie me abaixou e me deu um beijo no nariz. Ele me puxou de volta sob gritos e aplausos estrondosos.

Meu coração batia tão forte quanto os aplausos do público, e não consegui conter o sorriso que se abriu no meu rosto. Peguei a mão de Robbie, e ele ergueu nossas mãos no ar antes de nós dois nos curvarmos em uma reverência exagerada.

— Minha grande amiga, Elena! — disse Robbie em seu microfone, gesticulando para eu me curvar outra vez. Foi isso que fiz antes de correr de volta para Hanbin, que estava batendo palmas na lateral do palco.

— Você já considerou ser artista? — perguntou.

— Acho que essa foi a primeira e última performance da minha curta carreira — falei com uma risada.

— Bem, você e o Robbie são bons juntos — disse ele.

— Você acha? — perguntei, ainda tonta enquanto os meninos assumiam suas posições para a música completa com seus dançarinos.

— Sim, ele fica diferente com você. Mais assertivo, vai atrás do que quer. Robbie precisa disso se quiser ter poder de permanência nesta indústria.

— O que você quer dizer com isso?

Hanbin ainda estava observando os garotos no palco, seus olhos aguçados como se estivesse monitorando qualquer erro.

— É um lugar difícil de se estar. Temos que pressioná-los, porque cada vez precisamos de mais e mais deles. E, para Robbie e o WDB, é dez vezes pior. Toda a Coreia está assistindo, pois representam o país para o mundo inteiro agora. Robbie sempre foi o mais doce dos garotos, e me preocupava com ele. Talvez eu tenha tentado pressioná-lo mais por causa disso. Pedi que fizesse coisas das quais não me orgulho...

— Hanbin se interrompeu com um suspiro, massageando seu pescoço com a mão, como se de repente estivesse estressado.

— Como o quê? — perguntei, preocupada.

— Não é nada. Já passou. Fico feliz que você faça o Robbie feliz.

Eu queria perguntar mais, mas a música acabou, e os meninos saíram correndo do palco. Robbie veio direto para mim e me puxou em um abraço.

— Eca! Você tá todo suado! — protestei, mas não fiz um esforço real para afastá-lo.

— Você foi incrível! — disse ele e me girou em círculos até minha cabeça começar a girar.

Quarenta e um

Durante o intervalo, eu estava no corredor do estádio conversando com Jun e uma dupla de música folk de uma das maiores gravadoras.

— Eu vi alguns episódios daquele programa de competição em que vocês estavam — falei a eles. — Se tivesse uma votação internacional, eu, com certeza, teria votado em vocês.

— Obrigada — disse a garota com um sorriso doce que fez suas bochechas se arredondarem. — Eu te vi no palco. Você nasceu para isso.

Corei, sentindo que era surreal receber um elogio de alguém que sempre entrava no top dez com suas músicas assim que as lançava.

— Lani. — Robbie se aproximou e segurou minha mão. — Quer pegar algo para beber?

Ele me puxou antes que eu tivesse a chance de concordar.

Ri quando Robbie acelerou o passo.

— Por que a pressa? — perguntei enquanto me puxava para um corredor lateral cheio de paletes de madeira descartados. O espaço estava completamente vazio, e ele me girou até que eu ficasse de costas para a parede, colocando um braço de cada lado do meu corpo, prendendo-me.

— Eu só queria te afastar de todos os seus novos admiradores — falou.

Eu ri e empurrei seu ombro, mas ele não se moveu.

— O Hanbin vai ficar irritado se não conseguir te encontrar — apontei. — E vai colocar a culpa em mim.

— Se isso acontecer, eu te defendo — disse, inclinando-se para mais perto. Eu conseguia sentir meu rosto corando, mas não pude fazer nada para esconder isso. Ele estava perto demais, e minhas mãos estavam presas entre nós.

— Vamos lá, Robbie. Você tem outra performance após o intervalo. Provavelmente precisa trocar de roupa ou algo do tipo.

— Ainda tenho tempo — murmurou ele, inclinando-se ainda mais. Agora seus lábios estavam a centímetros dos meus.

241

— O que deu em você? — perguntei.
— Você — disse ele. — Você tomou conta de mim, Elena Soo. E acho que não conseguiria te tirar de mim outra vez. Acho que não quero.

Senti uma adrenalina percorrer meu corpo. Comecei a ficar na ponta dos pés e a diminuir o espaço entre nós quando um estrondo rompeu nos bastidores. Pessoas passaram correndo. Algumas delas gritavam. E ouvi a voz de Sooyeon gritar:

— Jongdae!

A cabeça de Robbie se virou bruscamente, e ele disparou pelo corredor. Eu estava logo atrás dele, e paramos quando vimos o que havia causado a comoção. Jongdae estava deitado no chão, bem onde eu estava assistindo o show mais cedo, com sangue formando uma poça ao seu lado, sua perna presa sob a haste de metal que segurava as luzes.

Sooyeon estava na passarela acima do palco, chorando enquanto se agarrava ao corrimão. Sua empresária subiu as escadas estreitas, correndo para o lado dela.

— Hyung! — gritou Robbie, correndo até o primo.

A multidão ao redor de Jongdae estava repleta de empresários, ajudantes de palco e outros idols. Então fui até a base da escada para esperar Sooyeon descer, imaginando que ela precisaria de uma amiga agora. Quando me viu, desabou em meus braços. Afaguei suas costas enquanto ela enterrava o rosto no meu ombro.

— O que aconteceu? — perguntei a Sooyeon.

— Queríamos encontrar um lugar privado para conversar, e Jongdae sugeriu que subíssemos lá. — Soluçou. — Eu não deveria ter olhado para baixo, mas olhei e fiquei com medo. JD estava tentando garantir que eu não caísse e deve ter perdido o equilíbrio. Ai, meu Deus. E se ele estiver machucado de verdade?

— Ele vai ficar bem — falei enquanto os paramédicos abriam caminho pela multidão que se reunia. — Vão levar Jongdae para o hospital, e ele vai ficar bem.

Mas, enquanto observava Robbie agachado ao lado de seu primo, eu não tinha certeza se estava certa.

Robbie e Hanbin foram com Jongdae na ambulância. Pude ler sua ansiedade na tensão de sua mandíbula e, quando ele hesitou em me deixar antes de se apressar atrás do primo, garanti-lhe que eu ficaria bem.

Fui ver como Sooyeon estava, preocupada que ninguém pensasse nela com tudo isso acontecendo, já que seu relacionamento com Jongdae era um segredo. Ela estava sozinha em seu camarim, novamente de moletom. Seu cabelo estava uma bagunça, e a maquiagem escorria pelo seu rosto quando ela levantou a cabeça no momento em que abri a porta.
— Elena. — Sooyeon se levantou depressa, correndo até mim e pegando minha mão, esmagando, entre nossas palmas, lenços de papel usados. — Tem alguma notícia do Jongdae?
— Ele foi levado para o hospital, mas não sei de mais nada.
Ela suspirou, as lágrimas brotando em seus lindos olhos.
— Não sei o que fazer. Odeio ficar sentada aqui enquanto ele está machucado assim, sendo que é tudo culpa minha!
— Não — falei, envolvendo-a em um abraço. — Foi só um acidente.
— Mas eu devia estar com ele. O Jongdae se machucou por minha causa, e eu devia estar ao lado dele.
— Bem, não é tarde demais. — Olhei em volta e peguei um guardanapo para limpar as manchas de rímel que escorriam por seu rosto.
Sooyeon balançou a cabeça:
— Minha empresária nunca deixaria. Ela está me implorando há meses para terminar tudo. Não me deixaria ir ao hospital de jeito nenhum.
— Então não peça permissão — falei. Eu sabia que existiam partes deste mundo que eu realmente não entendia, mas também existiam partes que eu não queria entender. E aquela que ditava que você não tinha permissão para amar quem queria amar era a parte que eu mais odiava. Se Sooyeon queria ficar com Jongdae, ela deveria ter permissão para isso.
— Como eu chegaria lá? — perguntou.
— Eu te levo.
— Sério? — perguntou, fungando em seus lenços amassados. Ela parecia tão perdida e confusa que isso me fez querer protegê-la.
— Claro — respondi. — Quem vai saber se você não é só uma amiga preocupada?
O rosto de Sooyeon assumiu uma expressão resoluta:
— Você tá certa. Eu devia ter permissão para visitar um amigo. Vamos!
Nós nem consideramos contar a ninguém, com medo de que impedissem Sooyeon de sair. Só corremos para o meu carro. No meio do caminho, vimos uma multidão de fãs com cartazes e presentes em seus braços para ver seus artistas favoritos. Agarrei a mão de Sooyeon e corri na direção oposta, desviando dos carros e correndo pelo estacionamento em uma diagonal acentuada, passando apressadamente pelas filas para

evitar que alguém nos reconhecesse. Demorou o dobro do tempo normal para chegarmos ao carro, mas conseguimos alcançá-lo sem sermos identificadas. E nós duas estávamos sem fôlego quando entramos no veículo.

— Você deveria ser empresária — disse Sooyeon com admiração enquanto entrávamos no carro.

— Sabe, você é a segunda pessoa a insinuar que me encaixo aqui. É estranho.

— Por quê? — perguntou Sooyeon enquanto eu saía do estacionamento, meu carro fazendo barulhos esquisitos enquanto pegávamos a estrada.

— Porque... olha para mim.

— Estou olhando. E acho que você se encaixa muito bem. Especialmente com o Robbie. — Abaixei minha cabeça para esconder o sorriso que se espalhou no meu rosto por causa de suas palavras.

Quando chegamos ao hospital, as pessoas estavam nos encarando, e percebi que parecia que tínhamos acabado de sair de uma festa. Sooyeon ainda estava com a maquiagem de palco. E minhas botas estalavam no linóleo a cada passo que eu dava.

Corremos para o balcão de informações logo à frente e demos o nome de Jongdae. Torci para que a recepcionista não fosse fã de K-pop. Imaginei que não fosse quando respondeu com um tom monótono:

— Ele está no leito pré-operatório doze.

— Pré-operatório? — A voz de Sooyeon estava embargada. Ela agarrou minha mão. — Elena.

— Tá tudo bem. Vamos descobrir o que está acontecendo.

Segui as placas até a ala pré-operatória, mas havia uma placa gigante de "Somente Pessoal Autorizado" nas grandes portas de metal e uma luz de LED vermelha brilhante.

— E agora? — A voz de Sooyeon soava fraca e resignada enquanto ela olhava ao redor, puxando o capuz do moletom sobre o rosto.

— Espera aí — falei, determinada a não deixar que uma placa nos derrotasse.

Tentei canalizar minha Josie interior e ergui meu queixo com propósito, indo em direção a uma enfermeira que estava lendo alguma coisa em um tablet enquanto se aproximava das portas.

— Com licença. — Minha voz vacilou um pouco, e eu respirei fundo para estabilizá-la. — Nosso, hum, amigo está na sala pré-operatória e queríamos vê-lo.

— Sinto muito, querida, somente família e pessoal autorizado podem seguir a partir deste ponto.

— A questão é que ele está de visita da Coreia — falei depressa.
— Mal entende inglês, e seus pais ainda estão em Seul. Mas minha amiga pode traduzir para ele. — Puxei o braço de Sooyeon para que ela se aproximasse. Eu pude ver que a enfermeira estava nos analisando, seus olhos percorrendo minha roupa brilhante. — Por favor, ele deve estar com tanto medo, sem entender nada do que os médicos estão dizendo.

Prendi a respiração enquanto a enfermeira refletia. Então ela suspirou.

— Tudo bem, mas faça o que eu mandar — disse para Sooyeon, que assentiu enfaticamente. Sooyeon me agradeceu silenciosamente enquanto era conduzida para dentro, e, com um suspiro, eu me encostei na parede. Não cheguei tão perto assim de ter um ataque de ansiedade enquanto falava com a enfermeira. Josie ficaria orgulhosa.

Peguei meu celular para enviar uma mensagem para Robbie, e vi que ele já havia me enviado uma. Dizia que estava no hospital e pedia desculpas profusamente por ter me abandonado.

Respondi dizendo que *tinha dito* a ele para ir com o primo. E pedindo para não se preocupar. Eu também já estava no hospital.

Fiquei me perguntando por um momento se ele estava com Jongdae, mas, já que eu havia usado toda a minha coragem ao implorar para a enfermeira deixar Sooyeon entrar, imaginei que poderia verificar as salas de espera para ver se Robbie estava lá. Não o vi, mas vi fãs usando camisetas do WDB ocupando metade dos assentos. Eles devem ter vindo para ver como Jongdae estava. Será que me reconheceriam se fossem fãs que tivessem vindo do show? Decidi que era melhor não tentar a sorte e voltei para a porta da ala pré-operatória.

A enfermeira que tinha deixado Sooyeon entrar me viu e acenou para me chamar:

— Hoje está parado, então, se quiser, pode entrar para ver seu amigo também, mas seja rápida.

— Obrigada! — falei, pensando que Robbie provavelmente estava lá, já que não estava na sala de espera.

Havia camas ao longo de ambas as paredes, cada uma separada por uma cortina. A maioria delas estava vazia, o que me facilitou localizar os sapatos de Sooyeon por baixo da cortina da última cama. Eu estava prestes a chamá-la, quando a ouvi dizer meu nome.

— Elena *choahhae, kibuni nappa*.

Fiquei feliz em saber que ela gostava de mim, mas confusa sobre a segunda parte.

Por que Sooyeon se sentiria mal? Eu me perguntei.

Jongdae respondeu tão baixo que não consegui entender tudo, mas ouvi as palavras "Robbie" e "baile".
— Não gosto desse plano — respondeu Sooyeon em coreano.
— Queria que tivesse falado comigo antes do Robbie convidar a Elena para o baile.

Plano? Que tipo de plano envolvia Robbie e o baile? Meu coração desacelerou de pavor. Minha respiração ficou presa em meus pulmões.

— O Robbie está fazendo isso por nós — disse Jongdae.

Ouvi passos se aproximando e, rapidamente, entrei debaixo da cama vazia do leito ao lado de Jongdae. Meus dedos tremiam enquanto eu segurava a cortina para mantê-la fechada. Um dos empresários do WDB se aproximou, posicionando-se na frente da cama de JD, seus braços cruzados como um guarda-costas.

Jongdae e Sooyeon trocaram para inglês, provavelmente para evitar que o empresário ouvisse a conversa.

— O Hanbin armou tudo para proteger a gente — disse JD suavemente. — Depois que sua cláusula de namoro expirar, podemos nos assumir para o público. E agora sabemos como os fãs vão reagir a alguém do WDB namorando.

— Mas o Robbie e a Elena são tão fofos juntos — disse Sooyeon.
— Espero que ela não se machuque.

Jongdae deu uma risada sarcástica:

— Ela vai ficar bem. Conseguiu seus cinco minutos de fama. Depois disso tudo, Robbie voltará para sua vida real. Ele tá apenas deixando os fãs *pensarem* que estão namorando. Não é como se nada disso fosse real.

— Acho que você tá errado — opinou Sooyeon suavemente. — Acho que *existem* sentimentos reais entre eles.

Não é como se nada disso fosse real. As palavras de Jongdae ecoaram na minha cabeça. Era tudo mentira. Robbie ter voltado. Ter me convidado para o baile. Ter fingido que gostava de mim. Ter me feito pensar que poderíamos ficar juntos.

Tudo mentira.

Quarenta e dois

Com meus pensamentos girando em um turbilhão na minha cabeça, corri para fora da ala pré-operatória, quase esbarrando na enfermeira gentil de antes.

— Querida, você está bem? Seu rosto está pálido.
— Tô bem — respondi. — Só preciso sair daqui. Preciso tomar um ar.

Ela começou a levar a mão à minha testa, e me afastei, correndo pelo corredor, precisando escapar. Eu teria seguido em frente, se não tivesse dado de cara com Minseok.

— Elena! O Robbie te procurou por toda parte — disse ele. — Deram uma sala de conferência privada para a gente esperar.
— Robbie? — falei. Robbie havia mentido para mim. Era tudo falso. Ele fez tudo aquilo como uma espécie de experimento.

Ai, meu Deus. Eu precisava sair daqui.

— Elena? — disse Jaehyung, dando um passo à frente. Eu nem tinha visto que ele estava ali.

— Só preciso tomar um ar — repeti e corri para longe, em direção aos elevadores.

— Elena! — Ouvi a voz de Robbie. Ele estava correndo pelo corredor em minha direção.

Não, não. Eu não conseguiria falar com ele agora. Virei-me e tentei abrir uma porta. Estava trancada, então corri para a próxima. Entrei em um escritório desocupado que aparentemente pertencia a uma tal de Dra. Mitchell. Eu esperava que ela não se importasse que pegasse sua sala emprestada para ter um colapso mental.

Tentei fechar a porta, mas Robbie foi rápido e conseguiu entrar antes disso.

— Elena, qual o problema? — perguntou, fechando a porta atrás de si.

Eu me afastei:

247

— Não me toca.

— Tudo bem — falou lentamente, levantando as mãos como que para mostrar que não apresentava perigo. E isso só me irritou mais. Eu não era um gato doméstico assustado. Era uma pessoa para quem ele tinha mentido por semanas! Tentei contorná-lo, sair da sala, mas Robbie ficou na minha frente, bloqueando o caminho.

— Fala comigo, Elena. Me diz qual é o problema.

— Tá bom — falei, minha raiva transbordando. — Então você me convidou para o baile por causa de uma espécie de plano que fez com o Jongdae? Por quê? — Eu gostaria de não precisar saber seus motivos, mas precisava. Mesmo quando meu coração já estava se partindo.

Robbie pareceu estupefato. Boquiaberto.

— O que foi? Não tem nenhuma mentira perfeita para se safar dessa? — provoquei.

— Elena, não. Não é assim. — Ele me estendeu a mão, e eu me afastei.

Robbie fechou os olhos e levou as mãos às têmporas como se não conseguisse pensar. Provavelmente estava tentando inventar uma desculpa para tudo isso. Mas eu não acreditaria. Não era mais idiota.

É claro que alguém como Robbie Choi, que tinha tudo, não precisaria se reconectar com uma zé-ninguém dos subúrbios se não houvesse um motivo oculto. E eu tinha deixado Robbie voltar e me convencer de que eu era especial. De que ele só queria cumprir uma promessa. E, percebi, tinha deixado Robbie *me* fazer ficar mal por eu não cumprir a promessa.

— Por favor, vou explicar tudo. Só me diz quem te contou isso.

— Por quê? — falei, irritada. — Para você descobrir o quanto eu sei? Para você evitar expor mais mentiras? — Andei para o outro lado da sala, precisando de mais espaço.

— Não, para eu descobrir por que te contaram isso e te machucaram desse jeito.

— Você é o único que tá me machucando — sussurrei e odiei o quão sufocada minha voz ainda parecia. Olhei para as estantes de guias médicos, não para Robbie. Eu não queria ver o rosto dele agora.

— Sinto muito. Meu Deus, só queria que não tivesse acontecido assim.

É claro que Robbie queria que isso não tivesse acontecido assim. Queria que fosse quando ele já estivesse de volta à Coreia para não ter que lidar com as consequências.

— Você sabe sobre Jongdae e Sooyeon. Eles querem ficar juntos, e o Jongdae é minha família. Eu faria qualquer coisa por ele. O Hanbin queria ver como os fãs reagiriam a um de nós namorando — disse Robbie rapidamente, apressando-se em sua explicação.

Não importava. Eu não me importava com o motivo de ele ter feito isso. Só o que importava para mim é que Robbie tinha feito isso sem se importar com os meus sentimentos. Assim como Ethan não se importava. Assim como minhas irmãs não se importavam. Ninguém dava a mínima para a invisível e esquecível Elena.

— O Jongdae se lembrou das histórias que eu costumava contar sobre você — continuou Robbie, mal parando para respirar. — Porque eu falava de você o tempo todo quando me tornei *trainee*. Lembra quando o Minseok disse que eu tocava nossa música o tempo todo? É porque continuava tentando escrever a letra perfeita para acompanhar a melodia. Para você.

Eu me virei. Robbie havia se aproximado, mas agora dava um passo cauteloso para trás.

— Acha que isso resolve alguma coisa? Uma história bonitinha sobre o Robbie de 11 anos que tinha um antigo crush em mim? O Robbie de 11 anos não foi o que mentiu para mim. Não foi ele quem me fez parecer uma completa... — Minha raiva sufocou minhas palavras. Respirei fundo para me recompor. — Por que você acharia que tava tudo bem fazer isso comigo?

— O Hanbin disse que, se eu ajudasse a garantir a estabilidade do grupo, então poderia... — Ele se interrompeu, mordendo o lábio. Era um hábito que eu estava começando a achar encantador, e agora ele era como uma facada no meu coração. — Disse que eu poderia produzir minhas próprias músicas. Total controle criativo.

— Suas músicas — sussurrei. — Aquelas que você estava desesperado para a empresa aceitar.

— Mas cancelei tudo — falou. — Disse para ele que eu não mentiria mais para você.

— Antes ou depois de eu aceitar ir ao baile com você?

Ele franziu os lábios, e eu sabia a resposta, mas ainda queria ouvi-la.

— Quando você cancelou o plano, Robbie?

— Depois de você aceitar ir ao baile.

Cruzei meus braços com força para impedi-los de tremer.

— Eu sabia que não devia ter me permitido confiar em você, mas confiei mesmo assim. O que mais eu devia ter esperado quando você passou os últimos quatro anos apenas pensando em como fazer o WDB e Robbie Choi terem uma boa imagem?

Ele abriu a boca e a fechou novamente, contraindo as bochechas como se tivesse comido algo azedo.

— Eu não tava tentando mentir para você.

— E o que você tava tentando fazer?

Robbie hesitou. Um segundo. Três. Dez. Tempo demais. E eu soube que ele não tinha uma boa resposta. Pelo menos não uma que não o fizesse parecer o mentiroso que era.

— Foi o que eu pensei. — Passei por ele e saí para o corredor, mas Robbie me alcançou e estendeu os braços para bloquear meu caminho.

— Por favor, tem mais coisas em jogo. Deixa eu te explicar tudo melhor.

— Sabe qual é a pior parte de tudo isso? Se eu tivesse conhecido a Sooyeon primeiro, e todos vocês me pedissem para fazer isso por ela, talvez eu até fizesse. Porque gosto dela e concordo que não deveria precisar esconder seu relacionamento com o Jongdae. Mas você não confiou em mim. — Minha voz falhou na última palavra.

Lágrimas brotaram em meus olhos. E me virei, afastando-me de Robbie. Essas lágrimas não eram por causa *ele*. Eram por minha causa. Porque eu estava agoniada com o fato de ter me apaixonando por ele quando tudo fora só um jogo o tempo inteiro. Uma mentira para Robbie conseguir o que queria. Porque era assim que pessoas como ele eram; mentirosas egoístas.

Só que ele ajudou a salvar o centro comunitário. E consegue enxergar quem você é de verdade.

Mandei meu eu interior calar a boca e enxuguei as lágrimas. E então fiquei estupefata, porque, bem na minha frente, havia meia dúzia de garotas, com celulares erguidos e olhos arregalados.

 # Quarenta e três

— *Ai, essa não* — falei antes de me virar para Robbie. Ele também estava encarando as garotas em total descrença.
— JD-*oppa* está realmente namorando Sooyeon? — perguntou uma das meninas. Isso pareceu descongelar todos nós, e elas avançaram. Comecei a levantar minha mão em defesa. Mas Robbie agarrou meu braço e me puxou pelo corredor.

Irrompemos no saguão de elevadores no momento em que um grupo de pessoas saía de um deles, e Robbie passou bruscamente por elas ao som de protestos espalhados, puxando-me para dentro do elevador e apertando o botão de fechar as portas. Elas começaram a se fechar no momento em que as fãs nos viram lá dentro.

— Robbie-*oppa*! — chamaram elas, mas suas vozes foram cortadas quando as portas se fecharam.

— Eu não queria ter dito tudo aquilo na frente delas — murmurei, a culpa crescendo dentro de mim com seus irmãos: a raiva e o constrangimento.

Robbie pegou seu celular.
— Droga, preciso ligar para o Hanbin.
Ele olhou para mim, hesitando por um momento.
— Vá em frente. Liga. — Fiz um gesto de desprezo com a mão.
— Pode contar que estraguei o plano, e que agora precisa consertar isso para que possa manter sua preciosa reputação. Eu conheço o protocolo.
— Você não sabe de tudo, juro. Explico depois. Só preciso encontrar o Hanbin agora.
— Não precisa tentar explicar. Eu já entendi o suficiente.
— Droga, Elena. Isso não é fácil! — explodiu Robbie.
— Não me importo! — gritei de volta, lágrimas de raiva brotando novamente, e, desta vez, eu não tentei escondê-las.

Robbie esfregou as mãos no rosto e no cabelo, refletindo:

— Você não entende como é te dizerem quem deveria ser. Não poder respirar errado por medo de aparecer em um artigo de revista para todos lerem e te julgarem. A empresa me diz como agir, como falar, como *pensar*. E eu tenho que andar na linha ou então perco tudo.

As portas do elevador se abriram, e eu fiquei imóvel. Minha raiva me dizia para ir embora. Mas meu coração queria ficar. Porque eu podia ouvir a dor em sua voz. Mas a dor que ele me causou era grande demais.

— Bem, você devia voltar e tentar salvar o que puder para que não perca tudo. Porque já me perdeu. — Forcei meus pés a se moverem, a me levarem para a frente no momento em que o aviso sonoro sinalizava o fechamento das portas.

Robbie segurou as portas com uma mão para mantê-las abertas.

— Elena, por favor. — Os olhos dele penetraram nos meus. Eles imploravam para que acreditasse nele. E uma parte de mim ainda queria acreditar. Queria ficar aqui e deixá-lo me convencer de que eu havia entendido errado. De que ele ainda se importava comigo. Mas eu sabia que não daria certo. Nada jamais teria dado certo entre mim e Robbie.

As portas do elevador zumbiram em alerta enquanto ele as segurava.

— Sabe — falei baixinho. — Eu sempre pensei que ser invisível fosse a pior coisa do mundo. Mas o que você fez foi pior. Me fez sentir que, embora você pudesse me ver, eu ainda não importava. Que era apenas uma ferramenta a ser usada em seus joguinhos de celebridades. — Enquanto as lágrimas caíam, eu não conseguia mais ficar envergonhada ou brava. Só estava exausta.

— Elena — disse Robbie, mas seu celular tocou, e o nome de Hanbin apareceu na tela. Ele hesitou, seu dedo pairando sobre o botão de atender a chamada.

— Já sei qual é o meu último desejo — falei. — Quero que você fique bem longe de mim.

Comecei a andar, sem saber aonde estava indo.

E, apesar de tudo, ainda esperei ouvir o som de seus passos. Porque, não importa o quanto eu soubesse que não deveria, ainda esperava que ele viesse atrás de mim. Mas ouvi o barulho das portas do elevador se fechando, e, quando me virei, ele havia sumido.

Quarenta e quatro

Minhas lágrimas ameaçavam me cegar enquanto dirigia para casa, então parei no acostamento e me permiti chorar até minhas costelas doerem.

Depois, abaixei o retrovisor, tentando ver o estrago. O rímel e o delineador estavam escorrendo pelo meu rosto. Limpei tudo com um lenço de papel, mas não havia nada que eu pudesse fazer a respeito dos meus olhos vermelhos e inchados.

Quando girei a chave na ignição, o motor deu um estalo patético que se transformou em cliques intercalados.

— Não, qual é! Agora não — falei, girando a chave de novo, desta vez com uma força irritada. O motor pipocou em protesto, os cliques altos em advertência. E tudo o que eu queria fazer era socar ou chutar alguma coisa. Mas com a minha sorte, só acabaria me machucando.

Peguei meu celular e liguei para Josie. Quando ela não atendeu, olhei meus contatos. Eu poderia ligar para minha mãe, mas ela bateria o olho no meu rosto inchado e me bombardearia de perguntas sobre o que tinha acontecido no KFest. Talvez Ethan? Até parece, ele provavelmente iria rir da minha cara e desligar.

Por fim, com relutância, cliquei no número de Tia.

Ela veio sem questionar, o que, por algum motivo, apenas intensificou meu péssimo humor. Tia assumiu o comando, ligando para o guincho, o que eu deveria ter pensado em fazer, mas não fiz porque meu cérebro estava confuso demais para pensar direito. Finalmente, eu estava sentada em seu carro enquanto ela dirigia de volta para Pinebrook. Antes que pudesse entrar no meu bairro, eu disse:

— Será que podemos não ir para minha casa agora?

Sem dizer uma palavra, ela voltou para a pista e continuou dirigindo.

253

O silêncio compreensivo de Tia começou a me pressionar. Por que estava sendo tão legal comigo quando, da última vez que me vira, eu tinha sido uma grande pirralha? Eu estava mesmo parecendo tão patética agora? Ou talvez ela só não desse a mínima que eu tivesse ficado brava? Talvez simplesmente me visse como uma criança fazendo birra, e, de um jeito ou de outro, isso não importava para ela. Assim como mentir para mim não importava para Robbie. E eu nem sabia que tinha começado a chorar até que as lágrimas pingaram sobre meus punhos, que estavam apertados com tanta força em meu colo que os nós dos meus dedos estavam brancos.

Não percebi que Tia tinha estacionado o carro até que ela se inclinou, soltou meu cinto de segurança e me puxou para um abraço. O console central pressionou meu quadril, mas não me importei. Apenas encostei meu rosto na camisa de Tia e me permiti chorar até meus pulmões arderem e meus olhos ficarem inchados demais para abrir.

Quando terminei de chorar, ela finalmente abriu o porta-luvas e tirou lenços de papel. Eu os usei para enxugar a pele machucada sob meus olhos. Estava doendo, mas não me importei.

— Você quer me contar o que aconteceu? — perguntou Tia.

Sacudi a cabeça.

— Quer dirigir mais um pouco?

Sacudi a cabeça outra vez. Sabia que eu não estava fazendo nada com nada. Só não sabia o que diabos queria fazer agora.

E então, em um sussurro entre soluços, eu finalmente disse:

— O que há de errado comigo que faz todo mundo querer ir embora?

— Ah, querida, é isso que você acha? — Tia começou a se aproximar de mim novamente, mas me afastei, empurrando meu corpo contra a porta do passageiro.

Ela suspirou e recostou-se de novo:

— Você não pode interpretar que são as pessoas que te deixam. Eu não sabia que era assim que se sentia. Mas acho que te entendo. Mesmo sendo eu quem foi embora, parecia que minha família tinha me abandonado depois que tive o Jackson. É realmente difícil se sentir abandonada.

Inspirei, a respiração longa e trêmula, tentando usar toda a minha força de vontade para acalmar meu coração. Eu me sentia tão sensível agora, como se qualquer pressãozinha pudesse me fazer explodir.

— Sei que ir para Michigan é o melhor para você e Jackson — falei, por fim. — Eu só... odeio perder pessoas.

— Você não tá perdendo ninguém, Elena. E qualquer um que não consiga ver como você é especial não vale o seu tempo, para começo de conversa — disse Tia, estendendo a mão para afastar uma mecha de cabelo que tinha ficado grudada na minha bochecha molhada de lágrimas. Assenti com a cabeça. Ela tinha razão. Qualquer um que não conseguisse me valorizar não valia o meu tempo. E o número um na minha lista de pessoas para deixar para trás era Robbie Choi.

# Quarenta e cinco

Passei o domingo inteiro evitando contato humano. Devo ter passado uma impressão realmente patética, porque nem minha mãe gritou comigo por não ter saído da cama o dia todo. Robbie ligou uma dúzia de vezes antes de eu desligar meu celular. Então ouvi o telefone de casa tocar lá embaixo. Um segundo depois, minha mãe estava batendo na minha porta.

— Elena, é o Robbie — informou ela.

— Diz que tô ocupada — falei, puxando minhas cobertas sobre minha cabeça. — Ou que morri.

Ouvi minha mãe murmurando ao telefone e esperei que ela viesse ver como eu estava. Desejei que viesse. Mas é claro que não veio. Tentei me convencer de que não me importava. E adormeci repetindo essa mentira.

A escola teria sido uma tortura se não fosse por Josie. De alguma forma, vê-la com tanta raiva me ajudou a ficar mais calma.

— Vou furar os pneus dele — disse Josie enquanto me ajudava a pendurar mais pisca-piscas no centro comunitário.

— Ele não tem carro — comentei, grunhindo enquanto esticava meu braço para colar um gancho na parede.

— Então vou colocar fogo na bagagem dele — falou.

— Só toma cuidado para não ser acusada de incêndio criminoso. Ouvi dizer que a lei é muito rigorosa no estado de Illinois — respondi, descendo.

Havia definitivamente algo de estranho em estar no comitê de um baile ao qual eu não tinha intenção de comparecer.

Cada estrela dourada que pendurava me lembrava das brincadeiras que tinha feito com Robbie enquanto as pintávamos. Cada guirlanda de prata que colocava me lembrava de Robbie segurando minha mão e me dizendo que precisava ir ao baile comigo. Sim, precisava mesmo. Só não pelos motivos que eu tinha presumido.

Já havia postagens em sites de fãs. Além de matérias sobre o relacionamento de Jongdae com Sooyeon, havia postagens especulativas sobre boatos de uma briga entre Robbie e seu amor de infância. Elas questionavam se iríamos ao baile de formatura. Durante a aula de química na segunda-feira, Karla me perguntou se os boatos eram verdade, e eu apenas a ignorei, o que era meu jeito de confirmar sem dizer algo claramente. Ela pareceu meio triste e disse que sentia muito.

Eu não queria que ninguém sentisse pena de mim. Não queria que ninguém pensasse nada sobre mim. Eu só queria afundar na obscuridade outra vez e não ter conexões com o WDB ou Robbie Choi nunca mais.

O único resultado bom nisso tudo era que eu não me importava mais se ninguém nunca mais soubesse o meu nome. Já tive atenção e infâmia suficientes para uma vida inteira.

— E aí, pessoal. — Max se aproximou carregando outra caixa de pisca-piscas, então recuou ao ver a expressão no rosto de Josie. — Seja lá o que tiver acontecido, eu sinto muito.

— Me diz uma coisa, Max. Por que todos os homens são idiotas completos e absolutos?

Max ficou surpreso.

— Você tá brava porque pedi à minha mãe para levar a gente ao baile?

Josie fez um gesto de cortar a garganta, mas era tarde demais.

Pausei meu movimento de pegar mais um cordão de pisca-piscas.

— Calma aí, vocês vão ao baile? Juntos? — Olhei de um para o outro.

Josie suspirou e deu de ombros.

— Não precisamos falar sobre isso na sua frente. A gente tá aqui para compor o novíssimo Clube Anti-Robbie. Será a nova missão do Clube da Conscientização. *Conscientizar* as pessoas do quanto Robbie Choi é idiota.

— Você não precisa guardar segredo só porque acha que vai ferir meus sentimentos — falei. — Tô realmente cansada dessa coisa de segredos.

Josie assentiu:

— Sim, eu entendo.

— Então — falei, forçando um sorriso. — Como isso aconteceu?

— Bom, eu cansei de esperar que Max tomasse uma atitude e fizesse alguma coisa sobre seu crush em mim. Então o convidei para o baile na sexta passada.

Tive que rir. Era uma atitude típica de Josie.

— Fico feliz por vocês — falei, separando um cordão de pisca-pisca dos outros. — Depois me contem como foi o baile.

— Não precisamos mais ir — disse Josie. — Podemos todos ficar na minha casa e ver filmes de terror, como era o plano original.

Vi o rosto de Max assumir uma expressão decepcionada, mas ele assentiu com Josie em solidariedade.

— Não, eu quero que vocês vão e se divirtam. — Peguei a mão dela. — Você trabalhou duro nisso. Merece se divertir.

— Tudo bem, mas, no domingo, vamos ter um dia totalmente de garotas. Com máscaras faciais coreanas e tudo o mais.

— Combinado.

# Quarenta e seis

Eu finalmente estava arrumando as minhas roupas que formavam uma pilha triste no canto do quarto e percebi que ainda precisava devolver a bolsa com as coisas de Sooyeon. Enviei uma mensagem dizendo que ela poderia mandar um empresário para buscá-la. Sooyeon respondeu que alguém viria à minha casa na quinta-feira à tarde.

Mas quando abri a porta depois da escola, fiquei sem palavras ao ver a própria Sooyeon parada na minha frente. Ela estava usando um velho conjunto de moletom puído, o capuz puxado sobre a cabeça e um grande par de óculos escuros sobre seu rosto sem maquiagem. De alguma forma, parecia mais glamorosa assim do que quando estava toda produzida.

— Ah, não sabia que você viria em pessoa — gaguejei.

— Eu tinha esperanças de que a gente pudesse conversar. — Ela tirou os óculos escuros, revelando olheiras sob os olhos.

— Claro. — Fui na frente até a sala de estar. A bolsa estava no sofá. Eu me sentei ao lado dela para que Sooyeon pudesse ficar na poltrona do meu pai. Era o móvel mais bonito da sala, embora parecesse opaca e desbotada com Sooyeon acomodada nela.

— Hum, quer algo para beber? — perguntei, sem saber o que dizer.

— Não, não precisa — respondeu, então pigarreou, seus olhos se movendo ao redor da sala.

— Você sabia? — perguntei. — Sobre o plano de Robbie e Jongdae?

Sooyeon franziu a testa:

— Sim. Mas só soube depois do *promposal*.

Balancei a cabeça. De alguma forma, saber que ela não tinha sido uma cocriadora da mentira ajudava.

— Não tive a intenção de expor seu relacionamento — falei. — Queria que a imprensa simplesmente deixasse você viver sua vida.

259

— O jogo é assim — respondeu Sooyeon, indiferente. — Para ser honesta, poderia ter sido pior. Acho que as pessoas estão sendo solidárias por causa do acidente do Jongdae.

— Ah — disse, sem saber como reagir. — Imagino que isso seja bom?

— Acho que sim, agora que sabemos que ele vai se recuperar. Quando os sites de notícias divulgaram que a gente tava namorando, a maioria dos fãs achou insensível e inapropriado fazer isso enquanto Jongdae estava se recuperando de uma cirurgia. Disseram que eu era leal, porque fiquei ao lado dele no hospital.

— Que bom que estão sendo gentis.

— Sim. — Sooyeon assentiu. — E eu te devo isso. Nunca teria tido a coragem de ir ao hospital se não fosse por você.

Sorri, aliviada de verdade, até que vi a expressão triste de Sooyeon.

— Nem tudo são boas notícias, não é?

— Minha empresa decidiu rescindir meu contrato.

— Sinto muito, Sooyeon! — falei. — Eu devia ter tomado mais cuidado.

Ela balançou a cabeça.

— Não é culpa sua. A verdade é que eu tava sentindo minha empresa se afastando de mim desde que comecei a insinuar que queria tentar um som novo para o meu próximo álbum. Era como se estivessem procurando uma desculpa para me dispensar no momento em que pensassem que eu tava sendo muito difícil. Então, na verdade, o problema não era a cláusula de namoro. E sei que você não expôs a gente de propósito. Mesmo se tivesse feito isso, eu não teria te culpado. Não depois do que todos nós fizemos com você.

Uma parte de mim, a parte que odiava confrontos, queria afirmar que estava tudo bem. Que eu tinha superado. Mas não tinha, e imaginei que Sooyeon podia ver isso em meu rosto.

— O Robbie tá muito mal com o jeito que tudo aconteceu — disse ela.

— Sim, tenho certeza de que tá realmente chateado por ter sido descoberto antes que ele mesmo pudesse me dar um fora. Provavelmente tinha todo um plano para fazer isso de forma a se vingar por causa do fiasco do *promposal*. — Mesmo enquanto dizia essas palavras, eu sabia que elas não eram verdadeiras. Mesmo que achasse Robbie um mentiroso egoísta, eu sabia que ele não era intencionalmente cruel.

— Você me deu conselhos sobre o Jongdae, e isso realmente me ajudou. Posso retribuir?

Dei de ombros. Não tinha certeza se queria conselhos quando se tratava de Robbie e eu. Não tinha certeza se ainda *havia* algo como Robbie e eu.

— O Robbie pode ter 17 anos, mas emocionalmente ele ainda é... como se diz "choding"?

Franzi a testa:

— Tipo *choding hakyo*? Escola primária?

— Sim, emocionalmente, ele ainda é como um aluno do ensino fundamental — disse Sooyeon. — Muitos de nós não conhecemos nada além das salas de ensaio quando entramos nas agências como *trainees*. O Robbie era tão jovem que nunca teve a oportunidade de descobrir algumas coisas. Mas tem um bom coração, e, se você der uma chance para ele, acho que Robbie poderia aprender com a professora certa.

— E se eu também não souber o que tô fazendo? — admiti.

— Então não é menos solitário vocês aprenderem juntos?

Suspirei.

— Só não sei se o Robbie com quem me importo é real. Antes, conseguia prever cada movimento dele, mas agora ele parece um estranho.

Sooyeon estreitou os olhos, pensativa:

— Acha mesmo que tudo o que descobriu sobre Robbie é mentira? Ou talvez você esteja apenas se convencendo de que é, porque assim seria mais fácil descartar o que ainda sente por ele.

Franzi a testa. Quando falava assim, ela me fazia parecer uma covarde. Então suspirei, percebendo que era exatamente o que eu estava sendo.

— É como a rescisão do meu contrato — continuou. — Antes, eu pensava que isso seria a pior coisa que poderia me acontecer. Mas, agora que aconteceu, não tenho tanto medo da incerteza como costumava ter. Tô meio que animada por não saber o que vem a seguir.

Assenti, embora só a ideia de não saber o que vem a seguir me deixasse ansiosa por ela. Mas eu senti uma calma em Sooyeon. E invejei isso.

— Bem, independente do que você faça, sempre serei sua fã.

— Obrigada — disse Sooyeon, inclinando-se para me abraçar.

— Não tô dizendo que você tem que perdoar o Robbie. Mas, pessoalmente, acho que vocês dois merecem uma chance de descobrir o que podem ser juntos.

Queria ser tão corajosa quanto ela. Parar de ter tanto medo do desconhecido. Mas eu estava com medo demais do poder que Robbie tinha sobre meu coração. Perdoá-lo significaria confiar que ele não me machucaria novamente, e eu não tinha certeza se poderia fazer isso.

Quarenta e sete

Depois que Sooyeon foi embora, eu me senti inquieta. Como se houvesse muitos pensamentos girando em minha cabeça e me deixando nervosa. Então fui até o jardim da minha mãe e me sentei no velho balanço. Inclinei-me sobre a parte de trás e achei um local onde Robbie e eu havíamos esculpido nossas iniciais. Passei o dedo pelas letras, um pouco gastas pelo tempo.

Escutei um carro estacionando na garagem e vi Ethan voltando do treino de lacrosse. Ele começou a entrar em casa, mas parou quando me viu. E, depois de um momento de hesitação, aproximou-se e sentou-se comigo no balanço. Em silêncio, Ethan empurrou os pés no chão, fazendo-o balançar suavemente.

— Você tá bem? — disse ele finalmente.

— Não tá com raiva de mim?

— Não tá com raiva de mim? — perguntou de volta.

— Tô cansada demais para ficar com raiva de você.

— Eu também. Não é divertido a gente ficar brigado. Você é minha única aliada contra nossos pais.

Eu ri:

— Como se você precisasse de ajuda com eles. Príncipe Ethan.

Ele franziu a testa, chutando o chão de novo, fazendo o balanço se agitar tão descontroladamente que tive que me segurar na corrente para não cair.

— Você acha que é muito fácil para mim, mas não é — disse ele.

— Não pode negar que a mãe te dá um tratamento totalmente preferencial.

Ele reagiu com indiferença.

— Talvez, mas não é culpa minha.

— Não é culpa sua, Ethan, mas isso te fez pensar que nada é grande coisa. Para alguns de nós, é, sim. Nem todo mundo pode se dar ao luxo de ser tão tranquilo quanto você.

Ethan não pareceu impressionado com o meu discurso.

— Aí que tá, Elena. Se você fosse mais tranquila, talvez não se machucasse tão facilmente.

— Se você sabe que me machuco com facilidade, então por que nunca parece se importar?

Isso fez Ethan franzir a testa.

— Acho que é porque tô cansado de ser rejeitado por você. — Ele arrastou os pés no chão para desacelerar o balanço.

— O quê? — Eu o encarei, perguntando-me se ele estava só de brincadeira comigo. Mas parecia sério, quase envergonhado. — Eu não te rejeito.

— Sim, rejeita — afirmou com uma risada sarcástica. — É por isso que eu odiava ficar com você e Robbie quando a gente era criança. Vocês nunca me deixavam participar de seus jogos ou brincadeiras.

— Isso não é justo. A gente te deixava brincar junto, mas você sempre dizia que nossas brincadeiras eram chatas.

— Sim, porque vocês inventavam aqueles jogos ridículos de magos e monstros com mil regras que duravam dias. E eu nunca conseguia acompanhar. E vocês dois usavam, tipo, códigos e faziam piadas internas, e eu sempre ficava de fora. Então só dizia que achava suas brincadeiras chatas.

Estava chocada.

— Eu não sabia disso.

Ethan encolheu os ombros:

— Sim, bem, acho que eu nunca quis que você soubesse o quanto doía toda vez que você escolhia o Robbie em vez de mim.

Sempre presumi que ele se achava legal demais para nós. Nunca havia me ocorrido que havíamos feito Ethan se sentir excluído.

— Mesmo agora, você levou Robbie para o centro e nem me pediu para ir com você.

Lembrei que Ethan tinha me dito isso na casa de *Halmoni*, e eu tinha ignorado. Não percebi que ele estava tentando me dizer que o machucara.

— Tinha medo de que tirasse sarro disso — admiti. — Como você e seus amigos fizeram com meus panfletos.

— Se ficou chateada por causa dos panfletos, devia ter dito alguma coisa.

— Igual quando você sempre me defende toda vez que o Tim zomba de mim na escola? — perguntei incisivamente.

Ele fez uma careta, então assentiu.

— Tudo bem, eu deveria ter pedido para ele parar. Mas não é por isso que você tem essa aversão a mim. Já tinha quando a gente era mais novo. Odiava quando as pessoas te chamavam de minha gêmea. Sempre corrigia dizendo que não era a "irmã do Ethan", mas, sim, "Elena Soo", como se tivesse vergonha de ser relacionada a mim.

— Não é isso — falei. — Só... me sentia invisível perto de você, Ethan.

— Por quê?

— Porque sempre fui apenas a "gêmea do Ethan" quando você estava por perto. Isso quando não era a irmã da Sarah ou da Allie. Isso fazia com que sentisse que não importava quem eu era sem você. — *E quando você não importa, as pessoas não se importam o suficiente para ficar por perto.* Mas eu ainda tinha vergonha demais de dizer essa última parte.

Ethan franziu a testa.

— Mas as pessoas faziam isso comigo também.

— Não faziam, não. A mãe sempre coloca você em primeiro lugar.

— Sim, a *mãe* faz isso. Mas os professores me chamavam de "gêmeo da Elena". E às vezes até de "garoto Soo." — Ele deu de ombros. — Isso me incomodava às vezes, mas eu achava que era porque nossa família é grande.

Pela primeira vez, perguntei-me se eu não estava vendo as coisas pela perspectiva errada esse tempo todo. O que via como autopreservação, Ethan via como rejeição. O que via como ser esquecível, Ethan via como vir de uma família grande.

— Talvez você tenha razão — falei. — Mas ainda dói quando é de você que todos sempre gostam. Você é mais popular e melhor em fazer amigos. Nunca precisou de mim, então eu também não queria precisar de você.

— Você faz muito isso — murmurou. — Desiste das coisas antes que elas fiquem difíceis. Dos seus hobbies também. No momento em que para de acontecer do jeito que imaginou, você desiste. Sarah já me disse que é como se você nunca se desse a chance de fazer besteira — disse Ethan.

Sarah falou isso de mim? Para Ethan?

— Não é verdade — murmurei. — Eu não desisto das pessoas, elas que desistem de mim.

— Elena. — Ethan riu. — Acabou de admitir que me afastou antes que eu pudesse fazer isso com você. E não desistiu de sua amizade com Felicity no nono ano assim que ficou difícil?

— Ela te disse isso? — Franzi a testa, inquieta por ela ter lhe contado algo tão pessoal.
— Você admite que é verdade? — pressionou, sem me deixar desviar do assunto.
— Talvez.
— É por isso que você tá afastando o Robbie? Porque ele vai voltar para a Coreia em breve?
— Não, o Robbie mentiu para mim. Eu devia ter dado ouvidos aos meus instintos, nunca devia ter me envolvido com ele de novo.
— Que seja — disse Ethan como se não acreditasse em mim.
— Você acha que eu devia dar uma chance para Robbie sendo que ele mentiu para mim desde o momento em que chegou?
— Quer dizer, não faço ideia do que ele chegou a fazer. Mas até eu consigo ver que você não tá superando isso. Talvez você devesse falar com o cara. Caso contrário, sempre seria um "e se...?", não é?

Olhei para Ethan, surpresa.
— Quando foi que você ficou tão inteligente?
— Tenho meus momentos. Mas não sou um nerd completo como você. — Ele me deu um soquinho no ombro de brincadeira. E não pude deixar de sorrir de volta. Não conseguia acreditar que, esse tempo todo, eu pensava que Ethan nunca notava nada da minha vida, sendo que ele conhecia algumas partes de mim melhor do que eu mesma.
— Sabe — comecei lentamente. — Realmente não entendo o que há de tão interessante em um bando de caras jogando futebol americano com tacos, mas, se você quiser que vá a um de seus jogos de lacrosse, eu vou.

Ethan riu.
— Futebol americano com tacos? De onde saiu isso?
— É o que parece para mim. Todos aqueles protetores e capacetes e tudo o mais. Vai ter que me explicar as regras para eu não torcer pelo outro time sem querer.
— Claro, depois que você me disser quais baleias estamos tentando salvar, porque ouvi dizer que baleias-assassinas são meio malvadas.

♡·✤

Mais tarde, estava deitada na cama pensando nas minhas conversas com Sooyeon e Ethan.

Acho que eu era *mesmo* culpada por afastar as pessoas antes que elas pudessem me deixar primeiro. Como Ethan. Como Felicity. E agora eu estava fazendo isso com Robbie? Não, com ele era diferente. Robbie realmente me machucou. Mas, ainda assim, eu não gostava da ideia de deixá-lo ir embora sem conversar primeiro.

E Sooyeon tinha razão; descobrir como me sentia sobre ele era algo que eu me devia.

Devo ter escrito dez versões diferentes da mesma mensagem antes de finalmente me dizer para simplesmente enviar qualquer uma. Ou eu sabia que nunca enviaria. Então só digitei: *Se você ainda quiser, vamos conversar.*

Quarenta e oito

— *Fala de novo: por que* você tá se arrumando para o baile na minha casa mesmo? — perguntei a Josie enquanto ela aplicava rímel cuidadosamente de frente para o meu espelho de corpo inteiro. Eu já estava de pijama, deitada de bruços na cama, observando Josie se arrumar.

— Porque não acho que você devia ficar sozinha esta noite. Então, vejo dois resultados possíveis. Ou eu me arrumo na sua frente, e você tem um surto intenso de medo de ficar de fora e decide que *precisa* usar aquele vestido incrível que reaproveitou e vir comigo e com o Max. *Ou*, e esta é a minha opção preferida, o Robbie aparece em um grande gesto romântico, despertando uma paixão avassaladora em você, e vamos todos ao baile e dançamos até nossos sapatos pedirem arrego.

— Ah, como você é doce e delirante — falei.

— Ei! — Josie jogou um lápis delineador em mim.

Eu me esquivei, rindo.

— Não vou mudar de ideia sobre o baile. E o Robbie *não* vai aparecer aqui. Mas tá tudo bem. Eu tentei. Queria um desfecho e, do meu ponto de vista, mesmo que ele não me ligue de volta, consegui o que queria, porque sei que fiz o certo. — Fiz um gesto indiferente para mostrar como estava zen com tudo isso.

— Você é uma péssima mentirosa, El — disse Josie.

— Eu sei. — Virei-me de costas para olhar o teto.

— Posso dizer uma coisa?

— Claro — falei, encarando uma rachadura no canto do teto e seguindo seu contorno com os olhos.

— Eu meio que acho que você devia perdoar o Robbie — disse Josie rapidamente.

— O quê? — perguntei, virando-me para encará-la. — Como você pode dizer isso? Darrel Pratt te deu um bolo ano passado, e você, de alguma forma, conseguiu fazer o restaurante favorito dele proibir o cara de entrar.

— Darrel Pratt era um risco sanitário ambulante. Ele usava chinelos! Isso vai contra a regra de "proibido entrar sem camisa e sem sapatos".

— Tenho certeza de que chinelos se qualificam como sapatos.

— Não depois que argumentei com eles.

— Não acredito que você acha que eu devia perdoar o Robbie. O que ele fez foi muito pior do que me dar um bolo em um encontro.

— Sim, eu sei — disse Josie. — Mas a diferença entre Darrel Pratt e Robbie é que você tem uma história com Robbie. E existem coisas na vida dele que nenhuma de nós poderia entender.

Eu me sentei, suspirando.

— Sim, talvez você tenha razão — admiti. — E talvez eu já estivesse querendo perdoá-lo. Só não sei se daria certo. Você tá vendo como virei um poço de tristeza e ansiedade, e a gente nem ao menos estava namorando. Não ia doer muito mais se a gente realmente *tentasse*, e não desse certo?

Josie assentiu:

— Quer dizer, sim, acho que sempre existe a chance de terminar quando você namora alguém. Vai virar freira por causa disso?

Soltei uma risada e balancei a cabeça. Josie tinha a habilidade de fazer minhas crises de ansiedade parecerem tão ridículas que eu só as deixava de lado.

— El, você sabe que amo o quanto você pensa no futuro. Isso realmente ajuda quando estamos planejando comícios e outras coisas, mas nem sempre você vai poder prever como as coisas vão se desenrolar — disse Josie. — Além disso, a vida ia ser muito chata se a gente sempre soubesse o que vai acontecer.

Franzi a testa, sem saber se Josie estava me chamando de chata ou não, mas não tive a chance de ficar indignada, porque a campainha tocou, e nós duas congelamos.

Josie sorriu e mexeu as sobrancelhas sugestivamente.

— Para com isso — falei, jogando um travesseiro nela. — Não é ele.

— Você não sabe! — cantarolou Josie. — E o desconhecido é empolgante. — Ela se levantou e dançou ao redor do quarto, e eu ri de sua energia ridícula.

— Elena! — chamou minha mãe. — É para você!

Eu não queria ter esperanças, mas meu coração não tinha recebido o recado, pois estava copiando a dança de Josie. Tentei descer as escadas o mais devagar possível, em vez de sair correndo como queria.

E, quando cheguei ao saguão, soltei um suspiro de decepção.
— Ah, oi, Max.
— Caramba, valeu. Acho que valeu mesmo a pena pagar por esse smoking — disse ele.
— Desculpa, não quis dizer isso — falei. — Você tá ótimo. Josie vai ficar totalmente impressionada.
— Você acha? — perguntou ele, mexendo nervosamente no *corsage*.
— Claro — respondi, ajeitando sua gravata borboleta.
Eu tinha razão. Josie não conseguia parar de sorrir para Max enquanto ele colocava o *corsage* no pulso dela. E fez uma demonstração exagerada ao prender sua flor na lapela dele sem furá-lo acidentalmente. Eu me ofereci para tirar fotos deles, e, embora Josie tivesse revirado os olhos, estava exibindo um grande sorriso cheio de dentes em todas as fotos.
— Tem certeza de que não quer se trocar rapidinho e vir com a gente? — perguntou ela uma última vez.
— Tenho — respondi com uma risada forçada para lhe mostrar que eu estava bem. — Vai lá se divertir. Quero fotos do lugar com toda a iluminação, estrelas e tudo o mais.
— Tá bom — disse Josie, envolvendo-me em um abraço apertado.
— Pode ser que ele ainda venha — sussurrou.
— Não tô contando muito com isso — falei.
E, quando Josie e Max foram embora, voltei para o meu quarto. Parecia estranhamente vazio agora. Estava falando sério quando disse que não queria ir ao baile com eles. Porque, admiti para mim mesma agora que estava sozinha, ainda queria ir ao baile com Robbie. Mas ele não estava aqui.

Quarenta e nove

Na tarde seguinte, eu estava sentada na escada esperando Josie vir me buscar. Meu carro ainda estava na oficina, e tínhamos que ir ajudar a limpar o centro depois do baile.

Minha mãe apareceu no saguão de entrada com um pano de limpeza na mão. Comecei a me afastar para deixá-la passar, mas, em vez disso, ela se sentou ao meu lado. Eu a encarei, confusa. Ela nunca se sentava comigo assim.

— Mãe?

— Tive uma conversa com Ethan — disse ela.

— Tudo beeeem — respondi, sem saber aonde isso estava levando, mas tensa no caso de eu ter me metido em problemas.

— Ele tava dizendo que acha que vocês dois deviam ir para Seul neste verão — contou ela.

— O Ethan falou isso? — perguntei, minha voz aguda de surpresa.

— Acho que, se vocês estivessem juntos, então eu ficaria menos preocupada.

Uau, pensei. *Não acredito que Ethan fez isso por mim.*

— Então, você tá dizendo que podemos ir? — perguntei, hesitante.

— Você ainda quer? — Ela olhou para mim como se estivesse tentando ver todos os meus pensamentos mais profundos através do meu crânio.

Hesitei, pensando sobre isso por um segundo, e então assenti.

— Sim, quero. — E eu realmente queria. Mesmo sem Robbie, queria ir. Não visitava a Coreia desde que era pequena e tinha gostado da ideia de ajudar com as crianças no *hagwon* de *Como*. Do mesmo jeito que eu fazia no centro comunitário.

— Então vou ligar para a *Como*.

Fiquei pensando que Ethan tinha mesmo nossa mãe na palma de sua mão. Mas agora que ele estava usando seus poderes para me ajudar, isso me abria portas para muito mais possibilidades no futuro. Eu ri e peguei meu celular para enviar uma mensagem para ele no momento em que Josie buzinou na rua.

Quando entrei no carro, ela perguntou:
— Pronta para um trabalho manual intenso?
Suspirei.
— Claro, será meu exercício físico do dia.
Quando chegamos ao centro comunitário, tentei abrir a porta, mas estava trancada. Estranho. As portas nunca ficavam trancadas no meio do dia.
Bati com a lateral do meu punho.
— Olá? Cora? Alguém?
Quando ninguém respondeu, tentei ligar para Cora e ouvi seu celular tocar do outro lado da porta no momento em que ela abriu uma fresta.
— Oi, Elena! — disse um pouco mais alto que o normal.
— Oi, Cora. E aí? Por que a porta tá trancada?
— Estávamos só fazendo uma coisa — respondeu.
— Os outros já chegaram? Já começaram a limpeza?
— Hum, ainda não. — Olhou para trás. Ela estava agindo tão estranho.
Eu ri.
— Bem, será que posso entrar?
— Sim, claro, mas você tem que fechar os olhos.
Em vez disso, olhei para ela com olhos semicerrados.
— Por quê?
Ela riu e disse:
— Só confia em mim!
— Tudo bem. — Imaginei que, se Cora estava tentando me animar, eu poderia muito bem permitir. Na verdade, era meio fofo. Ela realmente não precisava fazer isso só porque eu estava de mau humor na última semana.
Fechei os olhos e deixei que me guiasse.
— Lena!
— Jackson? — falei, começando a abrir os olhos.
— Não pode espiar!
Eu ri de sua voz preocupada e fechei meus olhos com força de novo.
— Não vou espiar — assegurei a ele.
— Estende a mão.
Eu obedeci e senti algo envolvendo-a. Como um elástico de cabelo, só que mais pesado.

— O que é isso?
— Sem olhar — disse Cora, voltando a me conduzir para a frente.

Eu podia sentir luzes se movendo sobre minhas pálpebras fechadas e estava prestes a perguntar impacientemente o que estava acontecendo quando uma voz muito familiar disse:

— Abre os olhos.

Jackson, Tia, Josie e Cora estavam nas laterais do ginásio ainda decorado. Nada havia sido movido ou retirado. As estrelas e luas estavam penduradas nas vigas, girando ligeiramente. As luzes principais estavam apagadas, e os dois globos espelhados que penduramos refletiam nas paredes e no chão, que estava coberto de balões dourados e prateados. Os pisca-piscas brilhavam no alto como pequenas estrelas. E, no meio disso tudo, estava Robbie segurando um violão.

Olhei para a minha mão, e meu coração disparou ao ver um *corsage* com borboletas de seda. Olhei para Tia e Cora, lágrimas começando a se acumular em meus olhos enquanto elas sorriam largamente para mim.

— Elena — chamou Robbie, puxando minha atenção de volta para ele. — Queria fazer algo para você que eu deveria ter feito há muito tempo.

Então ele começou a tocar a música que escrevemos juntos quando crianças e começou a cantar.

Não deveria estar surpreso que você abriu esta porta trancada
Pensei em fechar meu coração com tanta força
Mas te ver é como relembrar como rir

Eu mesma soltei involuntariamente uma espécie de risada misturada com choro. As palavras eram de alguma forma perfeitas para a melodia que ele transformou em uma balada. O Robbie de 10 anos estava certo, era uma canção de amor.

Eu odeio ser aquele que te faz chorar
Me arrependo dos momentos em que perdi minha fé, porque isso fez
Você perder a fé em mim.

Tentei conter as lágrimas. Por que Robbie sempre sabia exatamente o que dizer (ou cantar) para me fazer chorar? Como ele poderia saber que essa era exatamente a maneira certa de se desculpar?

Você sempre foi aquela que soube como alcançar meu coração
Mas esqueci que as ações contam mais que as intenções

Por favor, acredite que você é a única para mim
Quem sempre viu o melhor de mim
Quem sempre aceitará o pior de mim
Por favor, acredite
Por favor, acredite
Em mim de novo

Minha visão se tornou um borrão de formas enquanto as lágrimas tomavam conta dela. Pisquei com força, e gotas densas pingaram em minhas bochechas.
Robbie deu um passo à frente e pegou minhas mãos nas dele.
— Eu queria te dizer que sinto muito, Elena. Que errei feio. Mas vejo você. Sei que você é leal. Que você faria qualquer coisa para defender um amigo. Que você odeia falar em público. Que você gosta de fazer planos e adora suas planilhas.
Soltei uma risada cheia de lágrimas.
Robbie sorriu.
— Você é teimosa, inteligente e odeia trocadilhos, mas me deixa fazer mesmo assim. Não quer que ninguém mais te defina, mas ainda tá descobrindo quem é a verdadeira Elena Soo. Mas posso dizer que, para mim, a verdadeira Elena Soo é alguém que sempre me desafia a ser melhor. E sei que este lugar significa tudo para você, então queria me desculpar aqui. Em um lugar que você ama. Porque eu amo você.
— Não sei o que dizer. — Não queria admitir que suas palavras me causaram uma reviravolta no estômago e um aperto no peito.
Ele assentiu, como se estivesse esperando por isso:
— Podemos conversar?
Olhei para onde os outros estavam e percebi que haviam nos deixado sozinhos.
— Claro — falei, por fim.
— Quando tudo isso começou, pensei que estava fazendo um favor para o meu *hyung* — explicou Robbie. — Eu via que ele estava em conflito por precisar desistir da garota que amava. Mas sempre soube que JD não seria capaz de fazer isso. Eu não entendia por que isso era tão difícil até voltar aqui e me pedirem para desistir de você.
Senti minha respiração prender na garganta, mas fiquei quieta, deixando-o terminar.
— Você tinha razão quando disse que eu só pensava em como as coisas afetariam minha imagem. Nos últimos anos, me convenci de que

precisava aprender a jogar o jogo se quisesse conseguir algo que fosse realmente meu.

Observei seus punhos cerrarem e lutei contra o desejo de estender a mão e entrelaçar meus dedos nos dele.

— Mas não quero mais jogar— falou. — Não se for machucar as pessoas que eu amo.

Agora estendi a mão e peguei a dele.

— Eu nunca conseguiria entender como é ser jogada nesse mundo como aconteceu com você. Quer dizer, mal consegui me comprometer a ficar no time de futebol da escola quando tinha 14 anos, imagina estrear em um grupo de K-pop. Eu te admiro por fazer isso e por ser tão bom nisso. Mas, sendo sincera, o mundo em que você vive me assusta, porque é um lugar que pode fazer uma pessoa boa fazer coisas ruins para alcançar o sucesso.

Robbie assentiu:

— Eu entendo. E entenderia se você nunca mais quisesse olhar na minha cara. Mas fique sabendo que não concordei com o plano só por causa do Jongdae-*hyung* ou de um álbum estúpido. Concordei porque queria muito te ver de novo. E o plano parecia ser a oportunidade perfeita. Não apenas ia poder te ver, mas também passar um tempo com você. E talvez eu estivesse usando essa desculpa para me impedir de amarelar.

— Amarelar? — perguntei. — Por quê?

Ele deu de ombros, baixando os olhos.

— Eu te disse, não sou bom em conversar com garotas.

— Sim, eu até acreditaria nisso, se não tivesse visto uma dúzia de vídeos seus em encontros de fãs, fazendo todas aquelas garotas corarem.

— Isso é trabalho. — Robbie soltou uma risadinha envergonhada que fez sua covinha aparecer. — Elena, eu tinha 10 anos da última vez que estive perto de uma garota de quem gostava. E sinto que não melhorei nada em falar sobre meus sentimentos. É meio vergonhoso perceber que consigo cantar na frente de milhares de pessoas, mas que existem garotos de 13 anos por aí que provavelmente conversam melhor do que eu com garotas.

Eu ri. Robbie estava subestimando seriamente suas habilidades, porque esta garota aqui estava quase desmaiando contra a própria vontade. Tentei me convencer de que seria um relacionamento fadado ao fracasso desde o início. Que tínhamos muitos empecilhos entre nós. Logo haveria países inteiros entre nós. Mas meu coração queria Robbie, e aqui, na frente dele, eu não conseguia ignorar isso.

— Eu podia me desculpar mil vezes pelos próximos mil dias, e, ainda assim, nunca seria o suficiente para merecer seu perdão — disse ele.

— Mas será que você poderia levar em consideração que sou um *idol* de K-pop emocionalmente atrofiado e superprotegido que é apaixonado por você há sete anos e talvez me dar um desconto? E embora pensar em todos os "e se...?" me aterrorizasse, Josie tinha razão: tentar prever tudo era uma batalha perdida. Mesmo que eu não pudesse ter certeza de que Robbie não me deixaria novamente algum dia, não conseguiria desistir dele. Eu precisava dele, algo que vinha crescendo dia após dia no último mês. Talvez nos últimos sete anos.

Viva o momento, Elena. Eu iria trabalhar duro para fazer desse o meu novo mantra. O futuro poderia ser o que fosse. Mas o medo do desconhecido não me impediria de viver a minha vida.

— Sim, acho que posso te dar um desconto — falei. — Mas só porque foram sete anos inteiros. Se fossem apenas seis e meio, você estaria ferrado.

Robbie soltou um suspiro aliviado, então passou a mão pelo meu braço até entrelaçar seus dedos nos meus.

— Pode ser um novo começo — disse ele.

— Não. — Balancei a cabeça, e seu rosto assumiu uma expressão triste. — Tem coisas demais entre a gente para estarmos apenas começando. Mas podemos descobrir como daremos certo agora, depois de toda a nossa história, das partes boas e ruins. Um K-*idol* e uma garota normal.

Robbie sorriu e se inclinou para a frente até nossos narizes se tocarem:

— Um garoto e a garota que ele sempre amou.

— Você tem muita sorte de ser artista, ou não teria uma boa desculpa para soar tão cliché. — Eu ri.

Robbie riu e pegou seu celular. Após alguns cliques, a versão original de *"Gobaek Hamnida"* começou.

— Você me concede esta dança de não-baile? — Ele estendeu a mão.

Não consegui evitar o sorriso pateta que apareceu no meu rosto. Peguei sua mão e ri quando Robbie fez uma reverência exagerada, como se estivéssemos em um filme de época. Retribuí o gesto e deixei que ele me puxasse para seus braços.

Era o meu primeiro não-baile, mas, devo admitir, estava sendo muito bom.

— Sabe, você me deve dois desejos agora — falei.

As luzes cintilantes criaram figuras brilhantes em suas bochechas enquanto ele se inclinava para trás franzindo a testa em surpresa.

— Porque não me concedeu meu último. Essa é sua penalidade.

Robbie sorriu enquanto dançávamos juntos ao som da música.

— É uma penalidade que estou disposto a aceitar, porque nada neste mundo vai me manter longe de você por muito tempo.

Sorri de volta e o beijei. Robbie Choi. Meu melhor amigo de infância. Astro internacional de K-pop. Meu primeiro beijo. E meu primeiro amor.

Epílogo

Duas semanas depois do início da minha viagem de verão a Seul, eu ainda sentia como se estivesse vivendo a vida de outra pessoa. Uma coisa era o pessoal da minha escola perguntando se eu estava realmente namorando Robbie. Mas a Coreia era outro nível. Os meninos do WDB não eram apenas celebridades aqui, eram ícones, responsáveis por levar a onda coreana (*Hallyu*) ao redor do mundo. E muitos fãs pareciam realmente nos apoiar, alegando que nossa história era como a de uma comédia romântica adolescente ou um dorama.

Ainda assim, o que mais me surpreendeu não teve nada a ver com Robbie ou com o K-pop. Foi ensinar no *hagwon* de Como. No começo, foi assustador. Como havia me colocado na turma mais nova, mas, ainda assim, eles estavam no ensino fundamental e não pareciam muito mais jovens do que eu. Sou muito grata pela hierarquia de idade coreana, ou tenho certeza de que os estudantes teriam se aproveitado mais da minha falta de jeito na primeira semana. Acho que eu devia mais uma a Robbie, porque todas as garotas da classe achavam muito legal que havia rumores de que estávamos namorando.

E descobri que, depois de superar minha ansiedade inicial, eu era realmente muito boa em ensinar. Hoje mesmo, ajudei meu aluno mais quieto a entender preposições. Eu ainda conseguia me lembrar do olhar em seu rosto e de seu sorriso radiante quando ele disse:

— Obrigado, *Seonsaengnim*.

A estranheza de ser chamada de "professora" era atenuada pela alegria de ajudar alguém de verdade.

Eu mal podia esperar para contar a Robbie por FaceTime hoje. Ele estava no estúdio trabalhando em um projeto misterioso durante a última semana, dando pistas de que seria algo grande. Tentei fazer com que me contasse. Reivindiquei privilégios de namorada, mas ele não cedeu.

Ainda me sentia estranha dizendo isso em voz alta. "Namorada." Mas Robbie começou a me chamar assim, então apenas segui seu exemplo.

Eu estava prestes a sair na rua quando alguém me deu um tapinha no ombro. Antes que pudesse me virar, fui agarrada pela mão e puxada para uma escada lateral vazia.

Deixei escapar um gritinho agudo, erguendo meus punhos para proteger meu rosto. Ainda havia algumas Constellations que não estavam felizes por eu ter tirado Robbie da pista.

— Vai me ameaçar com suas habilidades de kickboxing de novo?

Baixei minhas mãos e falei ofegante:

— Robbie?

— Lani. — Ele sorriu, o que fez com que borboletas batessem suas asas contra meu coração.

Tive vontade de jogar meus braços em volta dele, mas eu ainda estava muito confusa com sua aparição.

— O que você tá fazendo aqui? — perguntei. — Achei que precisava trabalhar.

— Acabei. Projeto secreto oficialmente concluído.

— E?

Robbie pegou minha mão, entrelaçando seus dedos nos meus.

— E eu queria comemorar com a minha namorada.

A palavra fez meu coração aumentar de tamanho, como sempre.

— E você vai contar para a sua namorada que projeto é esse?

Ele pensou sobre o assunto e disse:

— Vai custar um dos seus desejos?

Abri a boca em uma indignação exagerada.

— Você espera que eu gaste um desejo inteiro nisso?

Robbie se inclinou para mais perto, de modo que nossos olhos se alinharam, e meu pulso disparou.

— É um segredo realmente muito bom.

Eu sabia exatamente o joguinho que ele estava fazendo aqui, mas, ainda assim, caí de bom grado na armadilha.

— Tudo bem, então me conta o segredo como um dos meus desejos.

— O D.E.T. tá abrindo a própria agência. E ele precisa de uma música nova para o primeiro artista que contratou... A Sooyeon.

Agarrei seus ombros, empolgada.

— É sério? Que incrível! Uau! — Agora abracei Robbie, e suas mãos envolveram minha cintura.

Ele se abaixou, aproximando-se o suficiente para acariciar meu nariz com o dele.

— Não sei se teria coragem de fazer isso sem você.

Eu ri, apesar de minha garganta ter ficado repentinamente seca, e dei um soco em seu ombro. Mas ele não se afastou, apenas apertou minha cintura com mais força.

— Você teria chegado até aqui. É muito talentoso, Robbie.

— É mais fácil assumir riscos quando sabemos que tem alguém que acredita na gente. Você é muito especial, Lani, sabia disso?

O embaraço de aceitar um elogio guerreava com a onda de calor que percorria todo o meu corpo. Decidi focar no calor e fiquei na ponta dos pés para beijá-lo. Só Robbie Choi para fazer uma garota se sentir o centro do universo quando era ele quem tinha milhões de fãs em todo o mundo.

— Robbie! — Hanbin irrompeu pela porta.

Ele suspirou, mas não me soltou quando se virou para o empresário.

— *Hyung*, você disse que eu tinha cinco minutos. Só se passaram três.

— Que pena. Alguém postou sua localização. Temos que ir.

Hanbin nos conduziu porta afora rapidamente, mas era tarde demais. No momento em que pisamos sob o sol escaldante de verão, meia dúzia de paparazzi correram para a frente, tirando fotos nossas. A mão de Robbie apertou a minha, puxando-me para mais perto dele, como se pudesse me esconder.

— Robbie! Essa é sua namorada? — gritou alguém em coreano.

— Ei! Namorada do Robbie, que tal um sorriso?

Robbie começou a se virar para ficar na minha frente, mas apertei sua mão e me virei para o paparazzi que havia feito a pergunta.

— Na verdade, meu nome não é "namorada do Robbie". É Elena. — E então fiz um V com os dedos e deixei que tirassem uma foto antes de eu entrar na van de *idol*.

Enquanto Hanbin se afastava dos flashes das câmeras, Robbie se virou para mim.

— E aí, como é estar totalmente no meu mundo agora? — Ele arqueou uma sobrancelha enquanto esperava pela minha resposta.

Pensei sobre isso por um momento, sobre o risco constante de tirarem uma foto nossa. Sobre as hipóteses dos internautas. Sobre os comentários às vezes mal-educados da internet que criticavam tudo, desde a cor do meu cabelo até as minhas roupas.

E então pensei em Robbie compartilhando seus sonhos comigo. Em como ele gostava de encostar a bochecha na minha cabeça sempre que nos abraçávamos. Em como ele gostava de entrelaçar nossos dedos, do jeito que estava fazendo agora. Em como ele conseguia fazer meu coração disparar apenas ao dizer meu nome. Então eu sorri e respondi:

— É definitivamente imprevisível. Mas essa é a graça, não é?

Agradecimentos

Se alguém tivesse dito à Kat de 15 anos que ela escreveria uma comédia romântica sobre K-pop um dia, ela provavelmente teria desmaiado de felicidade. Este livro realmente realizou um grande sonho de infância da fã e escritora em mim!

Primeiramente, gostaria de agradecer a SG Wannabe por me viciar em MVs melodramáticos de K-pop quando eu era mais jovem. "살다가 살다가 살다가 너 힘들 때!"

Agradeço à minha agente incrível, Beth Phelan. Você me forneceu apoio e conselhos incríveis que me tornaram a pessoa e autora que sou hoje e, por isso, sou eternamente grata.

Agradeço à minha editora incrível, Rebecca Kuss! Uma vez, um sábio me disse que eu só precisava identificar a pessoa que entenderia completamente o que eu estava tentando alcançar com o meu livro e pedir que ela o lesse. E eu soube, imediatamente, que essa pessoa era você. Portanto, sinto-me extremamente sortuda por termos trabalhado juntas oficialmente neste livro!

Agradeço à equipe da Hyperion, que me ajudou a dar vida a esta história. Agradeço a Kieran, por acreditar na minha escrita. Agradeço às equipes de design, publicidade e marketing, que trabalharam para levar este livro até os leitores!

À minha irmã, Jennifer Magiera, agradeço por ter me apresentado ao H.O.T. quando eu estava no ensino fundamental. E te amo muito!

À minha prima e autora favorita, Axie Oh, agradeço por me apresentar a GD e Fin.K.L/Lee Hyori. Agradeço por tentar memorizar a letra de "*Thriller*" do BtoB comigo, mesmo que fosse uma causa perdida. Além disso, agradeço por cantar muito mal "*Spring Day*" no karaokê comigo toda vez que íamos a um *noraebang* em Seul! 사랑해!

Agradeço aos meus amigos editores que estão trabalhando duro para fazer mudanças positivas na indústria e me inspiram todos os dias: Deeba Zargarpur, Emily Berge e Alexa Wejko.

Agradeço aos autores que me apoiaram durante toda a minha jornada editorial: Rena Barron, Ronni Davis, Samira Ahmed, Gloria Chao, David Slayton, Karuna Riazi, Nafiza Azad e Swati Teerdhala!

Ao meu culto de escritores: Janella Angeles, Alexis Castellanos, Maddy Colis, Mara Fitzgerald, Amanda Foody, Amanda Haas, Christine Lynn Herman, Katy Rose Pool, Tara Sim e Melody Simpson. Agradeço o apoio constante. Akshaya Raman, agradeço por me ajudar a resolver meus problemas mentais e ser mais produtiva! Ashley Burdin, agradeço por ouvir minhas reflexões aleatórias sobre meus personagens durante o rascunho. Meg Kohlmann, agradeço por conversar comigo o tempo todo sobre BTS e Taemin.

Claribel Ortega, saber o quanto você ama o RM e suas covinhas confirma que eu estava certa em te mandar uma DM há seis anos. Agradeço por ser minha amiga, coapresentadora de podcast e amante de nuggets de frango!

Agradeço à minha família: *Halmoni* Oh, *Emo* Helen, Tio Doosang, *Emo* Sara, Tio Warren, Tio John, Tia Heejong, *Emo* Mary, Tio Barry. Adam, Alex, Saqi, Jim, Sara Kyoung, Wyatt, Jason, Christine, Kevin, Bryan, Josh, Scott e Camille. Eu amo vocês!

Lucy, agradeço por ser minha companheira de dança de K-pop! Nora, mal posso esperar para você participar de nossas festas dançantes!

Mãe e pai, eu amo vocês. 보고싶어요.

E, finalmente, agradeço a todos os leitores que apoiaram meus livros e acompanharam minha jornada de escrita até agora! Eu não teria conseguido sem vocês!

Este livro foi impresso nas oficinas gráficas da Editora Vozes Ltda.,
Rua Frei Luís, 100 – Petrópolis, RJ.